水族館ガール

作・木宮条太郎　絵・げみ

実業之日本社ジュニア文庫

目次

プロローグ……5

第一プール　庭掃除とペンギン……9

第二プール　ライバルはイルカ……57

第三プール　イルカの宿命……99

嶋 由香

市役所に勤め始めて三年、突然、市立アクアパークで仕事をするように言い渡される。

梶 良平

市立アクアパーク・海獣グループのイルカ担当飼育員。人間とのコミュニケーションは苦手。

第四プール　ラッコの恋……167

第五プール　水槽タイムレース……215

第六プール　暴走イルカ……260

第七プール　アジ、空へ……309

エピローグ……395

『水族館ガール』ジュニア版刊行に寄せて……398

今田修太

魚類展示グループの職員。梶とは長いつきあい。

吉崎

ペンギン担当飼育員。ざっくばらんなムードメーカー。

磯川

獣医兼イルカ担当。新人の由香に懇切丁寧に教える。

装画　げみ

装幀　西村弘美

プロローグ

ああ、あくびが出る。

由香は電話を置いて、大きく伸びをした。

面倒くさいから、打ち合わせは電話ですませた。おそらく何の支障もない。一年前も同じようなことを喋り、同じような結論を出した。来年もそうするに違いない。

「嶋くん。嶋由香くん、ちょっと来てよ」

応接室で課長が手招きしていた。猫なで声、しかも、フルネームで呼ばれる。こんな時は、いつもろくなことがない。

「早く、早く。手ぶらでいいからさ」

応接室は、いつものごとく課長の個室になっていた。ソファとテーブルには書類が散らばり、座る場所もない。もっとも応接室を使わねばならない客などめったに無いから、これまた何の支障もない。

ソファの書類を強引にどけて座る場所を確保すると、課長は「元気一杯だねえ」と呟き、向かいに座った。

「役所に入って、何年になるんだっけ」

「この三月で、ちょうど丸三年。来月、四月から四年目です」

「いいねえ。仕事を覚えて、気力も体力も充実してる頃。向上心に好奇心。間違いなく一番いい時期だよ、きっと、どこでも生きていける」

「あの、課長、ご用件って」

課長は書類の山からパンフレットらしきものを引き抜き、テーブルに置いた。

『市立水族館　アクアパーク』

「ここの管轄は観光事業課なんだよね。だから、何とかしなくちゃならない」

意味が分からない。顔を上げると、課長は宣言するように「緊急要請がありました」と言い、テーブルに身を乗り出した。

「あのさ、水族館の職員として、働いてきて欲しいんだけど」

「へ？」

「妙な声、出さないでよ。これは異動の内示。来週くらいに人事局から正式の辞令が出るから。まあ、まだ若いんだし、経験だよ、経験。現場の業務経験って、貴重だからさ」

「私、市の観光事業課、クビですか」

「クビじゃないって。出向。水族館の運営って、市の外郭団体である財団法人アクアパークがやっててね、市役所の職員の身分のまま、そこで働くの。一年ちょっと職場が変わるだけ。職場がデートスポットになる。いいよねえ。うらやましいよねえ。もう少し若ければ、僕が手を挙げるんだけど」

課長の鼻が小刻みに動いている。

「でも、私なんかが水族館に行って、いったい何をするんでしょうか」

「嶋くんは、こういう経験があるの？　珍しい魚を飼ってた、とかさ」

「金魚すくいの金魚くらいです。しかも、すぐに隣の猫に食べられてしまいました」

「じゃあ、分からないな」

課長は姿勢を戻すと、胸元から扇子を取り出した。そして、まだ三月だというのに、真夏のような勢いで扇子を扇ぐ。

「そもそも、この話、向こうからだから。手元の資料では欠員補充ということしか分からない。それ以外は何をきかれても分かりません。分かりませんったら、分かりません」

「けど、先方の要請だということは、その」

「観光事業課で丸三年。若手のホープ、そう思われたんじゃないの。それでいいじゃない。経験が無いということは、これから何にでもチャレンジできるということだしさ。いや、ほんと、心配いらないから。長めの出張だと思えばいいの。給料もこれまで通りだし、年金や福利厚生も……」

由香(ゆか)はテーブルに目(め)を落(お)とした。

パンフレットには大海原(おおうなばら)が広(ひろ)がっている。手書(てが)きイラストのイルカがジャンプしていた。

『アクアリウムにようこそ』

アクアリウムって、水族館(すいぞくかん)のことだっけ。

イルカはこちらに向(む)かって、ウィンクしている。いたずらっ子(こ)のような目(め)だった。

第一プール　庭掃除とペンギン

1

アクアパークは千葉湾岸開発区の南端にある。

由香は胸の中で、観光案内の解説を繰り返した。

まずは、駅から海方面へ散策しましょう。沿道に並ぶおしゃれなお店を冷やかしながら二十分ほど歩けば、そこはもう臨海公園。公園の松林の向こうには人工海岸が広がっています。大歓声が聞こえてきませんか。公園の西端にはプロ野球の本拠地として有名なシーガルスタジアム。熱いゲームの観戦後には海岸へ。遊歩道を散歩するのもよし、波打ち際でたわむれるのもよし。一休みしたくなったら、浜辺の東端へ目を向けてみましょう。明るい日差しの中、ガラス張りの建物が見えませんか。これこそ、千葉湾岸市の誇る知的エンターテイメントゾーン、その名も……。

『市立水族館　アクアパーク』

由香は正面玄関前で、ため息をついた。

実は、これまでアクアパークに来たことはない。担当ではなかったし、水族館なんて、女一人では来づらいものだ。だが、こんなことになるのなら、一度くらいは来ておくべきだった。

ため息をつきながら関係者裏口へと回り、守衛に名を告げた。課長の話では、三階の館長室へ行き挨拶するように、との由。守衛の指示に従って、薄暗い階段を上がり、三階の廊下へと出た。

まぶしい。

目を細めた。開け放たれた窓の向こうに海がある。強い潮風が廊下を吹き抜けていく。風で乱れた髪を無理やり撫でつけていると、廊下奥から怒鳴り声が聞こえてきた。

「どうしてなんですか。それじゃ、とても回らないです」

廊下の突き当たりには扉があって、『館長室』と記された表札がかかっている。声は室内からのようだった。

「役所で書類を見てただけの人間ですよね。ここで仕事できるわけないです」

「役所、役所って言うな。おめえだって、その役所が管轄する施設にいるんだろうが」

由香は身を硬くした。扉前まで来たものの、これでは入るに入れない。

「予定では、アクアパークでの独自採用だったじゃないですか。募集を掛ければ、水産学か海洋学を

市立水族館
アクアパーク

かじった人間が、いくらでも来るんだから」

「そう言うな。おめえだって、理屈を仕入れてから来たわけじゃねえだろう」

「でも、観光担当のお姉ちゃんなんて。どうして、そんな奴が」

どうやら自分のことらしい。何とも間の悪い時に来た。

室内から、三人目の声が聞こえた。

「二人とも冷静に。聞くところによると、彼女、幼い頃に金魚を愛情深く育ててたそうですよ。もっとも、すぐに隣の猫に食べられたそうですが」

「さすが館長、調べが行き届いてらあ」

扉の向こうで野太い笑い声が響く。顔が赤くなった。

「まあ、こういったことは館長に任せるしかねえんだ。もう、いいだろ。おめえは戻んな。俺はもう少し館長と話していくから」

突然、館長室のドアが開いた。

目の前に、背の高い若い男が鼻息荒く立っている。部屋奥で、老紳士が立ち上がった。

「あらら、嶋君、来てたんですか」

老紳士の顔は役所内でも見たことがある。アクアパークの館長に違いない。そして部屋奥には、もう一人。がっしりとした体格で、いかにも頑固といった風貌の親父が、ソファでふんぞり返っている。

頑固親父は驚いたように「ほええ」と呟いた。

「まいったねえ。本当に、お姉ちゃんじゃねえか」

館長は決まり悪そうに頭をかいた。

「嶋君、悪いんですが、今、打ち合わせ中なんですよ。少し待っててくれませんか。君の目の前にいるのは、君と同じ職場の先輩です。年も近いと思うから、いろいろ相談してみて下さい」

目の前の男が「近いと言っても、四つ上です」とぶっきらぼうに付け加える。館長は笑った。

「では、四つ上の先輩として、彼女を案内してあげて下さい。そうですね、多目的室はどうですか。あそこなら敷地内を見渡せるし、イルカプールも見えますから」

若い男は「分かりました」と小声で答え、室内に向かって一礼した。ドアを閉めると、一人、何も言わず廊下を歩き出す。由香は慌ててその背を追った。

「今日からお世話になる嶋です。あの、お名前は？」

男は立ち止まったが、名乗らず、逆に尋ね返してきた。

「すいぞくの飼育、または、研究をしたことがあるか」

「すいぞく？」

「水族館の水族。水生生物のことだ。あるのか、無いのか。悪いが、猫に食われた金魚は除外してくれ」

「じゃあ、無いです」

「経験が無いなら、知識でもいい。専門書とか飼育関係の実用書とか、読んでみたことはあるか。学校で海洋関係の講座を取っていたとかでもいい」

黙って首を振った。

「じゃあ、興味はどうだ？　実は水族館フリークだとか。関連する趣味でもいい。マリンスポーツマニアだとか、海に沈む夕日を撮るのが好きなアマチュアカメラマンだとか。休日はずっと環境DVDを見てます、って程度でもいい」

「何も無いです」

男は「無い無い尽くし」と呟くと、また早足で歩き出した。

「悪いが、そんな奴から俺は名前で呼ばれたくない。対等の意識がないと、名前では呼べないもんだ。俺の上司はチーフの親父さんだけど、親父さんのことを『岩田さん』と呼んだりはしない。何年経ったって、あんな風になれるわけがないんだから」

何が何だか分からない。自分は今日初めて、ここに来たのだ。

「じゃあ、肩書きで呼ぶようにします。何てお呼びすればいいですか」

「俺はヒラで、何の肩書きも無い」

「じゃあ、何と、お呼びすればいいんですか。先程、館長は同じ職場だと仰ってました。一緒に働くなら、呼び方が無いと困ります」

「なら、館長の言葉通り『先輩』でいい。それで充分、通じる。混乱するほど大きな職場じゃないから」

男は廊下に面した部屋のドアを開けた。

「ここが多目的室。そのうち誰か呼びに来るだろ」

「あの、案内いただけるっていうのは」

「パンフレットの案内図と窓外の景色を照らし合わせてくれ。俺はもう戻らなくちゃならない」

そう言うと、男は背を向け、階段を駆け下りていく。その背に向かって、由香は「先輩」と声を張り上げた。

「嶋由香です。よろしくお願いします」

「カジ」

火事？　慌てて周囲を見回した。

「俺の名前だ。梶良平」

男は無愛想に名乗ると、今度は振り向きもせず、階段を下りていった。

2

背後で笑い声がした。

「ほんま、愛想なしの男やねえ。これから、あんたも大変や」

由香は室内へと向き直った。

目の前には、意味不明の光景がある。多目的室とは学校の教室のような部屋で、それ自体は珍しくはない。ただ、壁に大量の竹ぼうきが立てかけてあるのだ。そして、ほうきの列の間に、四十才くらいのおばさんが一人座っている。

おばさんは園芸用のハサミを手に持ち、竹ぼうきを切っていた。

「あんたやね、今日来る新人さんて。なんで、こんな所におるん?」

「先程、館長室に、ご挨拶にお伺いしたんです。そうしたら、こちらで少し待て、とのご指示でして」

「少し待て。エエ言葉やねえ。ようするに、今は暇やというこっちゃな」

おばさんが手招きする。壁へと寄ると、竹ぼうきを一本、目の前に差し出された。

「これは竹ぼうき。分かる? 庭を掃くのに使うやつ」

分かるもなにも、そこにあるのは、どこにでもある竹ぼうきでしかない。黙ってうなずくと、おばさんは意味ありげに笑って、竹ぼうきの先端にハサミを入れ、ばっさりと切った。

「床にあるハサミを使うて、あんたもやる。誰か呼びに来るまで、どうせ何もやること無いんや。手伝うても罰当たらんやろ」

竹ぼうきを受け取り、おばさんの隣に座った。見よう見まねで、ほうきの先にハサミを入れ先端を切る。切り落とした先端が床に落ちた。

「あの、ほうきを切り詰めて、いったい何に」

「口を動かさんと、手を動かす。ぐだぐだ言わない。これが一番なんやから」

短くした竹ぼうき。校庭を掃除する用務員さんの姿が思い浮かんできた。かなり背の低い用務員さんがいるのかもしれない。だが、竹ぼうきは使い切れないほど大量にある。

「ほら、手が止まっとるで。淡々とやる、淡々と」

意味不明の作業を二人で続けた。静かな部屋にハサミの音が響く。ぱちり。そして、竹ぼうきの先端が床に落ちる。ぽとり。地味な作業が淡々と続く。ぱちり、ぽとり、ぱちり、ぽとり。

あまりの地味さ加減に辟易とし始めた頃、多目的室のドアが開いた。

「あ、また、やってる」

小太り青年が、大声を上げて部屋に入ってきた。その背後には、長身細身のインテリ風おじさんがいる。おばさんは二人に目をやると、慌てて切り落とした先端をかき集め、胸に抱えた。そして「新人さん、おおきに」と呟くやいなや、ダッシュのような勢いで部屋を出て行く。

「あの、竹ぼうき、持って行かなくていいんですか」

だが、もう、おばさんの姿は無い。小太り青年が「いいの、いいの」と笑った。

「使うのは切り落とした先端、枝の方だから」

枝を使って掃除？　怪訝な顔をしていると、インテリおじさんが笑いだした。

「説明するより、見た方が早いな」

おじさんは部屋隅の用具入れを開けた。中にあった鞄を取り出し、窓際へと移動する。鞄の中から何やら取り出した。

「これで外を見てごらん」

おじさんの手には双眼鏡がある。趣旨不明のまま双眼鏡を手に取り、窓外を見た。

「大きなプールの左に、柵に囲まれたスペースがあるだろ。何が見える？」

「何か小さなものが……ペンギンです、ペンギン」

「その通り。よく見てごらん。何かくわえている奴がいないかい」

レンズの倍率を上げて、何羽かのペンギンを見回した。

「いました。一羽、口に何か細いものを」

「それは竹ぼうき。さっき君が切ったのと同じ物だな」

由香は双眼鏡を下ろした。

「ペンギンって、竹ぼうきを食べるんですか」

「いや、さすがに、それは無い」

「まさか、自分達で掃除を」

そんなペンギンアニメがあったような気がする。が、そう言った途端、小太り青年は吹き出し、大仰に何度も膝を叩く。おじさんは困惑したように頭をかき「どちらも無いよ」と言った。

「竹の枝は巣の材料。この時期は、ペンギンにとって巣作りのシーズンなんだ。竹の枝の固さが、ちょうどいい具合らしくてね。それに竹ぼうきだと、簡単に手に入るから。でも、やってみて分かったと思うけど、枝切りの作業って地味で退屈だろ。だから、担当者は誰かに手伝わせようと虎視眈々と狙っていて……ほら、来た。あの人」

窓外に目を戻した。先程のおばさんが、ペンギンの柵の中に入ってきた。

「あれはマゼランペンギン担当の吉崎さん。巣材の準備は終わってたんだけど、予備分を業者がゴミと勘違いして捨ててしまったらしい。仕方なく、追加で竹ぼうきを地道に切ってた時に、君が現れたというわけだ。まあ、これまでに手伝わされたのは君だけじゃない。お客さんに『巣作り体験しませんか』なんて言って、やってもらったりしてるから。子供だと喜んでくれるしね」

小太り青年が付け足した。

「おばさんらしいアイデアでしょ。あ、本人に、おばさんって言っちゃ駄目だよ。あの人、『姉さん』と呼ばないと、もう一日中、不機嫌でさ」

ペンギンに竹ぼうき。なんだか頭が混乱してきた。

大きく息をつくと、小太り青年が「もう疲れてる」と言って笑った。

「紹介遅れてごめんね。僕は魚類展示グループの今田修太。修太でいいから。で、この人が」

「獣医の磯川です。獣医と言っても、普段は普通の水族館員で、主にイルカを担当している。君と同じだな」

慌てて自分も名乗り、頭を下げる。おそるおそる、きいてみた。

「あの、同じって……私、イルカを担当することになるんでしょうか」

「何だ、聞いてないのか」

はい、とうなずくと、獣医の先生は呆れたように「皆、いい加減だな」と呟いた。

「じゃあ、少し説明しておこう。窓の外を見て。あそこに大きなプールがある。その周囲に観客スタンドがあるだろう。あそこは、イルカの演技を来場者に見てもらう場所でね、屋外イルカプール、またはメインプールと呼んでいる。で、その横にガラス天井の建物があるよね。あそこはイルカ館。中に室内プールがあって、屋外プールとは目立たないように水路でつながってる。ただし、観客用のスペースは無いよ。いわばイルカ館はバックヤード、舞台裏ってところだ。どちらも今日から君の職場だな」

イルカ館から、背の高い男の人が出てきた。

「あ、あの人」

「あれは梶。イルカ課の日常業務は、僕と梶、それに君を加えて、三人で担当することになる。おっと、親父さんを忘れちゃいけない。イルカ課の責任者はチーフトレーナーの岩田チーフでね、周囲は親父さんと呼んでる。アクアパークの立ち上げメンバーの一人でもあるんだ。もう館長室で会ったんじゃないかな」

確かに頑固親父が一人、館長室でふんぞり返っていた。

「ただ、親父さんはカイジュウ・グループ全体も統括してるからね。イルカプールには、たまに顔を出す程度だけど」

「カイジュウ？　怪獣って本当にいるんですか」

頭の中でゴジラが火を吹いている。先生はまた困惑の表情を浮かべ「その怪獣じゃない」と言った。

「海の獣と書いて『海獣』。海に棲む哺乳類のこと。イルカとか、アシカとか。水族館の飼育現場って、海獣類と魚類、二つの部署に分かれていることが多いんだ。親父さんは、その一方の長ということになる」

小太り修太さんが、まぜ返した。

「でも、怪獣でいいかも。頑固者多いから。由香ちゃん、苦労するよお」

先生は横を向いて「修太」とたしなめ、息をついた。

「実は、先程、館長室から連絡があってね。館長と親父さんの打ち合わせは長引くらしいんだ。取りあえず顔合わせはできたから、今日は帰っていい、とのことなんだけど、君はもうアクアパークの職員だ。何か一つ覚えて、帰らないかい」

勢いよく「お願いします」と頭を下げる。先生は再び鞄を開き、今度は作業着を取り出した。

「まず、これに着替えて。いや、鞄ごと渡しておこう。長靴と包丁も入っている」

修太さんが「マイ包丁ね」と付け加えた。

「一人一丁の必需品。大事だよお。新人さんはすぐに駄目にしちゃうから。慣れてきたら、三枚下ろしも覚えてね」

包丁に三枚下ろし？　次から次へと、場違いと思える言葉ばかりが出てくる。

「修太の言うことは気にしなくていいから。着替えが終わったら、屋外プールに行ってくれるかい。最初の一歩は、イルカの名前を覚えて、個体識別できるようになること。名前と特徴は、梶が説明してくれる」

「え、梶さんですか」

ひるんだ表情が顔に出てしまったらしい。先生は苦笑いした。

「大丈夫。梶には僕から言っておくから。悪い奴じゃない」

「いや、悪い奴かも」

先生が再度「修太」とたしなめる。修太さんは肩をすくめ、先程の言葉を繰り返した。

「由香ちゃん、苦労するよぉ」

3

作業着に着替え、長靴を履く。屋外プールに出た。

「着替えるだけに、なに、時間かけてんだ」

プールサイドには、あの無愛想男がいた。言い訳しようとすると、無愛想男は勝手に喋りだした。

「アクアパークには、四頭のバンドウイルカがいる。プールの奥で悠然と泳いでいるのがオスのC1。真ん中でじゃれ合ってる二頭がオスのB2とメスのF3で、追いかけている方がB2。今、プールの端でジャンプしたのがオスのX0。こいつは水族館生まれで、まだ子イルカだから、一回り小さい」

由香は瞬きした。

「あの、名前は？」

「今、言ったろ。C1、B2、F3、X0」

「それ、名前ですか」

「名前として説明したんだ。他に何がある」

何も言えない。

「最初は、ヒレの形とか、体の大きさとか、目で見て分かる特徴で区別すればいい。特徴は、このノートに書いてある」

差し出されたノートを開いてみた。そこにはイルカらしき絵が四つ。絵には矢印が幾つか引いてあって、簡単な説明が付けられている。

『C1——体側面と背ビレに大きな傷跡』

「ただ、そんな特徴は常に見えてるわけじゃない。そんなものに頼らなくても、一瞬で見分けられるようにしろ。そうでないと、イルカにキュウジ一つ、満足にできない」

「キュウジ？　給仕って、あの、レストランのウェイターさんみたいな」

「給餌。『餌』の『供給』、つまり、イルカに餌を与えることだ。ただし単に与えるだけでは駄目で、どのイルカがどのくらい食べたのか把握する必要がある。これはイルカの健康管理の基本中の基本だから。異常な食欲不振が続けば、調べなくちゃならない」

「あの、調べるって」

無愛想男は、「そのうち分かる」とぶっきらぼうに言い捨てると、プールサイドに立った。子イルカが寄ってくる。次いで、大人イルカの三頭もやって来た。無愛想男が手でなにやら仕草をすると、四頭そろって下あごをプールサイドに乗せた。

いかにも水族館らしい光景ではないか。よく見ようと足を踏み出すと、無愛想男は強い口調で「止まれ」と言った。

「最初の顔合わせなんだ。四頭とも慣れてはいるけれど、念のため野生のイルカ並みに、慎重にやる。少しずつ、ゆっくり、プールサイドに近づいてくるんだ。もしイルカが変な素振りを見せたら、すぐに止まれ」

イルカ達が自分を見ている。由香は唾を飲んだ。

「よし、来い」

様子をうかがいながら、にじり寄る。一分ほどかけて数メートルを移動し、ようやく水際にたどり着いた。四頭のイルカは、待ちかねていたかのように身を揺すった。

「ゆっくりと屈め。そっとイルカの顎に触れてみろ。急な動きはするなよ」

指示通りに屈んで、イルカに触れてみた。滑らかで弾力がある。

「オーケー。ゆっくり立ち上がって、プールに背を向けろ。それが終了のサインだ」

一番大きなイルカが尾ビレで水を飛ばし、ケ、ケ、ケ、と大きな声で鳴く。手を離して立ち上がり、ぎこちない動きで背を向けた。

イルカ達が離れていく水音がする。

「それでいい。しばらくはプールの水際に立つな。特にその作業着を着たトレーナー姿で、イルカを相手にするんじゃない。イルカが混乱する危険性がある。当分の間、プールサイドの掃除も俺と先生でやるから」

「でも、イルカの名前、覚えないと」

「先生から双眼鏡をもらっただろう。壁のベンチに座って、双眼鏡で見れば十分だ」

「でも、傷跡とかは近くで見た方が。その方が早く覚えられそうに思うんですけど」

「軽く考えるな。素人が、なまじ知ったかぶりでイルカに構ったりすると、トレーニング成果が駄目になることだってありうるんだ。そうなれば、また最初からやり直し。それだけは勘弁してくれ」

「では、あの、他に、私のやることは」

「無い。だいいち『やれ』と言っても、できないだろう。お前の仕事は一つ。俺達の邪魔にならないようにしながら、少し離れた場所で、ひたすらイルカを観察する。それ以外はしなくていい。親父さんの了解は取ってある」

なんだか苛立ってきた。言われた事の趣旨は理解できる。しかし、もう少し違う物の言い方はできないのか。

「この人事は、急ぎの欠員補充だとお聞きしました。人手がいる状態だと思います。雑事でも何でも、お手伝いしないと」

「確かにイルカ課は欠員状態で忙しい。だが、お前に手伝わせるとなると、何であれ、そのやり方を教えなくちゃならない。余計に忙しくなる。悪いが、今、素人に割く時間は誰にも無い」

身もフタもない言い方とは、このこと。おまけに反論までフタされた。

「あの、私、仕事覚えることできるんでしょうか。最終的には、イルカショーとかやることになるんですよね」

「イルカショーなんて仕事は、アクアパークには無い。ショーがやりたいと思ってるなら、帰ってくれ。そんな人間はいらない」

由香は顔をしかめた。別に「ショーをやらせてくれ」と言っているわけではない。おまけに、そんな仕事が無いとは、何たる言い草か。イルカショーのポスターは館内各所に貼ってあるではないか。だが、この男には何を言っても無駄らしい。

「では、帰ります。名前の説明を受ければ帰っていい、と言われてますから。だけど、明日、また来ます。ここは私の職場でもあるんですから」

無愛想男は何も言わず背を向け、イルカ館へと戻っていく。

由香は、むきになって大声を出した。

「梶先輩、聞いてますか。ど素人ですけど、出向ですけど、来ちゃったんですから。アクアパークの職員なんですから」

無愛想男が振り向いた。

「手を振り回すな。早く離れろ。さっき、そう言っただろう」

慌てて数歩、水際から離れる。顔を上げると、もう無愛想男はいなくなっていた。

4

朝日が水面を照らしている。まるでプールの水を全て飲もうとするかのように、口を開けたまま泳いでいるのはF3。いや、訂正。あれはF3ではなくてB2。

由香は双眼鏡を下ろして、手元のノートに追記した。

『B2――変な泳ぎが大好き。マイペース』

観察を続けて一週間ちょっとになる。最初はどのイルカも同じに見えていたが、今となっては逆に、見分けられなかったのが不思議でならない。なにしろ、泳ぎ方も、行動パターンも、トレーナーへの反応も、四頭それぞれ違うのだ。体の特徴など見るまでもない。

「随分、早い出勤だな。最初から張り切りすぎると、体がもたないよ」

声の方を振り向いた。先生がイルカ館から出てきた。

「早朝だと、イルカをゆっくり観察できるんです。自分だけですし。それに見分けられるようになると、なんだか面白くって。どうして、最初、分からなかったんだろうって」

「初めて見る外国映画みたいなもんさ。知らない外国人の俳優って、最初は皆同じ顔に見えるだろう。けど、いつの間にか何の違和感も無くなって、映画に見入ってる。同じことだよ。まあ、たまには、なかなか個体識別できない人もいるから、一週間くらいならペースとしては悪くない」

ここに来て、初めて褒められたような気がする。嬉しくなって、つい思っていたことを口にした。

「先生、名前なんですけど、どうして記号にしてるんですか。意味の無い記号だと、なかなか頭に入ってこなくて。シーワンとか、エフスリーとか、結構、言いづらいし」

「確かに言いづらさはあると思うけど、それなりの意味はあるんだ。アルファベットは野生イルカの群れ番号で、数字は捕獲した順。ただし、Ｘ０だけは別でね。Ｘ０はここで生まれた子イルカなんだ。だから、ゼロになってる。父親イルカはＣ１だから、頭の記号についてはＣにする手もあったんだけど、出産直後に死亡したメスイルカは別番号でね。ややこしくなるから、新たにＸで採番した」

「正式名称は記号にするにしても、普段は呼びやすい名前で呼べば、どうなんですか」

先生はプールサイドで体をほぐし始めた。先生曰く、トレーナーの仕事は肉体作業が多いから、朝の柔軟体操は大切、との由。

「水族館の飼育生物に愛称は必要か。アクアパークでも、この議論は常に出る。だけど、そのたびに見送ってきた。まあ、こだわりだな。僕達は飼育技術者であって、仕事として生物を飼育している。だから、避けるべき事柄が一つある。分かるかい」

首を横に振った。来たばかりの自分に分かるわけがない。

「それはね、飼育動物をペットにしちゃうことなんだ。愛称をつけると、どうしてもペット感覚になるだろう。いつの間にか感情移入しちゃって、その結果、客観的な判断ができなくなる。だから、それをしないという決意を込めて、愛称とは程遠い記号で呼んでいる。まあ、分かりづらいだろうな。一般常識とは違うから」

一般常識とは違う？ 無愛想男の顔が浮かんできた。

「あの、もしかして、ショー……アクアパークでは『イルカショー』って言っちゃ、駄目なんでしょうか」

先生は体操をやめた。

「さては、誰かから、何か言われたな。違うかい」

「あの、来た初日に梶先輩から、その、ちょっと」

先生は「やっぱりね」と呟くと、笑みを浮かべた。

「別にショーと言ってもいいんだよ。現に、ほとんどの水族館では、イルカの演技イベントを『イルカショー』と呼んでる。ただ、アクアパークでは、これを『イルカライブ』と呼んでるんだ」

「ライブ？」

「イルカのトレーニングというと、嶋君は、どんなイメージを持ってる？　訓練して人間の命令に従うようにさせる――そんなふうに考えてないかい。たとえば、飼い犬と飼い主の関係みたいな」

「違うんですか」

「少し違うんだ。イルカは他者の命令を喜んで聞くという動物じゃない。群れで生活するから仲間意識は強いんだけど、群れの中に上下関係は無い。おまけに、性格は遊び好きで気まぐれ。そうだな、イヌよりはネコに近い。そう言えば、イメージがわくかな」

その時、子イルカがプールサイド近くでジャンプした。

「ほら、勝手にジャンプした。もちろん誰も演技のサインを出してないし、そもそも子イルカには、まだ演技を教えていない。自然界のイルカも、ああいったジャンプを遊びでやってるんだ。どんなに高度で複雑な演技であっても、イルカにとっては遊びでしかない。だから、何とかその気にさせて、うまくイルカに遊ばれる――それがトレーナーにとって大切なことになる」

「遊ばれるのが、仕事、ですか」

「そう。妙な感じがするかもしれないけど、そうでないと、うまくいかない。イルカの遊び気分と観客への披露、この二つのタイミングを合わせるんだ。無理強いはせず、あるがままのイルカの姿を見てもらう。だから、ショーではなくてライブ」

口の中で繰り返した。ライブ。

「記号の名前といい、ライブという名称といい、こだわりみたいなもんだ。他の人にとっては、大したことじゃないかもしれない。けれど、僕達は大切にしている」

子イルカがまたプールサイド近くで、はしゃぐように跳ね、先生に向かって、けら、けら、と軽やかに鳴いた。

「嶋君、このイルカの名前、言えるかい」

「子イルカのＸ０。体も少し小さいし、間違いありません」

「当たり。Ｘ０のやつ、催促してるよ。朝ご飯、まだなの、って。子イルカなんだけど、こういう行動は、Ｘ０がずば抜けて多いんだよな」

先生は苦笑いして、プール敷地の隅を見やった。

「よし、朝飯の支度を兼ねて、あそこで君の特訓だ」

敷地隅には、イルカ館に隣接して、倉庫のような小屋がある。日中、水族館の人達が何度も出入りしているのを目撃した。けれど、近くにいても誰も自分を呼んでくれず、新人は入ってはいけない場所なんだと、勝手に決めつけていた。

「あそこは調餌室。調理の『調』に『餌』と書いて、調餌。ようするに餌の下ごしらえをする部屋なんだ。ここに来る前に準備しておいたから、そろそろ、いい頃じゃないかな。一緒にやりながら、特訓といこう」

「いいんですか。先生、お忙しいんじゃ」

「大丈夫。今日から始業式だから」

意味が分からない。怪訝な顔をしていると、先生は言葉を付け加えた。

「夏休み、春休み、冬休みに土日祝日。そんな休みの期間と普段の平日とでは、水族館の時間の流れは全く違うんだよ。分かるだろう」

自分は観光事業課にいたのだ。分からないはずがない。だが、自分のことばかりに気を取られていた。よくよく考えれば、春休みという繁忙期に、自分は来たのだ。

「よし、本格的業務の第一歩。ノートを持って、付いてきて」

先生に従って、初めて調餌室に入った。

狭い室内には、奥に業務用の大きな冷凍庫がある。更に狭い通路を挟んで反対側の窓側には、キャンプ場にあるような簡易な調理台がある。調理台の傍らには、ごく普通のキッチン棚があって、調理用具らしきものが置いてあった。

先生は棚の消毒液を手に取ると、手と調理台周りを殺菌した。

「餌は、生魚とか、傷みやすい物ばかりだろう。となると、人間と同じで、食中毒が怖い。だから、作り置きはしない。率直に言って、一日の大半は調餌の作業でつぶれるんだ。調餌、ライブ、調餌、トレーニング。調餌の合間に他の仕事をやる、という感じかな。ちなみに、相手は生き物だから、休日は関係ないよ。もっとも人間は交替で休むけど」

先生は調理台の流しを見やった。流しにはタライのような容器があって、そこにはすでに魚と氷水が入っている。先生は氷水の中から魚を一匹、手に取った。

「これは冷凍魚。こうして冷水で解凍して使うんだ。後ろにある冷凍庫の中には、冷凍魚のブロックがいくつも入ってる」

「冷凍魚って、凍らせた魚、ということですか」

先生はうなずいた。

「どんな状況になっても、与える餌が無い、という事態だけは避けなくちゃならない。冷凍魚だと、安定して手に入るからね。それに冷凍すると、たいがいの寄生虫は死ぬというメリットもある。水族館では冷凍魚を冷凍庫に貯蔵して、必要な時に必要な量だけ、冷水で解凍して使ってる」

「なるほど。それを三枚下ろしにするんですよね」

「いや、イルカ用の調餌では必要ないよ。イルカは魚を丸飲みにするから。修太がいる魚類展示グループでは必要になるけどね。家庭料理でも使う三枚下ろしだけど、きれいに仕上げるのは、結構、難しいんだ。雑な切り口だと、水槽が汚れるから。三枚下ろしの練習は、もっと慣れてからでいい」

先生は「では」と呟き、調理台に魚を置いた。

「まずは、全体の痛み具合を見る。魚体に光沢と弾力があるか。特に腹の部分と眼のハリ。眼が濁ってれば要注意。エラも鮮やかな紅色かどうかを確認して。多少でも腐ったような臭いがする場合は、避けた方がいいな。最後に寄生虫と釣り針が無いかどうか確認して終わり。傷んでいるのが一部だけだと判断した場合は、その部分を切り落として、残りは使う。飼育対象によって調餌方法は変わるけど、鮮度チェックの基本は変わりない。まずは、それを覚えないとね」

説明が速すぎてメモを取ろうにも取れない。呆然としていると、先生は笑った。

「大丈夫。今言った事は、そのノートにも書いてある。必要だと思った事はノートに書き加えていって。皆そうしてきたんだ。それ、新人用の教育ノートなんでね」

ノートを広げてみた。下手な魚の絵の横に、調餌の手順と細かな注釈がある。

『イルカもサバにあたる（抵抗力はある）』

「さてと、このことも言っておかなくちゃな」

そう言うと、先生は棚の小瓶を手に取った。小瓶には錠剤のようなものが入っていた。

「これ、何だと思う」

「何かの薬ですか」

「半分当たり。ビタミン剤。これを魚の腹に詰めて、ビタミン摂取させる。イルカ用に特別に作ったものじゃないよ。もとは市販されている人間用のものだから。細かな容量はノートに書いてあるから、それを見て」

イルカにビタミン投与。さすがに、やりすぎのような気がする。

「先生、あの、私、観光事業課にいる時、外部の人にアクアパークの特徴について尋ねられると、『自然での状態に近い、ありのままの生態を見せる展示です』って説明してきたんです。上司にも『そう説明しろ』って言われてて。あの、わざわざビタミンなんて……」

まずい。自分はもう役所の人間ではないのだ。言葉を途中で飲んで、慌てて頭を下げた。

「生意気、申し訳ありません。来たばかりの素人のくせして」

「生意気じゃないよ。そういった疑問が出てこなくちゃならない。そのために尋ねたんだ。僕はビタミンを詰めるたびに、複雑な気持ちになる。おそらく皆、黙ってはいるけれど、同じ気持ちだと思う。だけど、どうしても必要なんだ。なぜだと思う」

「イルカの健康維持のためですか」

「もっと深刻な問題なんだ。こうしないと、イルカがビタミン欠乏症、特にビタミンB欠乏症になってしまうことがある」

イルカがビタミン欠乏症？　また頭が混乱してきた。

「いいかい。生きた魚をバランス良く大量に、かつ、安定的に入手できる水族館は、世界のどこにも存在しない。不漁の日だってあるし、大漁であっても、こちらが望む魚だとは限らない。だから、さっき言った通り冷凍魚に依存するしかない。だけど、そのデメリットもあってね。凍らせると、どうしても魚の細胞は壊れるんだ。すると、冷水で解凍する時に、水溶性のビタミン類が流れ出てしまう。特に、ビタミンB類は要注意かな。魚そのものにビタミンB1を壊す酵素があるから。それに、冷凍庫で貯蔵している間にも、魚の脂肪は徐々に酸化する。となると、脂溶性のビタミンAやEも劣化する」

先生は「分かるかい」と言い、大きく息をついた。

「水族館にいる誰もが、自然と同じ状態を保ちたいと思っている。そうしなくちゃ駄目だと思っている。だけど、そのためには、自然とは違うことをしなくちゃならない」

先生は魚に目をやる。そして「矛盾だな」と呟いた。

5

調理台のアジが、朝日を受けて光っている。

早朝、由香は一人、調餌室にいた。

ノートに書かれていた手順通りに、アジの鮮度をチェックする。ぎこちなさは残っているが、途中で手が止まることはなくなってきた。数匹ほどチェックして、壁の時計を見やる。時間も確実に短縮している。

「私、才能あるかも」

ここ数日の苦労を思い返した。

最初は散々だった。全ての手順を覚えているつもりなのに、必ず何か一つ抜け落ちるのだ。横で見ている先生から「ほら、忘れた。エラの色」とか指摘が入る。慌てて魚をバケツから戻して、エラを見ようとすると、慌てているものだから、ヒレが指に突き刺さる。痛みをこらえつつ、つかみ直そうとすると、魚はぬめって手をすり抜ける。そんなことを繰り返すうちにハリは失われ、魚の身は崩れてしまうのだ。

先生は優しいが、同時に、辛辣でもある。最初の二日は、心配そうな顔つきで、傍らにずっと立っていた。時折「う、まずそう」と呟き、特に出来が悪いと「すり身にしかならないな」と呟いて処理用バケツに入れ、少しマシだと「かわいそうに」とか「許せ」とか呟いて給餌用バケツに入れる。しかし、三日目には時々、見に来るだけになり、四日目には、最初から最後まで一通り任せてもらえるようになった。むろん、最後には、厳しい再チェックがあるのだが。

そして、今日で七日目。すでに手順は身に染み込んだ。念のため、新人用ノートをキッチン棚に置いているが、途中で開くことは無い。

「この調子だと、一ヶ月くらいでベテランになっちゃうかも」

誰もいないから、口に出しても恥ずかしくはない。手際よく、そして、素早く。ほら、もう一匹完了。完璧。才能あふれる自分が怖い。

「何だ、それ」

声がした裏口の方を見やった。また、奴が来た。

「梶先輩」

「先生から頼まれた。今日のチェックは俺がする」

先輩は調理台に来ると、給餌バケツの魚を手に取った。

「身が崩れてる。何か変なことやったのか」

顔が赤くなる。完璧ではなかった。

「いえ、ただ、ノートに書いてあった通りに」

「ちょっと見てろ。グズグズやる仕事じゃない」

先輩は手を消毒し包丁を手に取った。と思ったら、すでに一方の手はタライにあって、魚をつかんでいた。調理台で指先が軽く動き、エラ蓋が起きる。次の瞬間、劣化していたらしき頭部は切り落とされ、包丁にはじき飛ばされて、シンクへと飛ぶ。残った体の部分は、指の間で二度、三度、踊るように動き、先輩が「オーケー」と呟くと同時に、自分から望んだかのように給餌バケツへと飛んでいく。その時、一方の手はタライにあって、もう次の魚をつかんでいた。

リズミカルで無駄が無い。先生も、これほどではなかった。

「分かったら、お前もやれ」

慌てて、冷凍魚のタライへと手を伸ばした。が、自分が魚をつかむ前に、先輩に手をつかまれた。

今、給餌室には二人しかいない。動悸がする。もしかして、この人、無愛想なのではなく、好きな女には毒づいてしまうタイプだったのではないか。

「お前、この手で調餌をしたのか」

「殺菌は、ちゃんとしました。それからは調理具しか触ってません」

「もういい。残りは俺がやる。プールサイドに行って、双眼鏡でものぞいてろ」

「でも、私、ここで餌の準備を」

「しなくていい。イルカはお前のオモチャじゃない」

「オモチャって……私、ちゃんと調餌を」

「ちゃんと調餌？　爪に変なもん塗ってか。なに、色気出してんだ」

自分の指先を見やった。今日は久し振りにマニキュアを塗っていた。

「でも、肌色の目立たないのしか。よく見ないと分からないくらいですし」

「ハリを確認するために、俺達は素手で魚に触れる。作業の間に、どうしたって少しくらいは剝げるだろ。俺はマニキュアの成分が何なのか知らない。だけど、ただでさえ栄養が偏りがちな冷凍魚を食わせてるんだ。さらに、そんなもん、イルカに食わせたいのか」

「でも、このくらい。このままで料理する人なんか、世の中に一杯いると思うんですけど」

「家庭料理のことなんか知るか。俺は調餌のことを言ってる。マニキュアについての小難しい議論をしてるんじゃない。もっと単純な話、姿勢の問題だろ。やる気が無いなら出て行ってくれ。邪魔になるだけだから」

どうして、この人は何でも頭ごなしなのか。

「ノートには書いてありませんでした。それに、事前に付けるなと言われてれば、付けてません。何の指示も無かったのに、出て行けなんて納得できません」

「そんなこと誰が想像できるか。想像できない以上、指示だってできるか。だいたいノート、ノートって何なんだ。そんなもんに頼ってるから駄目なんだ」

ノックの音がした。

調餌室の扉口に、ペンギン担当の吉崎姉さんが呆れ顔で立っていた。

「大きな声やな、二人とも。ペンギンがおびえるがな。梶、交替しい。ここは、うちと新人さん二人でやるから。あんたは掃除しとき。うちがイルカの分も調餌したるさかい、あんた、ペンギン舎の掃除もするんやで」

無愛想男は黙って頭を下げた。そして顔を上げるやいなや、キッチン棚に置いていたノートを手に取る。

「あ、それが無いと、他の作業が」

「こんなもんに頼るなと言ってるんだ」

調餌室の扉が音を立てて閉まった。

「あいかわらずやねえ、梶も。まあエエ。あんな男のことは置いといて、調餌や、調餌。台の下に極薄の手袋があるさかい。けど、行きがかり上、あんた、ペンギンの分も手伝うんやで」

吉崎姉さんは「手伝うても罰当たらんやろ」と小声で付け加え、嬉しそうに腕まくりした。

6

今日も私は壁女。プールサイドで双眼鏡。

由香は双眼鏡でプールを見ていた。

丸い視界の中に先生がいる。無愛想で大馬鹿者の先輩もプール隅にいるが、先程、背を向けている間に、思いっきりアッカンベーしてやった。だから、もうそっちは見ない。

双眼鏡の中の先生が振り向いた。

「嶋君、ちょっと来てくれるかい」

ついにお呼びがかかった。いざ出陣。

双眼鏡を置いてプールサイドへと寄る。先生は足をプールに浸けて座り、傍らにある妙な機械を操作していた。機械には筒のような物がついていて、その辺りから長いビニールチューブが出ている。

一方、プールでは、先程から一頭のイルカが先生の股の間で待機している。奇妙な光景だった。

「一応、きいておこうか。こいつの名前を言えるかい」

股の間にいても、この態度。他のイルカには無い。

「一番古株のイルカ、C1です」

先生は「その通り」と言うと、消毒布でビニールチューブを拭い、それをC1の口の中に入れていく。しばらくすると、チューブの中に液状のものが上がってきた。

「検査用の胃液を採取してるんだ。最近、C1の摂餌量が少し落ちててね。ああ、摂餌量って、実際に食べた餌の量のこと。摂取の『摂』だから分かるだろう」

もう新人用のノートは無い。昨日買ったばかりの真新しいノートにメモした。摂餌。

「胃液検査は定期的にやってるんだけど、今、それを少し前倒しでやってる。他の検査値は正常だし、この程度なら問題ないとは思うけど、念のためにね。動物は重症化するまで、外観では分からないことが多いんだ。だから、要所要所で検査をやる。もし、今回の胃液検査の結果で何か問題が出てくれば、次は、内視鏡で詳しく検査することになる」

「なんだか人間ドックみたいですね」

「そりゃそうだよ。哺乳類なんだから、基本的な体の仕組みは人間と変わらない。かかる病気も似てる」

先生はチューブを引き抜き、先輩の方を向いた。

「梶、終わったよ。C1にも、給餌してやってくれ」

すでに他の三頭は魚をもらっている。だが、C1はそちらに行こうとせず、こちらを見上げていた。

「変だな。いつもなら、すぐに行くのに。やっぱり食欲が無いのかな」

首をかしげつつ、先生は立ち上がった。そしてプール隅まで行って、C1用の給餌バケツを手に取る。再び戻ってくると、「やってみるかい」と言って、給餌バケツを軽く叩いた。

「イルカへの給餌。初挑戦だな」

ついにイルカ担当らしい仕事が来た。給餌バケツを受け取ると、C1がプールの中で上半身を大きく振る。

横目で先輩の給餌を盗み見た。

難しそうには見えない。イルカの口先に魚を投げているだけではないのか。給餌バケツの中から、一番大きそうなサンマを手に取った。C1の口先に投げてみると、案の定、C1はサンマを楽々、口でキャッチした。

簡単。では、もう一匹。

だが、次の魚を取り出す前に、Ｃ１は身をひるがえし、水中に潜ってしまった。プールの壁に沿って泳いでいる。まるで、プレゼントをもらった子供がはしゃいで走り回っているように見える。Ｃ１は一周して戻ってくると、水面上に顔を出した。

口に何か、くわえている。さっきのサンマだ。

「食べないの？」

その瞬間、Ｃ１は、上半身を大きく左右に振った。口からサンマが飛ぶ。いや、飛んでくる。思わず目を閉じると、頬に冷たい物が当たった。

頬からサンマが落ちる。

「こりゃ、久し振りだな。ジャスト・ヒット」

先生の笑いにあわせて、Ｃ１は、ケ、ケ、ケ、と鳴く。そして、泳ぎ寄ってくると、プールサイドに下あごを乗せ、口を大きく開けた。

食べないくせに、餌の催促なのだろうか。いや、この態度はそうではない。どことなく、不遜とも言える雰囲気が漂っているのだ。もしかして、餌が気に入らず、因縁をつけているのではあるまいか。

どうしたらいいのか分からずにいると、最悪の茶々が入った。

「かがんで、その口に腕を入れてみろ」

馬鹿先輩からだった。状況悪化。

「心配すんな。C1は誤嚥物の取り出しトレーニングで慣れている。C1のやつ、おそらく、それをせがんでる」

「梶、彼女は初めてなんだ。それに最近のC1は、検査以外で口の中を触らせたことがない。C1も……」

先生の救援むなしく、背後から野太い声が飛んできた。

「いや、磯川。やらせろ」

いつの間にか、あの頑固親父、岩田チーフが背後にいた。

「いいか、お姉ちゃん。かがんで、ゆっくり口の中に腕を入れてみろ。昔は、口のあちこちをさすってやると、妙に喜んだもんだ」

上司にあたるチーフに言われては仕方ない。膝をついて、おそるおそる腕を口の中に入れてみた。

なんだか生暖かい。

その途端、C1の口が閉じた。肘から先は口の中にある。この微かな感触は歯先か。確か、開けた口には尖った歯ばかりが並んでいた。

息が詰まる。

C1と目が合った。笑ってるような目。いや、何か企んでるような怪しげな目。C1がこのまま潜って泳ぎだしたら、どうする。

馬鹿先輩の声が飛んできた。

「無理に抜こうとするな。本気じゃない、たぶん」

たぶんって、なに。

先生が給餌バケツから真新しいサンマを取り出し、C1に見せつけるように、大きく振る。そして、そのサンマをプール中央に投げ込んだ。

あ、緩んだ。

開いた口から腕を引き抜いた。C1は身をくねらせて水に潜り、サンマが落下した辺りへ泳いでいく。そして、サンマをくわえて再び浮上した。だが、すぐに潜水し直し、猛スピードでプールを周回する。およそ一回りした辺りで、C1は水の中から跳び出した。

ジャンプだ。今までに見た中では、一番高い。

C1は空中で大きく身をひるがえし、背面から派手に着水した。大きな水の塊がプールサイドへ飛んでくる。思いがけないことの連続に体が動かない。

水を全身で受けた。

「なんでえ。開始早々、もう、ずぶ濡れか」

岩田チーフが呆れたように頭を振った。

「控室で着替えてこい。今日は、プールには戻って来んでいい。控室からライブを見とけ。それから、魚類展示グループの修太が『手伝って欲しいことが』なんぞと言ってた。ライブが終わったら、修太を手伝ってこい。それも勉強だろ」

チーフは先輩の方を向いた。

「梶、ちゃんと記録しとけよ」

先輩も水をかぶったらしい。前髪から水が滴っている。が、先輩はそれを払いもせず、プールを見つめていた。

「梶、聞いてんのか」

先輩が我に返ったように姿勢を正す。そして、ただ、すみません、とだけ言った。

7

イルカ館三階にある控室からは、屋外プ

ールが一望できる。午後のライブは三十分後、先生と先輩は準備に走り回っているようだった。

由香は窓際を離れ、控室の古いソファに身を投げ出した。破れかけの背もたれから、バネが軋む音が聞こえてくる。ため息をついて、自分の手を見つめた。

「こんなことって、ある？」

自分の手から餌を食べてもらう——それが信頼関係の第一歩と聞いたことがある。しかし、C1は魚を投げ返した。摂餌拒否。自分は第一歩すら踏み出せなかった。ライブでは、トレーナーが付き添うとはいえ、お客さんが魚を与えることだってあるのに。

飼育する側なのに、飼育される側から拒否された。

先輩にいくら酷く言われても、我慢できる。相手は人間だ。それを耐えるのも仕事のうちと割り切ればいい。だけど相手がイルカでは、どうしようもない。

へこむ。

チーフは「プールには戻って来んでいい」と言った。餌を与えるという基本的な仕事を免除される水族館員がいるだろうか。いるわけがない。ここに来て二週間ちょっと、もう見切られてしまったということだ。

先程、先輩がロッカーにある着替えを取りに、控室に来た。けれど、怒ることも笑うこともなく、ただ黙って着替えを持って出て行った。それも、視線が合わないように顔をそらしたままで。これは、怒鳴られたり馬鹿にされるよりも、きつい。もう相手にする価値すら無いと見られたのだ。

　思えば、知識も経験も無い自分がやっていけるなんて考える方が間違っていた。無知識の新人を採用して、一から仕込む役所や会社のやり方とは、根本的に違うのだ。先輩が怒るのも当たり前で、自分がここにいること自体、間違っているのだ。

　控室のドアが開いた。

　上半身ずぶ濡れの先生が入ってきた。

「僕も水しぶきで、やられたよ。C1に影響されたのか、他の三頭まで興奮してね、やたらとジャンプして水を飛ばすんだ。まいったよ」

　先生は着替えを取りに、ロッカーの列の中に入っていく。

「今さっき、梶がここに来ただろう」

「はい」

「何か言ってたかい」

「いえ。口もきいてもらえませんでした」

　ロッカーの列の向こうから「そうか」とだけ返ってきた。

　沈黙が流れる。

　由香はロッカーの向こう側に問いかけた。

「先生、どうすればいいんでしょうか。私、観光事業課にいたと言っても、デスクワーク中心で、結局、何も……ここに来たこと自体、間違ってるんです。役所の人事って、いつもそうなんです」

情けない。涙声になっている。

役所にいた時は、他部局の人に何を言われても、何ともなかった。たいていは半日もすれば忘れたし、その場で言い返せる時は倍くらい言い返して、すっきりしてから場を離れた。職場でこんな状態になったことなんて、今までに無かったのだ。

「かなり、まいってるみたいだな」

先生が着替えを持って、ロッカーの列から出てきた。

「でも、珍しいことじゃない。動物にもある。環境が変わると、慣れるまで元気が無くなるんだ。場合によっては、ストレスで病気になる動物だっている。僕は獣医で人間は診察できないけど、人間だって同じことさ。でも、まあ、君は心配ないだろ」

先生は肩をすくめた。

「勘違いしてないかい。僕が梶の様子を尋ねたのは、梶のことが気になったからだよ。君のおかげで、梶のやつ、相当落ち込んでる。口をきかないのは、そのせいさ」

「先輩が、どうしてですか。餌の拒否みたいな情けない光景を見て、嫌気が差したんですか」

「拒否じゃない。以前、イルカの性格を説明しただろう。何て言えばいいのかな、まあ、あれはキャッチボールみたいなもんだ」

「キャッチボール？」

「この二週間程、君はプールから少し離れた所で、うろうろしていた。C1も気になっていたんだろう。で、今日ようやく間近に君を見た。そんな君にC1は『ほれ』とボールを投げてきたんだ。イルカが魚を遊び道具にすることは、珍しいことではないからね」

「でも、腕を嚙みつかれました」

「イルカの口には九十本くらい尖った歯が並んでる。まともに嚙めば、無事ではすまない。だから最初、僕はそれが怖くて、とめようとした。でも、結局、腕はどうだった。かすり傷一つ無いだろう」

黙って、うなずいた。そう言えば、恐さばかり感じていたけれど、くすぐったいくらいで、痛みは少しも無かった。

「C1は好奇心旺盛な個体だけど、同時に警戒心も強くて、人見知りも強い。初見のトレーナーに慣れるのは、いつも最後なんだよ。トレーニングは子イルカの頃から始めることが多いんだけど、C1は事情があって成体になってからのトレーニングなんだ。そんなことも影響してるのかもしれない」

C1の姿が浮かんだ。あいつ、私に向かって挑発するかのように鳴いていた。

「今日やった胃液採取だって、僕や親父さんには、やらせてくれるんだけど、梶にはなかなか気を許さなくて、やらせてくれなかった。梶ができるようになったのは、最近なんだよ。彼は何度もC1で痛い目にあってる」

先生は「イルカの立場で考えてごらん」と言った。

「好きな遊びだとはいえ、初めての人間が口の中に手を入れてくるんだ。警戒して当然だろう。だけど、C1のやつ、怪我もさせず身動きもさせずの微妙な力加減で、君の腕をくわえていた。君はC1を観察するどころではなかったと思うけど、C1は、明らかに君の様子を見て楽しんでた。C1は初対面の君を遊び相手として選んだんだ」

「遊び相手、ですか」

「トレーナーの仕事は、うまくイルカに遊んでもらうこと。そう言ったのを覚えてるかい。さっき、C1のやつ、回転しながら高いジャンプをしただろう。ハイスピン・ジャンプと呼んでるんだけど、C1は演技ではやっても、自分からやることは、めったにないんだ。魚のキャッチボールも、水しぶきをトレーナーにわざとかけることも、このところは、ほとんどやらなかった。だから僕も梶も油断してて、水しぶきをかぶっちゃった。もうC1のやつ、遊び気分全開になってる。分かるかい。へこむのは、君ではなくて、梶なんだよ」

先生は楽しげに身を揺する。そして、先生は着替えの下から何か取り出し「それと、これを君に」と言った。

「返しとくよ。無いと困るだろうから。今朝、梶から取り上げた」

例の新人用ノートだった。

「それ、先輩が頼るなって。随分、怒ってて」

「まあ、仕方ない。このノート、もともと梶のものだから」

思いがけない言葉に、何と返せばいいのか分からない。先生は笑った。

「この仕事は、どうしても職人的になる。性格も職人タイプの人が多い。親父さんを見れば分かるだろう。梶も新人の頃、苦労したんだ。でも、苦労しつつ、大切だと思われる内容を自分なりの言葉で書き留めた。それを、たまたま僕が目にすることがあってね。良くまとまってるし、新人だからこそ気づく事柄も書いてある。梶は嫌がったけど、親父さんと相談して、新人向けの教育ノートにしたんだ。それを代々の新人が使って、気づいたことを書き加えていった。ノウハウって、こうやって蓄積していくもんさ。でも、最初に梶がやり出さなければ、今でも丁稚奉公の状態は変わってなかっただろうな」

「でも、どうして。あんなに怒って、頼りすぎだって」

「戸惑ってるんだよ。いや、あいつなりに責任を感じてるのかもな。あまりにも君がこれに頼るもんだから。まあ、ともかく、この付箋のついたページを見てごらん」

ノートを受け取って開いてみた。細かな調餌手順の下に、へたくそな手の絵が付け加えてある。その絵には大きなバッテンがついていた。

『女の人へ。調餌、給餌の時は、マニキュア等は自重のこと』

女の人へって、もっと他の書き方はないの。

でも、なんだか、おかしくなってきた。

「嶋君、あまり梶をいじめるなよ」

先生はいたずらっ子のような顔をして笑った。

第二プール　ライバルはイルカ

1

久し振りに合コンの夢を見た。

由香は、夢の中で浮かれていた。

待ち合わせ場所はショッピングモールの広場。心が躍る、身も踊る。子供の頃、苦手だったスキップまでしてしまう。広場にはすでに着飾った友人達が待っていた。自分だって、今日は勝負服を着ている。合コンの出来次第では、甘い日々が始まるのだ。ああ、早くかっこいい男の子の胸にもたれて、子犬のように甘い声を出したい。

「遅れちゃって、ごめんね」

親友の久美子が怪訝そうな顔をした。

「由香、どうして、そんな格好してるの」

いつの間にか、勝負服は水族館の作業着に変わっていた。おまけに長い柄の掃除ブラシを持って、ゴムの長靴を履いている。

「なに、コスプレよ。コスプレ」

こんなことくらいで、諦められるものか。蓼食う虫も好きずき。制服好きの男だっている。なにしろ、この格好はイルカ課の制服と言ってもいいのだ。

男の子達がやってきた。男女そろって会場へ移動していく。自分は長靴で、ぼこぼこ歩く。今日は、いい男がたくさんいるみたい。よだれが出る。だめ、だめ。しおらしくしてなくちゃ。

前を歩いていた男の人が突然、振り返った。そして、いきなり手を握ってきた。

なんて大胆なひと。でも、許してあげる。

「お前、なに、色気づいてんだ」

先輩だった。

「その手は、何なんだ」

今日は七色のマニキュア、しかも、ネイルアートで、イルカのオブジェまで付いている。

「すみません。でも、今はプライベート。それに、これ、夢ですから」

言い訳している間に、友達は、それぞれ男の子と連れだって消えていく。先輩は呆れたような顔をして、一人どこかに行ってしまった。もう、皆どこに行ったのか分からない。

期待の時間が、いきなり空白の時間になってしまった。やることが無い。

「時間、空いちゃったし、調餌でもやってようかな」
ケ、ケ、ケ。
指先のオブジェが動きだした。身をひねって爪から離れ、空中を悠然と泳ぐ。

Ｃ１だった。

「あんたの手、荒れてんな。しかも、傷だらけ」

指にサバのトゲが刺さっている。

「でもよ、餌はうまくなったぜ」

Ｃ１は明るい日差しの中で、ゆっくりとターンした。

「ま、がんばんな。手をきれいにしたところで、どうせ男なんか、できねえんだからよ」

「うるさい、馬鹿イルカ」

青い空を、Ｃ１が愉快げに泳いでいく——


由香はベッドの上で目を覚ました。身を起こして、汗を拭った。

「痛いところをつくよな、Ｃ１のやつ」

ベッドから下りて、机の上の鏡を覗き込んだ。

肌のつやは悪くない。むしろ良くなっているような気がする。でも、手は荒れ放題。仕事の後には、ハンドクリームを塗り込んではいるけれど、焼け石に水でしかない。もし男の人と手をつないだら、すぐに気づかれるだろう。ザラザラな君がたまらない——そう言い寄ってくれる人は、どこかにいないだろうか。

「どんどん遠くなるな」

ため息をついて、ベランダのカーテンを開けた。明るい日差しが身を包む。夢の中で聞いた言葉が浮かんできた。

餌はうまくなったぜ。

「まあ、仕方ないか」

晴れ渡った空に雲が一つ浮かんでいる。C1の背ビレに似てるなと思った。

2

ついにトレーニングが始まった。イルカのトレーニングではない。人間のトレーニング。

由香は緊張していた。

おそるおそる屋外プールの敷地を見回した。イルカ館の通路口には、チーフが腕組みして立っている。先輩もプール隅にしゃがみ込み、こちらを凝視している。

先生が笑った。

「力を抜いて。そんなのじゃ、イルカも遊ぶ気にならない」

自分の頬を叩いて、その場で軽く二度ジャンプした。

「じゃあ、今から僕がやることを、よく見てて。細かなところよりも、全体の雰囲気をつかむんだ」

そう言うと、先生はプールの方を向いて立った。プールサイドにはイルカのＢ２がいて、先生を見上げている。先生は、しばらくＢ２と向かい合っていたが、Ｂ２が軽く身を揺すると同時に、大きく右手を横に振った。Ｂ２は一気に身をひるがえし、プールの周囲を泳ぎ出す。そして、一周の手前辺りで大きくジャンプした。

先生が首元の笛を吹き、ご褒美の魚を手に取る。Ｂ２は誇らしげな様子で戻ってきた。今日のご褒美はマイワシ。

「さっき、こんなふうに右手を振っただろ。ここでは、この手の動きをバウ・ジャンプのサインにしている」

「ばう、じゃぶ？」

「バウ・ジャンプ。助走して、その勢いのままジャンプ。たぶん、一番よく見るジャンプなんじゃないかな。イルカの演技には、それぞれ対応するサインがあるんだ。つまり、十種類の演技があれば、手の動きも十種類ある。これをハンドサインと呼んでる。別に手にこだわることはないんだけれど、手だと、人間がやりやすいから」

「それって、演技ごとに全部、覚えるんですか」

「大丈夫だよ。イルカだって覚えたんだから。まあ、まったく心配してないと言えば、嘘になるけど」

やっぱり先生は、結構、辛辣。

「でも、そんなことより、もっと大事で根本的なことがある。サインを出すタイミング。これが全てを左右すると言っても、言いすぎじゃない」

先生は足元を見やった。プールでは大人イルカ三頭が並んで、先生を見上げている。

「今こうして、イルカ達はサインを待ってる。『ねえ、何して遊ぶの』といったところかな。イルカが催促してる間に、次のサインを出す。この呼吸が合わないと、興味を失って、遊ぶのをやめてしまうことがある。『分かってないよな、こいつ』というわけだ。いいかい。イルカを良く見て、雰囲気を感じとるんだ」

「あの、もし失敗したら」

「演技のサインだとイルカが認識できれば、演技をする。できなければ、動きださない」

以前、先輩に言われたことを思い出した。プールサイドで妙な動きをするな。全てを台無しにする危険性がある。

「でも、失敗ばかりだと、これまでの成果が……」

「君はイルカ担当なんだ。どこかで踏み出さなくちゃならない。時には、お客さんにサインを出してもらうこともあるから、大丈夫」

先生は、Ｃ１と一緒に、少し離れた位置に移動した。

「Ｃ１相手にやってみて。Ｃ１なら、多少動きがぎこちなくても、理解してくれるから。さあ」

先生に促されて、プールサイドに立った。足元にＣ１がいる。

「いいかい。遊びたくって、うずうずしているのを感じるんだ。感じとれれば、サインを出す」

Ｃ１は、こちらを見上げる姿勢のまま、少し口を開けている。

よく分からない。これは、うずうずなのだろうか。

「タイミングは君とＣ１が決める。うまくいって戻ってきたら、ご褒美として魚を与えて」

Ｃ１が催促するように身を揺すった。ええい、ままよ。先生がやったように、手を大きく横に振った。その途端、Ｃ１は大きく身をひるがえし、水面下に消えた。

「よし、行った。魚を用意して」

先生の指示に従って、ご褒美のマイワシを手に取り、プールに向き直った。

水中深く、C1の黒影が動いている。確かC1は三百キロくらいあったはず。その巨体の動きが次第に加速していく。

プールサイドにいたC1の姿が頭に浮かんできた。あれは遊び気分の目か。いや、この間と同じ。馬鹿にするような目。いや、挑発するような目。やりたけりゃ、やってみろよ、とでも言わんばかりの目だった。

水中の黒影が濃くなった。C1が浮上しようとしているのだ。

来る、巨体三百キロが。

顔が引き攣った。思わず後ずさりすると、給餌バケツを蹴飛ばしそうになった。慌てて、それを避けようとすると、今度は長靴が脱げそうになる。脱げかかった長靴を元に戻そうと足を上げると、後ろに引っ繰り返りそうになった。バランスを取り戻そうと、つい腕を振り回したが、その時、手を緩めてしまったらしい。

マイワシが手から離れ、宙へと飛ぶ。水中からC1が跳び出した。

倒れゆく視界の片隅、C1の口先がマイワシをかすめるのを見た。尻餅の衝撃と同時に目をつむる。痛くて、動こうにも動けない。

「お姉ちゃん、今のは何だ。なんで魚を放り投げた」

目を開けると、岩田チーフが怖い顔で覗き込んでいた。

「これほどの迫力だとは思ってなくて。その、錯覚、錯覚です。まるでタックルされるかのように思えて」

「イルカもプールの境界は理解している。いくら跳んでも、ここまで来るわけねえだろうが」

返す言葉が無い。お尻をさすりながら、立ち上がった。先輩は唖然としたように口を開けている。先生まで口を開けていた。

C1が戻ってきて、機嫌良さげに、ケラ、ケラ、と鳴く。

チーフが給餌バケツの魚を手に取った。

「もう一回やれ。今度は転けるなよ。さっきのタイミングでいいから、もう少し高く魚を投げてみろ。サインは少し変えるから、よく見ろ。こんな具合に右手を回してから、斜め三十度くらいで振るんだ」

チーフの仕草を真似ながら考えた。さっきのタイミングと言われても、よく分からない。手を振り回した拍子に、思わず魚を手放してしまっただけなのだから。

「ぎこちねえが、まあ、いいだろ。C1が催促してる。その気が失せる前に、やれ」

慌ててプールに向き直り、再度C1と顔を合わせた。プールの中で、C1が軽く身を揺すっている。

さっきよりも分かるような気がする。

早くしろよ。でねえと、やめちゃうぜ。

由香は下腹に力を込めた。チーフに教えてもらった通りに手を動かしてみる。瞬時にC1は反応し助走を始めた。再び水面下を黒影が走る。一瞬、黒影が揺らいだ。

「来るぞ、お姉ちゃん」

チーフの掛け声に、思わずマイワシを投げてしまった。

投げるのが早すぎた。それに高い。

C1が体を錐もみ状に回転させながら跳び出した。そして、飛び散る水滴の中でマイワシをとらえる。宙で大きく身をくねらせ、背中から水面に落ちた。

水の塊が襲ってきた。笛が鳴る。

「親父さん、すみません。鳴らしてしまって。その、俺、つい」

吹いたのは先輩だったらしい。チーフは先輩には何も言わず、こちらを向いた。

「上がりだ、上がり。今日はもういい。C1だから、無理やり合わせてくれるんだ。適当にやってたら、本当に今までの成果を崩しちまう。やっぱり、おめえには、まず基礎だ。簡単なサインでいいから、イルカとのタイミングを体に叩き込め」

まだ正午にもなっていない。なのに、上がり、なんて、何がなんだか分からない。

「グズグズすんな。もう、おめえの訓練は終了したんだ。これから昼のライブの準備をしなくちゃなんねえ。控室に上がって、ライブでも見てろ」

初めて仕事らしい仕事をしたと思ったら、すぐに見学。私って、役立たず。

「それからよ、修太のやつが調子づきやがって、また水槽掃除を手伝って欲しいんだそうだ。ゴールデンウィーク前に済ませたいんだと。まあ、こっちも手伝ってもらうことがあるから、仕方ねえ。修太が呼びに来ることがあったら、魚類展示の手伝いをしてこい。それから、磯川」

チーフは先生の方を向いた。口調が変わった。

「ちょっといいか。おめえに話がある」

3

眼下では、昼のライブが始まっていた。今日も観客スタンドは満員に近い。

控室の窓際で、由香はイルカライブを見ていた。

先輩のハンドサインで、B2、F3が一斉に動き出し、高く掲げられたビーチボールにタッチ。スタンドが沸く。

「なんだ、由香ちゃん、ライブやんないの。楽しみにして来たのに」

振り返ると、修太さんが来ていた。

「え、ライブなら、もう、やってますけど」

「いや、由香ちゃんがデビューするのかと思ってさ。一か八かの大博打で。水槽掃除の手伝いは半分、諦めてたんだけど」

一か八かの大博打？　少し、しょげる。

「まだ無理です。今日、練習開始したばかりだし、始めた早々、失敗ばっかりだし。チーフには、あっち行ってろ、って言われるし。先輩も先生も唖然としちゃってるし」

「でも、C1ジャンプ、復活させたんでしょ。もう、びっくりだよ。皆いくら試しても駄目だったのに」

「復活どころか、サイン通りにジャンプしてくれなかったんです。普通のジャンプのつもりだったのに、魚を投げちゃったら、勝手にC1、そっちに行っちゃうし。もう一回やったら、今度はC1、余計な回転をして目立とうとするし」

「分かってないねえ、由香ちゃん」

「分かってないです、まだ何も」

「いや、そうじゃなくてさ。それって、C1ジャンプなんだけど」

何のことか分からない。C1ジャンプ？

「ハイスピン・ジャンプをしながら、投げた魚をキャッチ。背中から豪快に着水。高さ不足でも、似たようなことをやったんでしょ。これって難しいんだよ。高さのあるスピンジャンプだけでも、結構、難しいもの。しかも、投げた魚をキャッチ。こんな組み合わせ技をやるイルカ、C1以外に見たことない。だから、C1ジャンプって呼んでるの」

「じゃあ、私じゃなくて、先輩がサインを出せば、完璧に」

「やらない。やろうとする素振りも見せないから。C1ジャンプって、魚のキャッチボールから始まったC1独特の遊びでさ。初めてやったのは、六、七年前くらい、僕や梶がまだ新人の頃じゃないかな。遊びがどんどん複雑になっていって、C1ジャンプになった。普通、トレーニングって、段階踏んで徐々に進めるんだけど、C1ジャンプは複雑なのに、あっという間だったな。でも、C1にとっては、あくまで当時のイルカ担当との遊びだったらしくてね、その担当が退職していなくなると、やらなくなっちゃった。他のトレーナーが同じようにサイン出してみても、何のことって感じで泳いでる」

「でも、先生やチーフなら」

「二人ともやろうとしたよ。でも駄目だった。トレーニング技術だけなら、もう梶だって遜色ないんだから。C1にとっては、『お前らじゃ、やる気にならねえ』ってところなのかな。やらなくなって何年にもなる。C1のやつ、もう完全に忘れたんだと、誰もが思ってた」

修太さんは「まあ、見てよ」と言いつつ、窓外に目をやった。

C1が釣り下げられたビーチボールを尾ビレでキックしている。見事に演技を成功させると、C1

は観客側へと泳いでいって、勝手にジャンプをした。飛んだ水しぶきに、観客スタンドから嬉しそうな悲鳴が上がった。

「今のなんて、どう考えても、わざとスタンド近くでジャンプしてるでしょ。あれは、絶対、わざと水をかけて観客の反応を楽しんでるんだ。こういうことって、どのイルカでも、ある程度はやるんだけどさ。この頃のC1、やたらと多いんだよね。なんだか妙に楽しそうでさ」

修太さんはプールサイドを指差した。

「見てごらんよ、梶の背中。分からない?」

「分かるって何がですか。いつも通り、手際よくライブを……」

その時、先輩はプールサイドのバケツにつまずいて、よろけた。観客席で、軽い笑いが起こった。

「僕と梶とは、いわゆる同期ってやつ。経緯は全然違うんだけど、たまたま同じ年齢で同じ年にアクアパークに来たんだ。これって珍しいんだよ。この業界、臨時採用ばかりだから。それからの付き合い。だから分かる。梶のやつ、絶対また、へこんでる」

修太さんは笑いを噛み殺しながら、言葉を続けた。

「こういう時は声をかけちゃ駄目なんだ。すぐに怒ってごまかすから。なかなか扱いが難しいんだよね、梶って。イルカも難しいし、由香ちゃんも大変。その点、お魚ちゃんはいいよお。梶やイルカほど難しくなくて、癒されるからさ。では、これから、楽しい水槽掃除に行きますか」

修太さんは胸元から掃除用スポンジを取り出した。その目が怪しげに光る。

「ねえ、ピラニア水槽の掃除に興味ある?」

由香は激しく首を横に振った。

4

足が重い。

薄闇の中で、由香はアパートの階段を見上げた。ようやく帰宅したものの、階段を上がるのさえ億劫でならない。

足を引きずるようにして一段一段、部屋を目指す。息も絶え絶えに呟いた。

「やっと終わった、ゴールデンウィーク」

ゴールデンウィーク中のアクアパークは、まさしく地獄と言ってよかった。

基本的な仕事は変わらないものの、全館のイベント数は急増する。イルカライブの回数も一回増えた。だが、そんな表向きの事だけではなく、来場者の急増によって、雑事がとてつもなく増えるのだ。

注意書きが読めないお子様は多いし、迷子も多い。子供の日には、迷子のお子様が泣きながら、ライブ中のプールサイドに登場した。その翌日には、高校生のいたずらで、真っ昼間のラッコ館に警報が鳴り響いた。もっとも、こんな分かりやすい事柄だけなら、まだ楽だと言っていい。労力は目立たない所で地味に増える。たとえば、来場者が増えると当然、ゴミも増え、その掃除の頻度も増える。単なるゴミ掃除だろうと人は思うかもしれないが、これがかなり大変で、かつ、気を遣うのだ。

中でもやっかいなのは、屋外プールの観客スタンド。お菓子のパッケージのセロファンなんかが風に舞ったりすると、もう大変。一旦プールに入ってしまうと、透明だから簡単には見つからない。探し出すのに手間取っている間に、イルカが誤って飲み込むかもしれない。吐き出してくれればいいが、誤飲したままとなれば、鉗子で胃から取り出すこともある。ライブでは何度も注意事項がアナウンスされるが、夢中になっている人達の耳には、なかなか入らない。

まあ、問題はゴミだけではなく、とにもかくにも、雑事を含む仕事量が異様に増えるということに尽きる。まだ自分はライブの本番には出られないから、裏方としてひたすら走り回った。自分だけではなく、アルバイトもボランティアの人も含めて、全員が走り回っていた。おそらく着任した春休みも、周囲はこんな繁忙状態にあったに違いない。けれど着任直後で、とても分からなかった。

だが、明日からは、ごく普通の平日。少しは気を抜ける。

由香はアパートの部屋に入るなり、床に崩れ込んだ。

留守番電話のランプが点滅している。コンビニ袋から総菜を取り出しつつ、再生ボタンを押した。

『こら、生きとるんかい。ゴールデンウィークくらい帰ってこんか。まったく何の連絡も寄こさんと』

父の声だった。それに母の声が混じる。

『庭の野菜、宅配便で送っといたで。外食ばかりせんと、たまには台所に立つんやで』

『だいたい、いつまで、そっちにおる気や。ええ加減に、こっちに戻らんかい』

『ちょっとは自炊しいや。最近、お父さんも、台所、立ち始めてねえ。この間なんか、フライパンを真っ赤にしてなあ』

『こら、お前、何を言うと……』

甲高い電子音と共に、伝言が切れる。留守録ランプの点滅を見つめながら、ため息をついた。

「台所やないけど、毎日、調理台には立っとるよ」

出向で職場が水族館に変わったことは、両親にはまだ言っていない。市役所の職員ということに変わりはないから、報告するほどの事柄でもないという気もする。それに、母にはともかく、父には少し言いにくい。父は地元の役所の土木関連部局に在籍していて、近隣の水族館のことを、よく「あの水商売まがい」と苦々しげに呼んでいた。

さて、野菜の礼をするべきかどうか、その際、近況を訊かれれば、どこまで話すべきか。

また電話が鳴った。由香は覚悟を決めて受話器を取った。

「ちょっと、由香、今、水族館で働いてるって、ほんと」

いきなり喋り出したのは、大学からの友人、久美子だった。曖昧に返事をすると、久美子は一人で盛り上がった。

「すごいじゃない。いいなあ、そんな仕事できて。どうして言ってくれなかったのよ。今日、食事に誘おうと思って、職場に電話して、初めて知ったんだから。最近、由香って携帯も通じないでしょ。ゴールデンウィーク前に知ってたら、皆に声かけて、由香の晴れ姿、見に行ったのに」

「すごくないし、ゴールデンウィークの間は、ゴミ拾いしかしてません」

「でも、イルカ担当なんでしょ。夢みたいな仕事じゃない。憧れるなあ。ねえ、デビューはいつ？　由香もショーに出るんでしょ」

「ショーじゃない。ライブ」

「ライブ？　へえ、生演奏まであるんだ。結構、凝ってるねえ」

「プールサイドで、楽器は使いません」

「由香は何をやるの？　トレーナーの人は別にいるの？」

「私もトレーナーだけど、ショーはしないの。デビューするにしたって、まだ遠い先のこと」

ため息が出た。

「でも、三枚下ろしなら、見せてあげる。できるようになったから。でも、切り口ギザギザで、自分で見ても、すごく、まずそうで」

電話口で一人、へっ、へっ、と自嘲気味に笑う。不気味だったかもしれない。久美子は慌てた様子で話題を変えた。

「あのさ、来週久し振りに合コンをやるんだけど、由香、来ない？　水族館の話なんかすれば、すごく盛り上がると思うんだ。由香、もてるよ、きっと。今回だけは、話題を独り占めしても、許してあげる」

「行きたい気もあるけど、あたし、ぼろぼろだから。マニキュアなんかつけないから。クリーム塗っても、手を洗ってばかりで、すぐに取れるし」

「ねえ、さっきから何言ってるの」

「ごめんね。しばらく行けない」

「役所にいた時は、あれだけ、合コン、合コンって言ってたのに。分かった。今の職場に、いい人いたんだ」

「いないわよ。やたらと遊びたがるのしかいない」

「職場で遊びたがる？　ちょっと、由香、気をつけた方がいいよ、そういう人」

「イルカのこと。私、もてあそばれてるの」

説明するのも面倒で、適当に謝って電話を切った。

自分の手を広げて見つめた。今日また、魚のヒレで傷が一つ増えた。

「まだ、一ヶ月ちょっとしか経ってないのにな」

なぜか、プールサイドに立つ先輩の背中が浮かんできた。

5

今日も、休憩室は例の噂話で持ちきりのようだった。

梶は遅い昼食のカレーパンを食べていた。

ゴールデンウィーク明けのこの時期、例年なら、アクアパークには気怠い雰囲気が漂う。だが、今年は違っている。先程から、修太が「ここだけの話」と言いつつ、大声で喋っているのも、その噂に関する事ばかり。話に加わる気はしないが、気にならないではない。それどころか、どうにも苛立って仕方ない。が、自分がどうにかできることでもない。

結局、苛々しながら、八つ当たり気味に、目の前のパンにかじりつくしかない。口の中のパンを噛みもせず、コーヒーで流し込むしかない。そして……一人、むせ返るしかない。

「荒れてるねえ、梶。パンが気の毒」

むせながら顔を上げると、修太だった。修太は向かいの席に座ると、声を潜めた。

「聞いたんだろ？　役所の方から通達があったって話」

無関心を装った。

「関係ない。俺達には、どうしようもないんだから」

「関係なくはないだろ。特に、お前は」

その通り。だから、こんなに苛々している。

二つ目のパン袋を手に取った。カレーパンの次は、アクアパークの独自商品ウミガメパン。こいつを目の敵にして食ってやる。

パンにかじりつく寸前、梶は動きを止めた。

「修太、来週、平日の遅い午後、空けられないか。頼みたいことがあるんだけど」

「いいよ。そのパンくれるなら。今月のウミガメパン、幻のキウイ味なんだよね」

「まだ、何を頼むのか言ってない」

修太はいたずらっぽく笑った。

「何だっていいよ。どうせ梶の考えることだろ。あなたの今田修太、支えになります。力になります。ただし、報酬はいただきますが」

そう言うなり、修太はパンを奪い取った。止める間もなく、口の中に押し込む。だが、慌てていたせいか、咽に詰まらせ、大げさにテーブルを何度も叩く。そして、缶コーヒーまで奪い取る。結局、修太は全てを腹に収めて、満足げに大きなゲップをした。

「あれ？　何の話だっけ」

梶はため息をついて、頭をかいた。

6

イルカライブが、いつもと違っている。

由香はイルカ館の通路口で、屋外プールを見渡した。

たまにしか来ない岩田チーフが、観客スタンドの柵前にいる。いつもなら先生と先輩が代わる代わる進行を務めるところ、今日、先生はサポート役に徹し、先輩がほぼ一人でライブを進めている。

内容も、明らかにいつもと違う。

イルカ館の最上階にある音響室には修太さんの姿がある。派手なBGMに効果音。合間に修太さんの進行アナウンスが入る。

短い経験から言えばであるが、平日の最終ライブは、もっと、こぢんまりとしているはずなのだ。午後の遅い時間帯は学校関係の見学も少なく、観客スタンドは七割程度しか埋まらない。だから、音響効果に凝ることもなく、イルカの演技を披露しつつ、ざっくばらんに手持ちのマイクで解説することが多い。練りに練った演出よりは、場の雰囲気重視。アドリブだってあるし、予期せぬ質疑応答で盛り上がる場合もある。常連さんには、この方がいいと言う人も多いのだ。

しかし、目の前で進行しているのは、内容、演出ともに、休祝日用のフルバージョンに近い。おまけにライブが始まる直前、先輩に指示された。

「目立たないように、イルカ館の前辺りで見てろ」

だが、派手な演出のわりには、ライブは地味な内容にしかならず、先輩は珍しく四苦八苦していた。いつもなら一番複雑な演技をこなすC1が、かなりサインを無視するのだ。サインに気づいているはずなのに、勝手にF3と追いかけっこを始めたりする。当然、追いかけられる側のF3の集中力も欠ける。となれば、B2か子イルカのX0に頼るしかないが、X0にはまだ観客向けの演技を教えていない。結局、進行予定通りにやってくれるのは、B2だけということになる。

B2が地味に飛ぶ。まばらな拍手。が、ここで突然、派手な行進曲が流れ始め、修太さんの進行アナウンスが入った。

『さあて、ここで皆さんにご紹介しまあす。新人トレーナーの由香ちゃんでえす』

冗談ではないのか。何も聞かされていない。

『拍手で迎えて下さいねえ。由香ちゃん、緊張しないで、レッツゴー』

スタンドで拍手が起こった。先輩がプールサイドで手招きしている。

この状況では出て行くしかない。覚悟を決めて、プールサイドへ足を踏み出した。けれど、手と足が一緒に動いてしまう。あ、ホースにつまずいた。

つんのめってバランスを崩し、思わず、近くにいた先輩の服をつかんだ。

「何を緊張してるんだ。落ち着け。バウ・ジャンプだけだから」

『由香トレーナーは、アクアパークに入りたての新人さん。これが初めてのライブなんです。でも、大丈夫。皆さんの声援があれば、ホースにつまずいても、やり遂げます』

観客スタンドで軽い笑いが沸く。めげるな、と激励まで飛んできた。

「いいか。Ｂ２にサインを出せ」

「え、Ｃ１じゃないんですか。Ｂ２とは、あまりやったことが」

「やることは同じだ。やれ」

プールサイドに立って、Ｂ２と顔を合わせた。やはりＣ１とは雰囲気が違うせいか、タイミングが分からない。肌で観客の視線を感じる。耳が詰まったようになって、ＢＧＭが聞こえなくなった。

ええい、行けっ。

なかば、やけ気味にサインを出すと、Ｂ２が水面下に消えた。Ｃ１と同じ動きをしているように見える。Ｂ２は水面から姿を現すと、無事ジャンプした。

『ハラハラ、ドキドキ。無事できました。でも、なんだかイルカ達、心配そう』

胸を撫で下ろしていると、いつもの相方、Ｃ１がプールサイドに寄ってきた。こちらを見上げて、ケ、ケ、と短く鳴く。この態度は何だろうと考えた。緊張のせいか、練習の時のようには感じられない。でも、勘でサインを出しても、Ｂ２はうまくいった。
背後で先輩が何か言っている。だけど、よく聞こえない。

サインを出そうとした途端、Ｃ１は自分から水面下に潜った。さすが相方、以心伝心とはこのこと。

『Ｃ１も行きました。実は、Ｃ１は由香トレーナーの先生なんです。見てろ、ジャンプは、こうやるんだあ』

Ｃ１の泳ぎに、いつもの勢いが無い。嫌な予感がする。

動きが次第に緩やかになっていく。ついに、Ｃ１は助走コースから逸れてしまった。

「どこ行くの、ちょっと」

Ｃ１がＦ３に向かっていく。もうジャンプのことなど忘れてしまったようで、Ｆ３と一緒にたわむれるように泳ぎだす。まるで社交ダンスを楽しんでいるかのようだった。

『ごめんね、由香トレーナー。今日はデートの方が忙しいの』

「もういい。観客スタンドに向かって、礼をしろ」

拍手も笑いも無い。背後から先輩の小声が聞こえた。

言われるがままに礼をした。途切れ途切れの拍手が起こった。

『これから上手になります。イルカもトレーナーも。上達振りを見に来て下さいねえ。期待の新人、由香トレーナーでしたあ』
頭は空白。ただ、自分の頬が真っ赤になっているのは分かる。イルカ館に戻ろうとして、またホースにつまずいて、つんのめった。
静かだった観客スタンドが、ようやく沸いた。

7

由香は控室でぼんやり考え込んでいた。先程の失敗が何度も頭を駆け巡る。

なぜ、事前に言ってくれなかったんだろう。

あるプロ野球の監督曰く、新人の初先発は当日朝に本人に告げる、その方が開き直れて良い結果が出る、との由。それでもマウンドに立つまでには、数時間の余裕があるのだ。最低限の心の準備はできるだろう。

ドアが開く。先輩だった。

由香は立ち上がって「すみません」と頭を下げた。

「C1とのタイミングは分かってたはずなのに。なんだか、頭の中が真っ白になって」

「お前のせいじゃない。昼辺りから、まずいなとは思ってた。だけど、ライブの途中でC1が気を散らしたのは初めてだ。どうもお前が来てから、いろんなことが起こる」

「タイミングがまずかったんでしょうか。サインの出し方でしょうか」

「たぶん、どうやっても一緒だろ」

先輩は窓外を見やった。屋外プールでは、まだC1とF3が追いかけっこをしていた。

「お前でなくても難しい。結構、突然だから。こうなると、もう何をやってもだめだな」

「あの、突然って、何が」

先輩がこちらを見つめる。それから、目をそらし「その」と言った。

「イルカの……いわゆる求愛行動」

「春先は難しいことが多い。誰もが苦労するんだ。こういう行動が増えてくるから」

由香は黙ってうつむいた。顔が赤くなる。

その時、廊下の方で騒がしい足音がした。先輩が疲労感一杯のため息をつく。

ドアが開いて、修太さんが入ってきた。

「きついなあ、きつすぎるよなあ。C1のやつ、アレだもん。どう盛り上げようかって、もう必死でさ」

「それは謝る。けど、修太、もうちょっと他のナレーションはなかったのか」

「あれで一杯、一杯なの。お子様もいたしさ、C1の動き、どうやってごまかそうかって、そればっかり考えてたんだから。だいたい、こんな難しい時に由香ちゃんをライブに出すなんて言い出すから」

「仕方ないだろ。満員の時にやるわけにもいかない。いろいろ考えると、もう今日くらいしかないんだ」

修太さんが口をつぐんだ。そして、こちらを一瞥して「由香ちゃん、いるんだけど」と言った。先輩も一瞬、自分の方を見る。だが、またすぐに顔をそらし、話を変えた。

「伝えておくことがあったんだ。親父さんからの指示。しばらくイルカのことは気にしなくていい。全館のいろんな部署を見て回れと。顔を出せば、何か仕事はある。まずは、吉崎姉さんが閉館後にペンギン舎の掃除を手伝って欲しいと言ってた。まあ、いろいろ頼まれるだろうけど、気楽にやればいいと思う」

修太さんが付け加えた。

「時間あったら、魚類展示グループにも来てよ。昨日、ドクターフィッシュが到着したんだ。角質を食べて、肌をきれいにしてくれるお魚ちゃん。水槽に手を入れさせてあげるからさ」

二人とも妙に優しい。由香は首をかしげた。

8

吉崎姉さんは掃除を終えると、ペンギン舎隅の擬岩に腰を下ろした。

「休憩や、休憩」

由香はブラシを手にしたまま、その横に座った。ほうきの巣から可愛らしい声が聞こえてくる。今年生まれた雛の鳴き声のようだった。

「あんたも、だいぶ慣れてきたねえ。マゼランペンギンは警戒心が強いから、結構、掃除に気を使うんやけど」

「教えていただいた通りに、やってるだけです。分からないことだらけだし」

「それでエエんよ。あんた、分からん事柄は、『分からん』と言うてくれるやろ。それ、助かるねん。こっちも何を教えたらエエのか、分からへんのやから。新人の頃の梶なんか大変やったで。何を言うても、黙って聞いとるさかい」

吉崎姉さんは脇にあった水筒を手に取った。

「ほら、あんたも飲み。ダイエット効果のあるお茶らしいんよ。まあ、気休めやけどね」

冷たいお茶が咽元を過ぎていく。心地良い時間だと思った。

「それにしても、今日は、あんた大活躍やったねえ。ペンギン舎の柵越しに、イルカライブを見とったんや。ええ思い出になったやろ。戻っても、ここのこと、応援してや」

「戻るって、どこにですか」

吉崎姉さんは不思議そうな顔をした。

「あんた、何も知らんと、ライブに出とったんかいな」

「ただ、突然に『出ろ』って。もう、わけ分かんなくて」

「イルカの連中は、皆、そうやからねえ。トップのチーフからして、そうやから」

吉崎姉さんは笑った。が、すぐに真顔になり「私も詳しいことは知らんけど」と言った。

「市の方から通達があったらしゅうてね。市の外郭団体を対象に、規定人員一律削減のガイドラインが出たそうなんやわ。なんでもアクアパークは一名減なんやて。五月やろ。民間企業では偉いさんが動く時期やから、それに合わせて市の外郭団体でも、結構いろいろあるみたいなんよ」

「一名……減」

「何がホンマか知らんけど、皆いろいろと噂しとるわけ。うちの館長はソフトに見えるけど、クセ者やからねえ。このガイドラインが出るのを分かってて、わざと市本体から一名受け入れたんかもしれへん」

チーフの指示を思い出した。しばらくイルカのことは気にしなくていい。

いったい、自分は何をしに来たのだろうか。およそ一ヶ月半、騒いで迷惑かけて、では、さようなら。しかし、一人減らさねばならないとすると、客観的に考えて、自分しかいない。

「あんたは、もともと観光事業課におったんやろ。ちょっとした現場研修やったと思うたらエエがな。現場分からんと物言う人、役所には多いから。帰る前に、いろんな部署見て回るんやね。普通は見られへん濾過システムとか、電気設備も見とき。きれいで楽しい、それだけでは水族館は回らんことが、よう分かるから」

吉崎姉さんはため息をついた。

「けど、続けられたら、あんた、結構、面白い子になるわと思うとったんやけどねえ。水族館って、どこも出先扱いやから、なかなか思うようにはならんわなあ」

ペンギンの雛の声が遠くなる。由香は力なくうつむいた。

9

海獣グループ所属の全員が屋外プールの脇に集まっていた。まだ話をしたことがない人もいる。岩田チーフは、皆の前で作業日程を確認していた。

「ま、今週はざっと、こんなところだ。で、最後に皆に言っとくことがある。市の方でも、いろいろあるみてえでな。職員数を一名減らすことになった」

由香は下を向いて、身を硬くした。自分だ。

「磯川、前に出ろ」

先生？　思いもしなかった言葉に、慌てて顔を上げた。

「磯川が今月末で退職する。だが、アクアパークの獣医であるのは変わらねえ。嘱託医として契約して、海獣の面倒は引き続き見てもらうから、心配すんな。だがな、職員の時と同じというわけにもいかねえ。緊急時以外は決まった時間にしか来ねえし、もう、つまらねえこと頼むんじゃねえぞ。吉崎、おめえなんざ、便秘気味と言っては、整腸剤をかすめ取っとるだろうが」

吉崎姉さんが、ふてくされたように「へえへえ」と返した。全員が笑った。

先生は全員の前で、照れくさそうに頭をかいた。

「イルカ担当以外の方とは、今までとあまり変わらないと思います。近くで開業してる友人の獣医を手伝ってるんで、何かあればすぐに来ますから。吉崎さんの便秘じゃ来れませんけど」

チーフが全員を見回した。

「そんなところだ。各自、持ち場に戻ってくれ」

皆、各職場へ三々五々、散っていく。由香は呆然と立ち尽くしていた。ど素人を残し、知識と経験豊富な人を切る。そんな人事があるだろうか。

「どうして、こんなことに」

周囲を見回すと、先生が調餌室へ入っていくのが見えた。調餌室へと駆ける。扉を乱暴に開け、室内に飛び込んだ。

「先生、どうして先生が」

先生はもう包丁を手にしていた。怪訝そうな顔つきで振り向く。

「どうしてって、僕が申し出たから」

「一名減の方針なら私が。それに、増員した直後に削減。何が何だか分かりません」

先生は「人間の話は専門外なんだけど」と笑い、包丁を調理台に置いた。

「でも、結構あるよ。予算なんか、しょっちゅうだ。個別折衝して、増額を勝ち取るだろ。その直後に一律五パーセントカットという文書が来たりする。一律カットなら、『どこも事情は同じなんだから文句言うな』って言えるから。まあ、役所関係だけじゃないよ。僕の知り合いには、普通の会社員が多いけど、皆、似たようなことで愚痴をこぼしてる」

「でも、辞めるなら私が。だって、私、この職場で今、何も役に立ってません」

「馬鹿言っちゃいけない。君のような若い人を育てることも、アクアパークの設立目的の一つなんだ。もし君が辞めても同じこと。結局、時期を見て、若手育成を目的に職員募集をかけるんだから。何も変わらない」

頭が混乱してきた。

「そんな顔しないで。まあ、座って話そう」

先生は、調理台と冷凍庫の間の狭い通路に、パイプ椅子を二つ広げた。

「いい機会だと思ったんだ。僕は自分のことを獣医だと思ってるし、できることなら、その腕を磨きたいとも思ってる。だけど、ここでは調餌もトレーニングもやるし、プールの掃除もやる。アクアパークはギリギリの人員で回しているから。いや、全国どこの水族館でも同じような状況にあるんだ。別に今の仕事が嫌なわけじゃないよ。だけど、僕がここにいれば、その分、若い人を受け入れることができなくなることも事実だ。水族館の仕事って、職人的なノウハウの蓄積だろ。人から人へ伝えていくことが多くて、意識してないと、せっかくのノウハウも簡単に途切れてしまう。水族館って、希望者が多いわりには、なかなか若手が育たない所でね」

冷凍庫が唸るような低音を響かせている。タライの氷が溶けて、音を立てた。

「そんなに心配しなくていいよ。週に二、三度は顔を出すし、緊急時には常駐する。その承諾は友人から得てるから。ただ検査の採血や採尿などは、君達に頼むことになるし、診断キットですむ程度なら、電話ですませるかもしれない。でも、それも新しいノウハウとなっていくはずだ。本当に小回りがきく嘱託医がいれば、この方が効率的なんじゃないかって、前々から親父さんとも話してたんだ」

「でも、チーフからは、しばらくイルカのことは気にしなくていい、って指示が」

「いろんな部署を見て回れ、そう言われたんだろう。職員である以上、アクアパークに何があるのかは理解してないとね。でも、もう、この隙間のような時間しか無い。これからはイルカ専任二名。当分の間、イルカにかかり切りになるから」

「専任といっても、私、まだ何一つ分かってません。やれば失敗ばかりだし」

「イルカの飼育技術なんてことを、最初から分かっている人間がいると思うかい。心配ない。これから、ここで覚える。問題ないさ」

言葉に詰まった。唯一の頼りだった人がいなくなってしまう。自分のふがいなさやら不安やら、様々な思いが湧き上がってきた。

「早く一人前に、と思うんです。ちゃんとしなきゃと思うんです。でも私、まだ何も分からなくて、誰かに、ききながらでないと」

「梶がいる。ああ見えて、結構まめだから。ノートを見れば分かるだろ」

「でも、先輩も面倒くさそうだし。怒鳴られることばかりだし。たぶん嫌われてるんです、館長室で初めて会った時から」

何を言ってるんだ、私は。慌てて椅子から立ち上がり、先生に頭を下げた。

「申し訳ありません。職場で言うことじゃありませんでした」

顔を上げると、先生は困惑の表情を浮かべていた。

「仕方ないな。また勘違いしてるようだから、話しておくよ。人事絡みの内幕は話すべきではないんだけどね」

先生は一旦言葉を区切り、息をついた。

「君を役所に帰して一名減で帳尻を合わせる。確かに、そんな噂は流れた。それを耳にして、強く反対した奴がいた。君を帰しちゃいけない。一名減が動かせないなら、自分がアルバイト契約に切り替わる、とまで言った。誰だと思う？　梶だよ」

「そんな。先輩が」

「あんな梶、僕は初めて見た。あいつ、君のことを『イルカ並みなんです』って言うんだ。怒らないでやってくれよ。彼は悪いニュアンスで使ってるわけじゃない。イルカから同等扱いされる。それは仲間意識かもしれないし、もしかしてライバル意識なのかもしれない。ともかく、そんなところが君にはあるって」

先生は冗談ぽく「あいつの言葉は難しいから」と笑った。

「むろん親父さんも僕も、梶の言うことを鵜呑みにしたわけじゃない。でも、この仕事をやっているとね、そんなものがあるんじゃないかって思える時がある。最近のＣ１の行動を思い出してごらん。イルカは好奇心旺盛な動物だけど、野生動物としての警戒心は当然ある。特に、Ｃ１は初見の人間に対して警戒心が強い。だけど、Ｃ１は君の腕を噛んで、その反応を楽しみ、投げた餌を食べもせず、君との間の遊び道具にした。おまけに、C1ジャンプまでやり始めた。親父さんも僕も、あのジャンプ復活を何度試みたか分からない。けれど、C1は少しも興味を示さなかった。僕は獣医として生理学も生態学も学んできた。でも、この違いが何に起因するのか、いまだに分からない。だから、君が残る」

「そんなの、ただの偶然です。先生まで、そんな」

「かもしれない。答えは誰にも分からない。だけど、梶が君のことを、そう言ったのは事実だ。君が残ることは、もう決まったんだ。であれば、そのことを意味のあることにしなくちゃならない」

先生は膝を叩いて「さあ、仕事だ」と言い、立ち上がった。

「一緒に調餌をしよう。上達振りを見せてもらおうかな」

先生は再び包丁を手に取った。

10

アパートの部屋で、由香は鞄を引っ繰り返した。

ノートを持って帰るのを忘れた。ビデオも無い。

今日から先生との引き継ぎが始まっている。先生の仕事のうち、簡単なものについては今後、自分もやらなくてはならない。手始めに今日、イルカの健康チェックに不可欠である採血のやり方を教えてもらった。閉館後、控室で採血の様子を撮ったビデオを見て、そのあと、室内プールで先生に実地解説してもらった。その際、ノートとビデオを壁際のベンチに置いたが、どうやら、そのまま置きっぱなしにしてしまったらしい。

部屋を出た。アパートの暗い階段を駆け下り、自転車にまたがった。

先生の退職前に、出来るだけ多くの事柄を体に染み込ませておきたい。最近、分かってきたのだが、この仕事は実際に体を動かさないと、なかなか覚えられないのだ。今夜は、ノートとビデオで復習しつつ、部屋で一人、模擬演習し、手順を完全に覚えてから、明日の採血本番に臨むつもりでいた。水際でノートを見ながら、というわけにはいかない。すでにノートは何度も水に濡れ、かなりくたびれている。あのノートは私だけの物ではない。今までの新人の、そして、これからの新人の物でもある。

再開発地区を立ち漕ぎで急ぐ。

アクアパークにたどり着くと、まっすぐイルカ館を目指した。裏口に回って警備ボックスに職員証を通す。館内に入ると、鉄扉が音を立てて閉まった。

廊下奥に薄明かりが滲んでいる。

室内プールからのように見える。退館前には消灯したはずだが、誰かいるのだろうか。

怪訝に思いつつ薄暗い廊下を進む。室内プールに足を踏み入れた瞬間、由香は思わず息を飲んだ。

明るい。それに、揺らいでいる。
ガラス天井に月があって、こうこうと室内を照らしていた。プールにも月があって、水面上できらめいている。二つの月明かりは、それぞれにプールサイドを照らし、壁には幾重もの濃淡模様が出来ていた。濃淡は絶えず入れ替わり、揺らいでいて、止まることがない。

その時、プールのどこかで水音がした。

Ｃ１か。

由香はプールに目を凝らした。だが、プール奥は薄闇に包まれていて、よく分からない。見える範囲の水面は滑らかで、波紋一つ無い。今、プールには四頭全てのイルカがいる。けれど、水音を立てたのは、Ｃ１であるような気がしてならない。

再び水音がした。昼間のような陽気な鳴き声は聞こえてこない。断続的に水音だけが続く。次第に、その間隔が短くなってきた。

絶対、Ｃ１に決まっている。また、私を挑発してるんだ。

手に汗を滲ませつつ、息を潜めていると、プール隅に丸みのある薄陰が現れた。尾ビレらしき陰が動く。壁に水しぶきが飛んだ。しかし、そこには誰もいない。

甘い。甘いよ、Ｃ１。

昼間よりＣ１の動きが分かる。暗いし距離もあるのに、肌で感じられるのだ。Ｃ１が何を狙っているのかも。

その手には乗らない。

薄陰のＣ１は水を飛ばすのをやめた。ただ、ゆっくり揺れている。が、何の前触れもなく、水の中に吸い込まれるように薄陰は消えた。

Ｃ１が消えた。

思わず、プールサイドへと足を踏み出した。水面を見回していると、突然、プール中央が波立つ。水面の月が崩れ、その中から巨大な黒陰が現れた。

Ｃ１。

水しぶきが薄闇に散る。Ｃ１は夜空へとジャンプした。星粒の間で派手な宙返りをし、大きな月を横切る。

「飛ん……だ」

夜空からＣ１が戻ってきた。着水の瞬間、水面は爆裂、水しぶきが再び巨体を包み込む。飛んできた水しぶきの一つが、頬に当たった。

痛い。張り手をされたかのように頬が痺れる。

プール奥には黒陰が三つある。他の三頭は野次馬よろしく楽しんでいるらしい。そして大きな水音と共に、目の前にＣ１が現れた。Ｃ１はイルカ館全体に響き渡るような声で、ケ、ケ、ケ、と鳴く。

俺たちゃ、命令されて、やってんじゃねえぜ。面白えから、やってんだ。

C1は、悠然と、三頭の元へと戻っていく。

負けた。

由香は唇を噛んだ。なぜ、そう思うのか、自分でも分からない。ただ間違いなく、これは完敗だ、と思った。

「でも、負けっ放しじゃないからね」

再びプールが静けさに包まれる。崩れていた月が水面に戻ってきた。

第三プール　イルカの宿命

1

夢の中で誰かにキスされようとしていた。

由香は夢と分かりつつも、ぼんやり考えた。

相手が誰なのかは分からない。でも、胸がときめく。あ、肩をつかまれた。どうしよう。こういう時は、やっぱり素直に顔を上げた方がいいのかしら。目をつむった。恥ずかしさをこらえつつ、顔を上げてキス待ち。ああ、迫ってきた。待ちに待った瞬間が今……。

だが、いつまでたっても、相手はキスしてこない。

どうして。もう、こんなに盛り上がっているのに。これじゃイルカでも文句を言う。思い切りジャンプをしたいのに、ジャンプのサインを出してくれない。ほんと、そんな気分。キス待ち顔を一人で続けてると、頬が攣るのよ、分かってる？

「こうなると、もう、何をやってもだめだな」

聞き覚えのある声がした。まさか。

おそるおそる目を開けると、目の前に先輩がいた。先輩はあきれたように頭を振り「春先は難しいことが多い」と言った。

「誰もが苦労するんだ。こういう行動が増えてくるから」

そんな。それならそうと言ってくれれば——


由香はベッドの上で目を覚ました。

なんてこと。あまりにも情けない内容で目が覚めてしまった。

「サイテー」

まったく何て夢を見るのか。エネルギーが余ってる？　そんなはずはない。毎日、体は疲れ切っている。帰宅時には精根尽き果てていて、シャワーを浴びてベッドに横になると、いつの間にか寝てしまっている。そんな状態がずっと続いている。

ため息をついた。

六月に入って一週間経つ。先生は嘱託医になり、先輩と二人だけになった。だからといって、何が変わったというわけでもない。仕事が増えて、その分、失敗も増えた。だから、怒られることも増えた。ただ今までよりは、何かしてる、という実感はある。

何かって、それは……。

「仕事。仕事に決まってるじゃない」

大きく頭を振った。あんな夢のせいで、余計なことを考える。そんな余裕なんて無いのだ。イルカ専任は二人しかいない。ということは、自分が何かヘマをすれば、イルカの生命に関わることだってありうる、ということでもある。

「だから、忙しくてもいいよね」

ベッドから下りて、カーテンを開ける。

朝日に向かって、由香は大きく伸びをした。

2

出勤すると、C1が陸にいた。

由香は目をこすって、もう一度、室内プールに目をやった。

プールサイドには、一段低くなっていて水面との段差があまり無い部分がある。そこにC1は乗り上げているのだ。そして、民芸品の置物のように上下に揺れている。

「干上がっちゃうじゃない」

プールサイドに駆け寄ると、C1は少し体を動かして、こちらを向いた。そして「見ろよ、格好いいだろ」とでも言いたげに、更に大きく揺れる。

大粒の水滴がC1の体を伝って落ちた。

早くプールに戻さなくてはならない。だが、どうやればいいのか。なにしろC1の体重は軽く三百キロを超えているのだ。暴れられれば、細身の自分など、壁まで軽く跳ね飛ばされるのに違いない。

通路奥からドア音が聞こえた。

誰か来た。助けを求めて通路に駆け戻ると、先輩が裏口を閉めていた。

「先輩、大変です。C1が上陸しました」

「上陸？」

「あの、プールサイドの浅瀬みたいな所。オーバーフローって言うんでしたっけ。今、そこで揺れていて。早く水の中に戻さないと」

「体、乾いてたか」

「水滴はついてました。でも、このまま陸にいたら死んでしまう」

「お前、勘違いしてないか。イルカは哺乳類で肺呼吸してるんだ。長時間はまずいけど、濡れていたなら、まだ大して時間は経ってない」

先輩は室内プールへと向かっていく。だが、どうにも、のんびりとした歩き方に見えてならない。

我慢できず、追い抜いてプールへ出ようとすると、いきなり肩をつかまれた。

「姿を見せるな。遊び相手にされると、逆に長丁場になるぞ。しばらく見てろ」

C1はまだ揺れていた。その揺れが次第に大きくなる。振り子のオモチャのようになった時、C1は身をくねらせて跳ね、プール内に戻った。

気が抜けた。

「何なの、C1」

「あれはランディング。健康管理のトレーニング項目にあっただろう」

「確か、体重測定のためにプールサイドに上がる訓練、でしたっけ」

「C1のやつ、それが随分、気に入ったらしい。自分で勝手にランディングしては、しばらくして、またプールに戻る。陸上には水の浮力が無いだろう。それがイルカにとっては奇妙な感覚で、面白いのかもな。でも、しばらく、やってなかったんだ。新しい刺激ができて、また自分の得意技をやりたくなったんだろ」

「新しい刺激?」

「お前だよ」

先輩の手が、まだ肩にある。なんだか温かい。

「けど、夜中にランディングして、万が一、そのまま戻れなくなると大変だ。夜の水位は、もう少し下げておいた方が良さそうだな」

肩から手が離れた。

「冷凍魚を解凍しておいてくれ。俺は着替えてくるから」

先輩が背を向けた。そっと自分の肩に触れてみる。まだ温かい。

「ああ、それと」

先輩が何か思い出したように振り返った。慌てて手を戻した。

「今日、仕事のあとの都合、どうなってる。空いてるか」

今朝の夢が頭をよぎる。

「大丈夫です。空いてます。どうしてなのか、もう、完全に空いてます」

「じゃあ、出ろ。全館ミーティングがあるんだ。本来は各業務のリーダークラス以上のミーティングなんだけど、それ以外でも、誰が出席しても構わない。というか、その、親父さんに言われたんだ。お前を出席させろって」

空いてない、って言いたい。

「全館ミーティングって、何をやるんですか」

「出れば、分かる」

それだけ言うと、先輩はさっさと階段を上がっていく。無愛想は変わりない。それ以外も、特に変わりはないのだけれど。

「何、考えてんの、私」

室内プールで、C1が大声で鳴いている。

絶対、あいつ、私をからかっている。由香は顔をしかめた。

3

水族館であれ、役所であれ、会議というものは、どこでも似たようなものらしい。

由香は会議室を見回した。

会議室の中央には長机が並べられ、会議用テーブルとなっている。そのテーブルの右側には飼育業務の関係者。我が海獣グループからは、岩田チーフと吉崎姉さん。魚類展示グループからは、修太さん以外の全員。修太さんはと言えば、「やむをえない事情につき欠席」と嬉しそうに呟き、南房総漁協との打ち合わせに出かけてしまった。

一方、テーブルの左側には、管理業務の関係者。総務の倉野課長を筆頭に広報、設備、庶務の各係長が顔をそろえている。そんな布陣の会議用テーブルから少し離れて、部屋の後部にはパイプ椅子が数脚、そこに先輩と自分が座っている。自分達の左には総務の若手が数人、右には会場案内と物販飲食の各パート長。

そして、テーブル前部の真ん中辺り、行司役の位置に館長が座っていた。だが、今のところ、館長は腕組みして会議の内容を聞いているだけで、何の発言もしていない。

ミーティングは、全館点検休館日の予定作業の確認に始まり、次いで次週からの特別展示の説明へと移った。ここまでは配布資料通りで、何の滞りも無い。最後に庶務連絡事項へと移り、総務の倉野課長が来場者アンケートの集計報告を始めた。

「前回、ご報告していたアンケートの結果でありますが……」

その途端、室内の雰囲気が変わった。

落ち着かなくなる人や、顔を微妙に曇らせる人。明らかに、ため息らしきものまで聞こえる。だが、そんな周囲の反応とは逆に、当の本人である倉野課長は、見るからに気合いが入っている。説明の終盤には、その口調は相当、熱を帯びたものになっていた。

「皆さん、どうです。アンケートにおいても裏付けされました。なぜ、イルカには、ちゃんとした名前が無いのか。こう思っていたのは、私一人ではない。この件について、もう何度、この場に持ち出したことか分かりませんが、そろそろ結論持ち越しではなく、はっきりと決めてしまいたい。アクアパークの設立コンセプトは何だったか。身近で親しまれる水族館『マイ・アクアリウム』です。もう迷う必要はない。イルカの愛称を公募しましょう。当館が、より親しまれるきっかけとなること、間違いない」

「待ってくれ」

野太い声が上がった。岩田チーフだった。

「うちのコンセプトは一つじゃねえ。もっと大切なコンセプトは『生きざま展示』なんだ。飼育生物をペットにしちまって、それが生きざまか」

倉野課長は顔を曇らせた。

「名前を付けること、イコール、ペット化じゃないでしょうが」

「名前なら、ついている。C1、B2、F3、X0。今さら何を言い出しやがるんだ」

傍らから、ため息が聞こえた。どうやら、先程からのため息は先輩だったらしい。

倉野課長の顔は憮然とした表情になった。

「岩田さんねえ、今、議論してるのは、あんたのこだわりじゃない。アクアパークの来館者が、どう受けとめるか。それを議論してる。ここは水族館であって、大学の研究室じゃない。来場者から入館料を取って、運営を維持してる。来場者はお客さんでもあるんだ。そのお客さんに見てもらって、いくらの場所なんだ」

「だから、そのお客さんに、ペットを見せたいのか、ときいてんだ」

「何で、いつも話がそこに行くんだ。名前を付けたら、何で急にペットになる」

「そっちこそ、いつも言ってんのに、何で分かんねえ。魚類と違って、哺乳類てえのは、勘違いすまいと思っていても、つい、しちまうもんなんだ。甘ったるい名前で毎日呼んでるうちに感情移入しちまう。そんでもって、ペットの頭を撫でてる感覚になっちまうんだ」

チーフが突然、こちらを向く。「今は仕事を始めて間もないお姉ちゃんもいる」と言い、次いで、隣に座る吉崎姉さんの方を向いた。

「吉崎、おめえも、そう思うだろう。ペンギンだって認識タグの色で呼んでんだ。『赤銀』とか『白茶』とか記号みてえな名前ばかりだ。そうやって、飼育者としての、客観的な立場を明確にしとるわけだろうが」

「それもあるけどねえ。結局、記号で呼んどっても、『ポチ』や『ミケ』ちゅう気分で、呼んどったりするからねえ」

吉崎姉さんの投げやりな言葉に、チーフは言葉に詰まった。室内各所から、かみ殺した笑いが聞こえる。

館長が腕組みをやめ、テーブルに身を乗り出した。目がこちらを向いている。

「嶋君、どうです。今の議論を聞いて、どう思いますか。率直なところを言ってくれませんか。この中では、あなたが一番、来場者に近いんですから」

助けを求めて、傍らの先輩を見やった。だが、先輩はこちらを見もしない。

由香は諦めて喋り始めた。

「その、まだ、よく分かってないんですけど、先日、幼稚園の子に泣かれました」

「泣かれた？　ほう、どういうことです」

「ジャンプしたイルカの名前を尋ねられたので、教えてあげたんです。『しーわん』に『ぴーつー』に『えふすりー』だよって。その子、覚えようとしたんですけど、どうしても覚えられなくて。周りの子が、それをからかって、それで、泣いちゃって」

心臓の鼓動が激しい。自分でも、何を言ってるのか、よく分からない。そもそも、尋ねられているのは、こういうことなのか。

館長は微かに唸った。

「公募しましょう」

チーフが何か言いかけた。だが、館長は、それを制するかのように、先に口を切った。

「いくら話し合っても、結論は出ません。水族館における永遠の課題なんですから。ですから、私が館長として、決めることにします。むろん、飼育技術者としての意識付けは必要です。それはそれとして、岩田チーフが担当者に叩き込んで下さい」

チーフは黙っていた。

「愛称募集については、管理部の広報を主幹とします。イルカ課と相談しながら進めて下さい。候補が集まれば、イルカ課で選んでもらいましょう」

館長は岩田チーフと倉野課長の顔を代わる代わる見やった。

「この議論は、ここまで。いいですね」

だが、これが会議の裏テーマだったらしい、そのあとは庶務事項が淡々とあっただけで、全館ミーティングは散会となった。

皆、どこか解放されたような顔つきで、部屋を出て行く。

あんなこと言って、良かったのだろうか。

由香はしばらくパイプ椅子に座ったまま、自分の発言について考えていた。気づくと、もう会議室には自分しかいない。慌てて廊下に出て周囲を見回した。

イルカ館への渡り廊下に先輩の姿がある。

走って、渡り廊下に出た。先輩に駆け寄って、追いすがるように上着をつかんだ。

「先輩、私、まずかったでしょうか」

「まずいって、何が」

「その、チーフの意見に逆らうようなことになってしまって」

「馬鹿らしい。こんなことで、上の意向を確かめる必要なんか無い。館長の言う通り、正解なんて無いんだから。それに、館長はイルカ担当としてのお前に、意見を求めたわけじゃないだろう」

そう言うと、先輩はまた歩き出した。傍らを歩きながら尋ねてみた。

「あの、先輩はどう思います。さっきの議論」

「どっちも正論。ということは、どっちでもいい。俺は飼育業務の現場にいるから、どちらかと言えば、親父さんの意見に共感はするけれど、だからといって、そうでないと困るということも無い。愛称で呼ぶことになっても、飼育技術者としてのスタンスを失う奴は、ここにはいないだろ。もっとも、お前はどうか知らないけど」

あい変わらず無愛想。おまけに早足。ついて行くのにも、息が切れる。

突然、先輩がイルカ館の手前で立ち止まった。「忘れてた」と呟くと、胸元から何か取り出した。

「これをやる。お前用の笛だ」

確かに、イルカの担当者は誰もが笛を持っている。先生も持っていた。そして、やたらとプールサイドで吹く。でも、意味不明のまま、自分には必要ない物なのだと、勝手に決めつけていた。

「今週から、イルカのトレーニングにお前を加える。先生が辞めて、俺一人では無理だから。この笛はトレーニングの必需品だから、絶対に無くすな」

笛を受け取って見回した。金属製の細長い笛で、特別な物とは思えない。取りあえず口にくわえて、吹いてみた。高いかすれたような音しか出ない。

「これ、壊れてるみたいです。音が出ません」

「人に聞こえない音域は出てるんだ。調節すれば、人が聞こえる音も出るから」

そう言うと、先輩は背を向けてしまった。

本当か。つまみのような物を動かして、もう一度、口にくわえてみる。力一杯、息を吹き込んだ。渡り廊下に笛の音が響き渡る。

先輩が真っ赤な顔で振り向いた。

「馬鹿っ。いきなり、こんな所で吹くな」

確かに、壊れてはいないようだった。

4

プールサイドに腰掛けた先輩の膝元で、F3が逆さに浮き腹部を見せている。尾ビレ近くにある肛門には、細いコードが差し込まれていた。

「イルカの体温測定は、こうやって腸で計る。今、何度ある」

由香は検温機の表示を確認した。

「三六度八分です」

「測定したら、その体温を記録用のグラフに書き込む。体温は飼育日誌にも転記しておいてくれ。健康状態を把握するための、基礎データになるから」

「あの、イルカの平熱って」

「人間と同じくらいか、少し高いくらいと言われてる。けど、個体差はある。だから、正確な平熱は、過去の推移をみて判断するしかない。平熱がどのくらいか、各頭ごとに頭に入れといてくれ」

先輩はコードを抜いて笛を吹いた。Ｆ３は姿勢を戻し、先輩の手から魚をもらうと、プールサイドから離れていく。

先輩はコードを巻きながら、立ち上がった。

「今見た通り、体温測定のため、Ｆ３は腹を見せて、じっと浮いていた。当然、野生のイルカは、そんなことをしない。無防備に腹を向け、肛門にコードを挿入されても、じっとしているんだ。どうだ、一度お前もやってみるか」

激しく首を横に振った。

「そうだろうな。イルカだって、好んでやりたがるわけがない。当然、最初はおびえる。だから、順を追って馴らしていく。最初は、腹を見せて、じっとさせること。それができるようになったら、腹部に触る。それにも慣れてくれれば、検温センサーのコードを挿入する。段階を追って目指す行動に近づけていく。どうしても時間がかかる。かといって、手順を省くと、また、おびえさせてしまうことがある。こうなれば何もかも台無し。最初からやり直しになってしまう。だから、焦ることは禁物だ。ついでに言っとくと、こういった健康管理のトレーニングを、ハズバンダリー・トレーニングと呼ぶことがある。まあ、こんな用語は、あとで覚えればいいけど」

ハズバンダリーと呟いてみる。言いづらい。

「別の言い方をすれば、イルカに『腹を見せて、じっとする演技』を覚えさせる、と言ってもいい。イルカにとっては、ジャンプも体温測定も、トレーナーとやる遊びみたいなもんだ」

先輩は一旦、言葉を区切り、少し間を取る。それから、こちらを見つめた。

「俺は今日、休憩室でお前が昼飯を食ってるところを見た。もう、目を細めて、いかにも嬉しそうに食ってた。どうだ。飯が食えると嬉しいか」

真っ赤になる。何で、そんなところを見てるんだ、この人は。

「誰だって、嬉しいです」

「その通り。誰でも飯を食えると嬉しい。食物を摂るのは生物としての本能で、その本能が満たされるからだ。じゃあ、どうだろう。お前をいつも腹ぺこにして、ちゃんと仕事をできた時にだけ、飯を食わせることにするんだ。そうしたら、お前、必死にやるんじゃないか。仕事を覚えるのが、かなり早くなりそうな気がする」

「あの、そんなことしなくても、すでに必死なんですけど」

懸命に反論するも、先輩には通じない。

「けど、あの馬鹿食いじゃ、飯が足りなくなりそうだ。それに食事だけが目的になると、お前、満腹の間は働こうとしないだろう。おまけに食事を作るには手間暇がかかる。つまり、どうしてもタイムラグができる。となると、飯にありつけたとしても、どの仕事の成果として飯にありつけたのか、お前、よく理解できないんじゃないか」

もしかして、明日から、食事に条件が付くのだろうか。

「そんな。これから、何を楽しみに」

「イルカだって同じことだ。言葉は悪いが、最初は餌で釣る」

どうやらイルカの話らしい。胸を撫で下ろしていると、先輩は唐突に給餌バケツを指差し「そのバケツの魚」と言った。

「お前が調餌したやつだよな」

はい、と肯くと、先輩の手がこちらに向かってきた。

また怒られる。思わず眼をつむった。何がまずかったのか。むろんマニキュアはしていないし、鮮度は十分に確認した。身の崩れも無いはずなのに。

先輩の手が頭に触れた。なんと、撫でられているではないか。

「何で、目を閉じてんだ。今、俺はお前の頭を撫でた。嬉しかったか」

何なんだ、この会話は。胸の中で愚痴をこぼしつつ、うなずいた。

「でも、よく考えてみろ。俺は、お前の頭に触れた手を前後に動かしただけだ。なのに、なぜ嬉しい？」

「それは、その、調餌の出来が良くて、褒められたのかな、と」

「頭を撫でられる、イコール褒められる。これは良いことだ。お前は成長の過程で、そう関連づけてきた。こういったことを、専門的には『学習』と呼んでいる。学習が無ければ、褒められているとは考えないし、嬉しくもならない。実際、他人の頭に触れることを侮辱とする文化だってある。日常で使われる『学習』とは、言葉の使い方が少し違うけど、分かるよな」

「じゃあ、イルカも撫でるんですか」

「そうしてもいい。だけどイルカは水中にいるから、撫でることは人間にとって簡単なことじゃない。そこで笛なんだ。撫でることと同じように、笛の音が『よくやった』とか『オーケー』という意味になってる。笛なら、好きな時に、いつでも鳴らすことができるから」

首に掛けている笛を手に取って見回した。

「そうか。イルカって、この音が好きなんですね」

「いや、イルカにとって、笛の音は、本来、何の意味も無い。これも学習なんだ。実際、捕獲されたばかりの野生のイルカに何度笛を吹いても、知らんぷりで泳いでいる。だけど、笛を吹いたら餌を与えるということを繰り返すと、『笛が鳴ると餌だ』と理解する。時間の経過と共に、イルカは笛の音は良い事のシグナルだと見なし始める。いわば、笛の音が褒め言葉になるわけだ。荒っぽい説明だけど、これを『条件付け』と呼んでいる」

そう言えば、そんな用語が理科の教科書に載っていたような気がする。

「餌のように、本能を直接満たすような褒美を生得性好子、褒め言葉や笛のように、学習によって得られた褒美を習得性好子と呼んでる。この二つは、専門書を読んでると、時々出てくるから、頭に入れておいた方がいい。もう分かると思うけど、笛を使うのは、それが人間にとって便利だからで、習得性好子は何でも構わない。たとえば、Ｆ３は胸ビレに触ってやると、褒められたと理解する。だけど、それは学習によって得たものだから、子イルカのＸ０は理解しない」

聞いたこともない用語が次々に出てくる。こんな先輩、初めて見た。

「ややこしい演技のトレーニングも、結局は、この条件付け理論と、先程の馴らし理論の組み合わせでできてる。たとえば」

先輩は壁隅に行き、立てかけられていた長い棒を手に取った。今日の先輩は話がよく飛ぶ。もう説明は終わりで、今から掃除なんだろうか。

「その棒、前々から不思議に思ってたんです。何の掃除に使うのかなって。先端に白い布、巻いてあるし」

「これは掃除道具じゃなくて、トレーニング道具。ジャンプ演技のトレーニングなどに使う。例えば、この棒の先端の白い部分にイルカが口先でタッチしたら、魚を与えたり笛を吹いたりして褒めるんだ。水面スレスレ程度の高さなら、どのイルカでも苦もなくできる。タッチすることを覚えたら、今度は徐々に棒の先を高くしていく」

先輩は棒を大人の背の高さ程に掲げた。

「この程度の高さになると、イルカはタッチするために勢いを付けて水面から跳び出さなくちゃならない。それができたところで、更に棒を高くしていくと、最終的にはジャンプになる。これで第一段階が完了。次に、手でサインを出した時にジャンプした場合に限って、褒めることを続ける。手のサインとジャンプという演技を関連付けるんだ。これが第二段階になる。こういったことを、毎日少しずつ進めていく。サインでジャンプをすればいいんだと理解してくれるまで、ずっと」

「ずっとって、どのくらい」

「トレーニングの期間に、絶対的な基準は無いんだ。数日で完成する場合もあれば、一年かかる場合もある。演技の内容や、イルカが興味を持つかどうかによって、大きく違ってくるから。というと、全てがケースバイケースのように聞こえるけど、実は、すでに代表的な演技のトレーニング手順は確立してて、それは本などを読めば分かる。ただし、全く新しい演技の場合は、原点に戻って、トレーニングのやり方を自分で考えるしかない。でも、結局は先程の『馴らし』と『条件付け』、この二つの考え方の組み合わせだから」

先輩はトレーニング用の棒を壁に戻した。そして、長椅子に置いていた鞄を手に取り、その中から何やら取り出した。

「こいつを貸してやる。好きに書き込んでいい」

先輩の手には数冊の専門書がある。何語か分からない洋書まで混じっていた。

「今、話したポイントを頭に置いて読めば、だいたいは理解できると思う。文章が分からない場合でも、説明図を見れば、ある程度は見当がつくから」

専門書を手に取り、一番難しそうな本を開いてみた。ノートと同じ字の書き込みが各所にあった。

「ただし、ここにあるのは行動学関係の本で、内容は一般理論が中心だ。けど、俺達は生き物を相手にしている。生き物が違えば、その生態も違う。それを無視して

一律に同じようにやろうとすると、うまくはいかない」

「あの、その生態と言うと」

「イルカに関しては、主に二つ。イルカは群れで生活することが多いけど、互いの関係は対等だ。分かりやすく言えば、群れにボスイルカはいない。トレーナーとイルカの関係も対等が基本。無理に事を運ぼうとすると、嫌になって、どこかに泳いでいってしまうだけだ」

何となく、その感覚は分かってきた。ほんと、気まぐれな奴らなのだ。

「もう一つは、前々から言ってる通り、イルカは非常に遊び好きだということだ。これは結構、特異な習性で、自然界でも観察できる。けど、そもそも『遊び好き』って、どういうことだと思う」

「遊ぶのが好き……ですか」

先輩は顔を曇らせた。

「教えてくれ。どうすれば、そういう受け答えができる」

「それは常に真剣に、聞かれた質問に的確に答えようとすると、自然に……」

「もういい。ほんと、お前に教えるのは疲れる。いいか。動物はいろいろと創意工夫をして、食べ物を手に入れようとする。たとえば、道具を使って木の実を採ったり、役割を分担して狩りをしたり。だけど、それは生きるために必要な行為で、遊びとは呼ばない。だけど」

突然、先輩はプールを見やった。

B2が口の中から、魚を出したり引っ込めたりしていた。そして、これ見よがしに、魚をF3に見せつける。二頭の追いかけっこが始まった。

「あれをどう思う。魚を口から出したり入れたり、時には、ボール遊びのボールのように魚を使ってみたり。どれも生きていくことに必要な行為じゃないだろう。イルカには、こういった行為がやたらと多い」

子イルカX0がプールの真ん中でジャンプをした。

「今のを見たか。X0には、まだジャンプなんて教えていない。自然界のイルカも似たようなジャンプをやる。別にトレーニングなんかしなくても、イルカは自分でいろんなことを、遊びとしてやってるんだ。時には、そんな遊びが、人間の目から見ると、すごい演技に見えることがある。C1が例のジャンプをした時のこと、覚えてるか。すぐに笛を吹いただろう。偶然、人間にとって好ましい遊びをしてくれたもんだから『そいつはいい』と言ったわけだ。これを演技として仕上げたければ、先程のトレーニング手法を用いて、『サインをきっかけに遊びを開始する』ように誘導していく。アクアパークでも、イルカの自発的な遊びを元にした演技がいくつもある。派手じゃなくても、こういう演技はいい」

追いかけっこに飽きたらしいB2がプールサイドにやってきた。そして、口から舌を出して、アッカンベーの格好のまま泳ぎ回る。確か、これもB2が勝手に始めた遊びなのだ。

「対等の関係で遊び好き。この習性を踏まえると、『イルカの興味にそって、トレーニングをする』という方法が、一番効率的ということになる。今はこの考え方が主流で、ペットのしつけのように叱って叩くような方法は、めったに使わない。いわゆるポジティブトレーニングが中心なんだ。つまり、ハンドサインでこちらの要望を伝え、笛で褒め、イルカをその気にさせるのが、演技であり、そのトレーニングだと言ってもいい」

先輩の顔を見つめた。理屈なんてそっちのけで、無茶ばかり言う人だと思っていた。だが、意外や、意外。自分なんか、役所にいた時は資料室に入ろうとも思わなかった。

「ちなみに、笛は動物トレーニング用のもので、動物にしか聞こえない高音域を出せる。けど、ここでは人間も聞こえるように調節してある。来場者にトレーニングの仕組みを説明するには、音が聞こえていた方が分かりやすいから」

ここで、先輩は急に顔の表情を緩め、一仕事終えたように息をついた。そして、いきなり「以上」と宣言した。

「話すべき事は全て話した。もう教える事はない。あとは一人で、がんばれ」

「え？　これで終わりですか」

「正確なことは、本で勉強してくれ。俺が言ったことは、かなり大ざっぱで、いい加減な説明だから。何か質問はあるか」

これは、まずい。何でもいいから尋ねて引き延ばさねば。何でもいいから。

「ええと、その、そう、ハズバンダリー。ハズバンダリーっていう単語、もともとの意味は何なんでしょうか」

「知るか、馬鹿。そんな質問なら、終わりだ」

「でも、あの、きいてるんだから、教えて下さい」

先輩は真っ赤になって「本当に知らないんだ」と言った。

「大卒のお前が高卒の俺に、そんな事きくな。気になるなら、自分で辞書を引け」

先輩は背を向けてしまった。

「先輩、私にもポジティブトレーニングして下さい」

「トレーニングの方法は相手にもよる。アクアパークにはいないけど、アシカなんかは違う。こちらを認めてくれるまで咬んでくるから、こちらもアシカになって対抗するんだ。そうした上で信頼関係を築く。覚えとけ」

先輩の背がイルカ館へと消える。
ケ、ケ、ケ。
C1がプールサイドで、こちらを見上げていた。

あんたにゃ、難しすぎるんだろ。頭、火、吹いてんぜ。

「ねえ、C1。アシカみたいなトレーニング、やってみる?」

そのとたん、C1は身をくねらせて泳いでいった。

5

トレーニングの基本は馴らしと条件付け。相手の習性を念頭に置くこと。

由香は夢の中で、トレーニングをしていた。

今日の夢はグッド。プールの中にいるのは、イルカではなく先輩なのだ。先輩はプールサイド近くをゆっくり泳ぎつつ、時折、止まってこちらを振り返る。いかにも遊んで欲しそうな目をしていた。

「遊んで欲しいの?」

先輩が、プールの中で嬉しそうに、うなずいた。手招きすると、水音を立てて、やって来る。頭を撫でてあげた。

「よく誘えたね。その調子、その調子」

ああ、そうだ、笛を吹かないと。でも、今は手元に無い。ああ、早くしないと、先輩は何を褒められているのか理解できなくなってしまう。仕方ない。

由香は唇をとがらせ、口でピーッと言ってみた。

「今の、笛のつもりよ。笛の音、分かる？」

先輩が、かわいらしく、うなずいている。オーケー。

「じゃあ、ついでに、キスしてみる？」

とがらせた唇を近づけた途端、先輩はおびえるような目をした。そして、身をひるがえしてプールサイドから離れ、水しぶきを上げながら逃げてしまった。

しまった、やりすぎた。焦って手順を省いては、だめ。少しずつ、少しずつ。

突然、美味しそうな匂いが鼻をくすぐる。

脇を見やると、なぜか、プールサイドに炊飯器が置いてあった。しかも、蓋を開けてみると、ちゃんとご飯が炊けていた。今日の夢はなかなか良くできている。

「ほら、ご飯があるよ。美味しそうよ、ほら。大丈夫。おいで」

こんなやり方でいいのだろうか。だが、先輩は再び泳ぎ寄ってきた。今度は、やる気満々の目をしている。その気になっている。トレーニングではタイミングが大事。そのタイミングが来た。

「オーケー。カモン、先輩」

由香は目をつむった。軽く突き出した唇に衝撃を感じた。先輩の唇って、こんなに硬かったのか。見た目だけでは分からなかったな。

そっと目を開けてみた。妙に細長い口が目の前にある。鋭い歯がきらり。

ケ、ケ、ケ。

ああ、大口開けて笑ってる——

由香はベッドで身を起こした。

「C1ッ」

目が覚めた。先日はキス待ち放置の夢。今日はこれ。

「やっぱり、エネルギー余ってる?」

そんなことは、絶対に無い。毎日、プールサイドで疲れ果てているのだから。トレーニングを本格的に始めて、二週間ちょっと。怒られることばかりが続いて、もう頭の中は朝から晩まで混乱状態なのだ。

ベッドから下りて、壁のカレンダーをめくった。

来週末から、ついに七月になってしまう。ということは、もうすぐ地獄の夏休みがやってくるということだ。夏休み期間中の休祝日やお盆休みは、ゴールデンウィーク以上の忙しさで、パート、アルバイト、ボランティアを総動員しても、手が足らないと聞いた。ますます忙しくなる。だけど、イルカ専任は二人。

「先輩と私だけ、か」

もう先輩が怒る相手は私しかいない。はたして、これは喜ぶべき状況なのか、それとも嘆くべき状況なのか。自分でも、どちらなのか、よく分からない。

カレンダーを戻して、ベランダのカーテンを開ける。その時、なぜか、大口開けて笑うC1が浮かんできた。

6

イルカ館の室内プールには、B2とF3がいる。

由香は滲む汗を拭った。

「じゃあ、行くよ」

腕を大きく前に出し、指先を下にしてクルクルと回した。それにあわせて、二頭は立ち泳ぎしながら、コマのように回る。これは基本演技、通称クルクル。オーケーの合図として笛を吹くと、二頭は姿勢を戻しプールサイドで口を開ける。今日のご褒美はイカ。

「どう、B2、F3。上達したでしょ」

口に出してしまってから、気恥ずかしくなった。顔を上げて、ガラス壁の向こうを見やる。

梅雨の合間の晴れの日、屋外プールでは、先輩がC1と新演技のトレーニングをしていた。その傍らで子イルカX0が、気まま勝手にトレーニングのまねをしている。これぞイルカトレーニングと言うべき光景が、屋外プールにはある。

一方、ここ、室内プールの光景は地味そのもの。なぜって、やっている演技は基本的なものばかりで、とっくにB2もF3もマスターしているのだから。その二頭に対して、自分がサインを出しても反応してくれるようにトレーニングをしている。つまり、練習しているのはイルカではなく、人間である自分の方と言うのが正しい。

「じゃあ、次はバイバイやるよ」

由香は手の平を広げて、そのまま左右に振った。こうすると、立ち泳ぎしつつ胸ビレを振り、バイバイのポーズをするはず……なのだが、二頭は動かない。

B2が横を向いて、ケラ、ケラ、と鳴く。F3は細かく身を揺すり、早くサイン出してよ、と催促している。

「だから、ほら、バイバイ」

B2無視継続。F3再び催促。なぜ。

「手を振る時に、体も少し揺すって。上半身全体で、バイバイという感じで」

懐かしい指示が飛んできた。先生だった。

「いいから続けて。早くしないと、B2、F3が呆れて行っちゃうぞ」

言葉通り、上半身全体でバイバイをしてみる。すると、急に二頭は動き出し、胸ビレでバイバイをした。

「ほら、できた。笛を吹いて」

笛を吹く。B2とF3はプールサイドに来ると、得意げな様子で口を開けた。さあ、そのイカ、ちょうだい。ご褒美を口の中へ。

「大したもんだ、こんな本、読んでるのか」

先生が長椅子に置いていた本を開いている。由香は慌てて立ち上がり、イルカに背中を向けた。これはトレーニング終了の合図。

「それ、先輩の本なんです。今、借りて読んでるんですけど、まだ少ししか。読みだすと、すぐ眠くなって。先輩の説明は理解したつもりなんですけど」

「梶の説明？」

長椅子に座って、先日、先輩からトレーニング理論を教えてもらったことを話した。

「あとは自分で勉強しろって、専門書をドサッと。やりかけのトレーニングは先輩にしかできないし、先輩自身の仕事もあるし。私の教育は後回しなんです、どうしても」

「そうか……それにしても進歩したな。びっくりだ」

うつむいて「進歩できてません」と呟く。先生は笑った。

「今、言ったのは梶のこと。あいつがそこまで説明したなんて、僕には驚きでね。あいつ、若いくせに、体で感じろ、というタイプだろ。君も必死なんだろうけど、梶も必死なんだよ。何とか君に仕事を伝えようとしてる」

先生は目を細めた。

「いいね、二人とも。思っていた以上だ」

頰が赤くなる。先生はまた笑って、鞄から書類を取り出した。

「今日は、先週の検査結果を持ってきたんだ。血液、糞便、呼気、胃液、どれも異常なし。控室の書類棚に、イルカの健康管理ファイルがあるから、それに綴じておいて」

受け取った書類には細かな数値が並んでいた。

「ほとんど人間ドックですね。おまけに、人間よりずっと頻繁だし」

「仕方ないんだよ。体調が悪ければ、人間なら『体調不良で休みます』とか言える。野生動物は言わない。それどころか、本能的に隠す習性がある。自然界では元気がない個体は敵から狙われるからね。飼育環境によって、習性は、薄れはしても、無くなりはしない」

「でも、いつもよりチェック項目が多いような気が」

「検査項目を全部やってるからね。来月上旬に全館点検休館日があるだろう。アクアパークでは、夏休み突入前に、設備と飼育動物の状態チェックを徹底的にやる点検期間を設けているんだ。水を全部落として掃除をしたり、濾過設備を徹底点検したり。夏休みに入ると忙しくなって、どうしても、いろんな見落としが発生するからね」

「忙しくなる前の設備点検は何となく分かりますけど、健康チェックもですか」

「来場者が増えることは、水族館にとって歓迎すべきことだけど、動物のストレスになりうることも忘れちゃいけない。面白がって水槽を叩いたり、勝手にお菓子を与えたりする人もいるから」

先生は遠くを見る目をした。

「以前、アカウミガメがビニール袋を腸に詰まらせたことがある。ウミガメはクラゲを食べるから、浮いているビニールをクラゲと勘違いして食べちゃうんだ。でも、この出来事が何を意味してるか、分かるかい」

黙って首を横に振った。

「アカウミガメの飼育プールは屋内。ビニールが風で舞い込むような場所じゃない。おそらく誰かが面白がって、わざとやった。残念ではあるけれど、そうとしか考えられない」

先生は大きく息をつく。そして「そういう人もいるんだ」と呟いた。

7

本日休業。でも、暇ではない。

由香は屋外プールの長椅子に座っていた。脇には大量の葉書が入った段ボール箱がある。

「どうすんの、これ」

段ボールの中の葉書を一枚手に取った。達者な筆遣いで『愛称として花子をご提案申し上げます』とあった。もう一枚。今度は、たどたどしい鉛筆書きで『いるか君』とある。葉書を箱に戻し、大きくかき混ぜてから、何枚か手に取った。『ブリッパー』『海の鳥どん』『ぶっとび佐助』ときて、一旦、箱に戻した。これではドラマや漫画のタイトルシリーズになってしまう。もう一度かき混ぜて、別の箇所から手に取る。『海娘』『海豚男』『酔々鯨』ときて、また戻した。これでは居酒屋に並ぶ日本酒のラベルではないか。

箱を見やって、深いため息をついた。静かなせいか、ため息が妙に大きく聞こえる。

今日から、三日連続の点検休館が始まっている。

先程から、メイン展示館では怒号らしき声が響いている。今日、魚類展示グループでは、巨大水槽の落水掃除と同時に、濾過システムの点検も実施すると聞いた。濾過システムは、単にきれいに洗えば良いものでもないらしく、先週、修太さんは、まじめな顔で何度も設備担当と打ち合わせをしていた。そして、ようやく今日を迎えている。

だが、ここ、屋外イルカプールは静かそのもの。たまにイルカ達の水音が聞こえるくらいで、普段の騒がしさが嘘のように思える。

海獣グループの作業は明日からとの由。魚類展示グループと同じく、プールの水を落として掃除をしたり、濾過システムの点検もするらしいが、海獣類は水から直接、酸素や栄養分を取り込んでいるわけではなく、魚類ほど気をつかわなくてすむと聞いた。そんなわけで、今日、先輩は久し振りの有給休暇を取っている。チーフは飼育技術者の会合で、夕刻まで戻ってこない。

留守番役を仰せつかったのは昨日のこと。先輩から「明日の仕事は給餌だけで構わない」と言われた時、小躍りしそうになった。これぞ鬼のいぬ間の洗濯。控室で心躍らせながら帰り支度をしていると、チーフが重そうな段ボール箱を抱えてやってきた。

「お姉ちゃんよお。おめえ、明日やること無くて暇だろ」

チーフは疲れた表情をして、箱をテーブルに置いた。箱の中をのぞき込むと、愛称募集の葉書が大量に入っていた。

「千通くらいある。一日かけて、存分に選べ」

「いや、それは、ちょっと。あの、私ごときが決めるのは僭越ではないかと」

「館長が言う通り、おめえが一番、客に近いんだ。俺は、どうも、こういうのはよく分からねえ。分からねえ奴は口を出さん方がいい。それに、おめえ、今日の昼、言っただろうが。C1の名前、ビックンでどうですか、って」

週に一度、チーフは飼育日誌をチェックする。その飼育日誌を見せに行った時、チーフは葉書の山の横で弁当を食べていた。たまたま山の一番上の葉書に『ビックン』とあるのを目にして「C1の名前にしたら、覚えやすそうですね」と言った。深い理由は無い。何か適当な話題を口にしていないと、飼育日誌をめくるチーフが、どんな難題を言い出すか分からないからだ。だが、まさか、その一言で千通が自分の元に来るとは思わなかった。

「C1はビックンでいい。あとの三頭も、おめえが決めろ」

濾過槽の方で、大声がしている。

由香は我に返った。

自分の脇には、あいも変わらず、大量の葉書がある。こうなれば、テレビ番組での抽選のようにエイヤで決めるしかない。思い切り段ボールの中の葉書をかき回し、一通の葉書をつかんで引き抜いた。

『シュータ2号』

数年前の暑中見舞いとおぼしき葉書に、見覚えのある字が踊っている。応募人を見た。今田修太。ため息をついて葉書を箱に戻し、長椅子から立ち上がった。

ああ、肩が凝る。いや、体全体が凝る。

プールに向かって体をひねり、凝りをほぐす。プールサイド近くをC1が泳いでいた。

「C1、あんた、ビックンにしたからね」

C1はゆっくりと旋回して向きを変えた。そして、また同じ所を泳ぐ。先程から、C1は何度も同じ所を行き来しているような気がする。それも、どことなく、だるそうに。考えてみれば、今日はジャンプもしていないし、追いかけっこもしていない。給餌の時には、いつも催促するように鳴くのに、今日は七分目そこそこで泳いでいってしまった。イルカは食いだめができるから、食べなくとも、すぐに支障が出るわけではないらしいが、こうなると、どうにも気にかかる。からかうような仕草が、今日はまるで無いのだ。

今日はヘマをしても大丈夫。誰も見ていない。

由香はイルカ館に戻って、倉庫から検温機を持ち出した。プールサイドにC1を呼ぶ。検温のサインを出して、腹部を見せた姿勢で浮かせた。検温センサーのコードを肛門から十センチほど入れる。デジタル表示が急速に上がっていく。体温三十八度八分、いや九分か。

コードを抜いてC1を戻した。長椅子に駆け寄って、飼育日誌を捲り、過去の記録を目で追った。イルカの体温は人間と同じか、若干高い程度のはず。だが、体調不良の日でも、三十八度ちょうどでしかない。

血の気が引いていく。

今日は自分しかいない。だが、どうしたらいいのか分からない。

震える手で携帯を取り出した。先週、この仕事に合わせ、防水仕様に携帯電話を変えた。だから、まだ誰の番号も入れていない。ただ、覚えている番号が一つだけある。

イルカ課には、もう二人しかいない。

由香は震える指先で番号を押した。

8

なんだろう、良い香りがする。

梶は、うたた寝から目を覚まし、臨海公園の砂浜で身を起こした。

パンプスを手に持ち、浜辺で二人の女性が波とたわむれている。さっきの香りは、あの女性達のものだろうか。いや、単なる気のせいか。

胸の奥深くに、潮の香りを吸い込んだ。

せっかくの休日くらい、どこか他に行けば良いのに、と自分でも思う。けれど、結局、こんな所に来てしまう。まあ、特に行きたい所も無いから仕方ない。それに、親父さんに言われなければ、休みを取るつもりもなかったのだ。

大きめの波が浜辺をおおった。嬉しそうな悲鳴が上がる。

浜辺の様子を見ながら、梶は一人、苦笑いした。

この春以降、どれだけ騒がしい声を聞かされてきたことか。イルカ課は、いつの間にか、アクアパークで一番騒がしい課になってしまった。あいつは、いつも一人で騒ぎだすのだ。騒ぐのが好きなのだろうか。先週など、手を振り回して「先輩、C1が上陸しました」だ。

「まったく、上陸って、何なんだ」

そういえば、あの時、いい香りがしていた。

あいつは、マニキュアの一件以来、香水類も付けていない、と言っていた。とすれば、あれはシャンプーの残り香だろうか。いや、女性そのものの香りか。

海を見つめながら、ぼんやり考えた。

昔、あの人も、いい匂いがしていた。優しく包んでくれるような匂い。それを言うと、何も付けていないのに馬鹿ね、と笑っていた。

突然、胸に振動を感じた。

携帯が鳴っている。

休みの日にまで電話を掛けてくる奴なんて、しばらくいなかった。画面表示の番号を確認しても、誰なのか思い当たらない。少なくとも、昔からの知り合いでないことだけは確かだ。

電話に出ると同時に、泣きだしそうな声が聞こえてきた。

「先輩、先輩ですか」

梶は慌てて立ち上がった。

9

プールサイドの低地部分、オーバーフローでC1は横向きになっている。先生がC1の背ビレ辺りに筋肉注射を打ち終えた。

「呼気に腐敗臭があるな。嶋君、黒鞄の中にシャーレを入れてる。それをくれないか」

由香は鞄からシャーレを取り出して、手渡した。

夕日を浴びつつ、C1は不規則な呼吸を繰り返している。先生はC1の頭上に菌培養用の検査シャーレをかざし、しばらくして、それを閉じると、立ち上がった。

「梶、C1の体調次第だけど、可能なら、検温を定期的に頼む。もし餌を取れるようなら、すり身と温水を混ぜて粥状にしてから、カテーテルで胃に流し込んで。普段とは違うから、水分補給を考えながらやってくれ」

処置を終えたC1を三人でプールに戻した。C1は気怠そうに泳いでいく。

先生は、人間の医者が患者のカルテに書くように、飼育日誌に処置を書き込み始めた。日誌には薬の名前らしき横文字が並んでいる。

由香は梶を見やり、小声で尋ねた。

「水分補給するんですか。水中にいるのに」

「イルカは水中にいても、海水を飲んでるわけじゃない。餌である魚の水分を吸収してるんだ。だから満足に餌が摂れないと、強制的に水分補給するしかない」

背後から野太い声がした。岩田チーフだった。

「磯川、急な呼び出しで、悪いな」

「いえ、私はこれが仕事です。親父さんは戻ってきて、大丈夫なんですか」

「どうせ不要不急の会議なんだ。どうにでもならあな。そんなことより、おめえが診た感じでは、どうだ。見当つきそうか」

先生が「それが」と呟き、大きく息をついた。

「広範囲に効く抗生物質を投与しましたが、どうも、ちょっと」

先生はチーフに処置を書き込んだ飼育日誌を手渡した。

「他の三頭は、先程、室内プールの方に移しました。C1は、どうしますか。明日、屋外プールは落水掃除の予定だと、梶に聞きましたけど」

「無理やり移動させるのも、負担になるだろ。このままでいい。それに、屋外プールは観客席側が透明アクリルだ。万が一の場合、そっちの方が見える」

会話の意味が分からない。由香は再び小声で梶に尋ねた。

「先輩、見えるって、いったい何が」

返事が返ってこない。

腕をつついて催促すると、先輩は目をつむって答えた。

「C1が今、何が原因で苦しんでいるのかは分からない。だが、何が原因でも、イルカの直接的な死因は決まってるんだ」

決まってる？

「溺死する。イルカは哺乳類で空気呼吸するから。浮いていられなくなれば……」

先輩は目を開いたが、すぐにプールから目をそらした。

「プールの底に沈むしかない。それが最後なんだ」

そんなことに、なるわけがない。

そう胸の内で返し、由香はプールの中のC1を見やった。昨日まで、C1は憎らしいほど元気だったのだ。餌も催促されたし、水しぶきも飛ばされた。それから一日、経過していない。先輩もチーフも、最悪の場合を言っているだけのことだ。そうに決まっている。

チーフは飼育日誌を閉じると、先生の方を向いた。

「迷う余地はねえな。屋外プールの落水掃除と濾過システムの点検は中止だ」

「じゃあ、私は電話掛けを。明日、手伝ってもらうボランティアに事情を説明して、早めに中止を伝えときませんと」

「おめえは、もう外部の人間だ。やらせるわけにはいかねえ」

「元は内部の人間です。今は、それで十分です」

先生はチーフの答えを待たず、イルカ館へと入っていく。

チーフは先輩の方を向いた。

「梶、作業中止を管理部に伝えてこい。それと、屋外プールの照明を夜通し付けとけ、と言っとけ」

先輩が走る。次いで「嶋」と声が飛んできた。身が震える。初めて「お姉ちゃん」以外で呼ばれた。

「お前は、今すぐ帰れ。帰って寝ろ」

「C1が苦しんでるんです。私も何かします。ここにいます」

「寝ろと言ったら、寝ろ。夜十一時に、また出てこい。今夜は夜通し、C1をウォッチする。交替制だ」

そう言うと、チーフはプールに向き直る。そして、黙って拳を握った。

10

アパートに帰ってきてから、ベッドで横になっている。

由香は姿勢を変えて、天井を見つめた。

眠れるわけがない。チーフの言う通り、体を休めねばならないことは分かっているが、それができるほど自分は強くない。目をつむれば、プールの情景が浮かんでくるのだ。こうしている間にも、Ｃ１の状態は悪化しているのではないか。そして、いきなり嫌な連絡が来るのではないか。

ベッドを出て携帯を手に取った。携帯を胸に抱いて、再び横になる。そして、無理やりベッドに横たわっていた。だが、何の連絡も無いまま、日は暮れ夜になる。もう我慢できない。セットした時計が鳴り出す前に、身支度を整え、アパートを出た。

アクアパークに着いて、すぐに屋外プールへと出る。

夜間照明の中で、Ｃ１は泳いでいた。プールサイド近くには、普段、壁際にある長椅子が設置してある。先輩はそこに座って膝に肘をつき、前屈みになってＣ１を見つめていた。

「先輩、交替します」

先輩は我に返ったように「ああ」と呟き、身を起こした。

「ここに座って、C1を見てろ。ただし、水際には立つな。C1が無理して寄ってこようとするかもしれないから。いいか。動かなくなったり、逆に急に変な動きをしたりしないか、注意してるんだ。双眼鏡が必要なら、ここにある」

うなずいた。先輩はメモ用紙を差し出した。

「親父さんと先生の携帯番号だ。たぶん、親父さんは館内のどこか、先生は手伝っている診療所の方にいると思う。二人とも何かあれば駆けつける」

「先輩は？」

「俺はここで寝る。何かあれば、すぐに起こせ」

先輩は長椅子の下から、アウトドア用のマットを取り出した。そして、屋外プール隅の薄闇へと移動し、地面にマットを広げると、柵にもたれた。

水音がする。

不安になって、プールを見やった。水音は単発で、もう何も聞こえない。夜間照明が水面できらめいている。目の前にあるのは、溶け込んでしまいそうになるくらい、静かで穏やかな光景でしかない。

「抗生物質は打った。それ以外の薬も打った。カテーテルもした。やることはやった」

薄闇の中で、先輩は独り言のように喋り始めた。

「今、俺はここにいる。お前もそこにいる。親父さんと先生も、すぐに駆けつけられる範囲内にいる。

けど、何のためにいる？　できることは、もう何も無い」

「でも、検査で原因が分かれば、新たな対処法が分かるかも」

「検査結果は、たぶん間に合わない。回復するなら、それまでに回復している。俺達は今、何をしてる。これは何の仕事なんだ」

「先輩、これも……擬人化ということですか」

沈黙が流れた。

「これは義務だ。飼育者としての」

先輩は自身に言い聞かせるように呟くと、ようやく横になった。だが、横になってからも、始終、動いている。プールの方を向いたり、柵の方を向いたり。ベッドの上の自分がそうであったように。

唇を硬く結んで、プールへ向き直る。

それから数時間、ひたすらプールを見つめ続けていた。

大きな水音がするたびに、双眼鏡を手に取った。C1の姿を見つめ、しばらく観察し続けて変化が無いことを確認してから、双眼鏡を置く。手のひらの汗をタオルで拭き、またプールを見つめ続ける。同じことを何度繰り返したか分からない。二十回は超えたであろう頃、傍らで人の気配がした。

「やっぱり動きが鈍いな」

先輩が起き出してきていた。

「夜明けまで、まだ少しあります。まだ寝ていた方が」

「もう十分だ。俺は昨日、休みを取ってて、あまり体を動かしてない。これ以上、じっとしていると、逆に体がおかしくなる」

空が白み始めた頃、背後で気配がした。今度は先生だった。

「診療所で寝るより、ここの方がいい。気を遣わなくてすむから」

そして、プールに日が差し込み始めた頃、イルカ館で野太い声がした。

「ソファがオンボロで硬えんだ。眠れやしねえ」

全員で朝日に照らされるＣ１を見つめた。先生が時計を見やった。

「体力が残ってるうちに、処置をしとこう」

朝日の中で、注射をし、水分補給のためのカテーテルをした。次いで、先輩が体温測定のために検温機の電源を入れようとすると、チーフが「やめとけ」と言って、その手をつかんだ。

「もう、Ｃ１の負担になるだけだ」

処置を終えたＣ１が、ゆっくりと離れていく。

「どうにも、良かねえな」

通常の出勤時間になった。点検休館日二日目、アクアパークは昨日と同じように活気にあふれ始めた。今日は、設備業者が裏手の予備電源設備に来ていて、騒がしい。

だが、イルカプールの静けさは変わらない。

「調餌室に……行ってきます」

大変なことが起こっていても、他の三頭の世話をやめるわけにはいかない。由香はいつもと同じように調餌をし、室内プールの三頭に給餌をした。そして、もう一度、調餌室に戻った。取っておいた一番鮮度の良さそうな魚をすり身にし、それを温水で溶いた。すり身の粥をペットボトルに詰める。C1が摂餌可能になった時のために。ペットボトルに蓋をした時、室外の会話が聞こえた。

「難しそうだな、磯川」

「ええ。だんだん動かなくなってきましたから」

胸に込み上げて来るものをこらえて、調餌室を出る。

長椅子の周囲に三人がいた。チーフが手招きするので、駆け寄った。

「嶋、おめえは、ここで引き続きC1をウォッチしてろ。梶、おめえは、予定作業のうち可能なものを片付けろ。全館休館の今しか、できねえこともあるんだ。ただし、他の海獣の仕事を手伝うことはねえ」

チーフは先生の方を向いた。

「おめえは、どうする」

「どのみち、今日は定期来館の日です。まだ診ていない海獣もいますので」

チーフがうなずく。そして再び、こちらを向いた。

「いいか、嶋。Ｃ１の動きを観察してて、不自然に感じたら、呼べ」

「不自然、ですか」

「おめえの感じ方でいい。もう、おめえも、何が不自然かは分かるはずだ」

それから、ずっとＣ１と共にいた。

昼を過ぎた頃、Ｃ１は、ほとんど動かなくなった。ただ、浮かんでいる。この安静状態は良いことなのか、悪いことなのか。自分には分からない。何も分からないのが悔しくて仕方ない。

しかし、安静状態は一時間程で終わりを迎えた。

Ｃ１が再び泳ぎ出したのだ。が、回復ではない。普段の泳ぎとは明らかに違っている。やたらと泳いでいるとでも言えば良いのか。

不自然。

何がそうなのか、はっきりとは言えない。だが、まるで泳いでいないと溺れてしまうとでもいうような泳ぎに見えるのだ。そう、イルカの鼻、呼吸孔は頭の上にある。

携帯を手に取った。

「嶋です。Ｃ１が不自然……苦しげな泳ぎ方をしてます」

電話を切ると、昨日の言葉が浮かんできた――プールの底に沈むしかない。

噛んだ唇から血が滲む。

絶対に、そんなことにはならない。なんと言ってもＣ１なのだ。挑戦的で挑発的なＣ１なのだ。これからもＣ１は私をからかうだろう。それで構わない。これからもＣ１とは本気で喧嘩をやる。何回でもやる。そして、一緒にＣ１ジャンプを復活させるのだ。

五分もせぬうちに、全員が屋外プールにそろった。

チーフはプールに目を向けるなり「梶」と怒鳴った。

「残りの作業は全て中止する。管理部にそう伝えてこい」

先輩が走る。間髪入れず、チーフは「嶋」と怒鳴った。

「おめえはプールから目を離すな。いいか。何があっても目を離すんじゃねえぞ」

それから三十分もせぬうちに、Ｃ１の泳ぎは変わった。もう誰の目にも分かる。立ち泳ぎに近い。懸命に浮こうとしている。

「Ｃ１、浮けえっ」

由香は、プールに向かって声を絞り出した。Ｃ１の溺れるような仕草は止まらない。その動きの振幅は次第に大きく、激しくなっているように思える。そんなＣ１を、自分以外の三人は、ただ見つめている。

由香は作業着を梶の足元に脱ぎ捨てた。

「何するんだ、こんな時に」

「プールに入って、支えるんです。支えて浮かすんです」

プールに駆け寄ろうとすると、背後から羽交い締めにされた。そのまま後ろに引き摺られる。振り向くと、先輩の手が頬に飛んできた。

「イルカは海に棲む動物だ。自力で泳げなくなったら、終わりなんだ」

終わり？

そんなこと、あるか。頭に血が上った。拳を握り、目の前にある腹を殴った。力を込めて繰り返し殴った。だが、壁のように立ちふさがる体は動かない。

激しい水音が聞こえている。あがくような水音が。

喉が詰まる。声が言葉にならない。その場に崩れた。だが、すぐに強い力で肩をつかまれ、身を引き起こされた。今度は先生だった。

「座ってても構わない。だけど、プールの方を向くんだ」

「嫌です。何もできないなら、向きたくありません。嫌です」

「君は水族館に来たお客さんか。そうじゃない。ここで働く飼育技術者なんだ」

先輩に腕を取られた。

「来いっ」

引き摺られる。Ｃ１があがく場所近く、透明なアクリル壁の前へと。先輩はプールに向かって座った。

「俺の横に座れ。黙って見てろ」

先輩の隣に座って十分後、見たくない光景を見た。

Ｃ１の体が沈んでいくのだ。ゆらゆらと。そしてプールの底に横たわる。頭上の呼吸孔から、ぽこっと泡が出た。

それが最後だった。

11

由香は走りながら目元を腕で拭った。

いつもと変わりない光景が滲んで仕方ない。

屋外プールを囲む柵を乗り越えた。プールサイドの低地部分、オーバーフローに、チーフと先生が立っている。そして、その足元には、引き上げられたＣ１の体がある。Ｃ１は、すでに担架のような輸送器具に乗せられていた。

「管理部から、鍵、借りてきました」

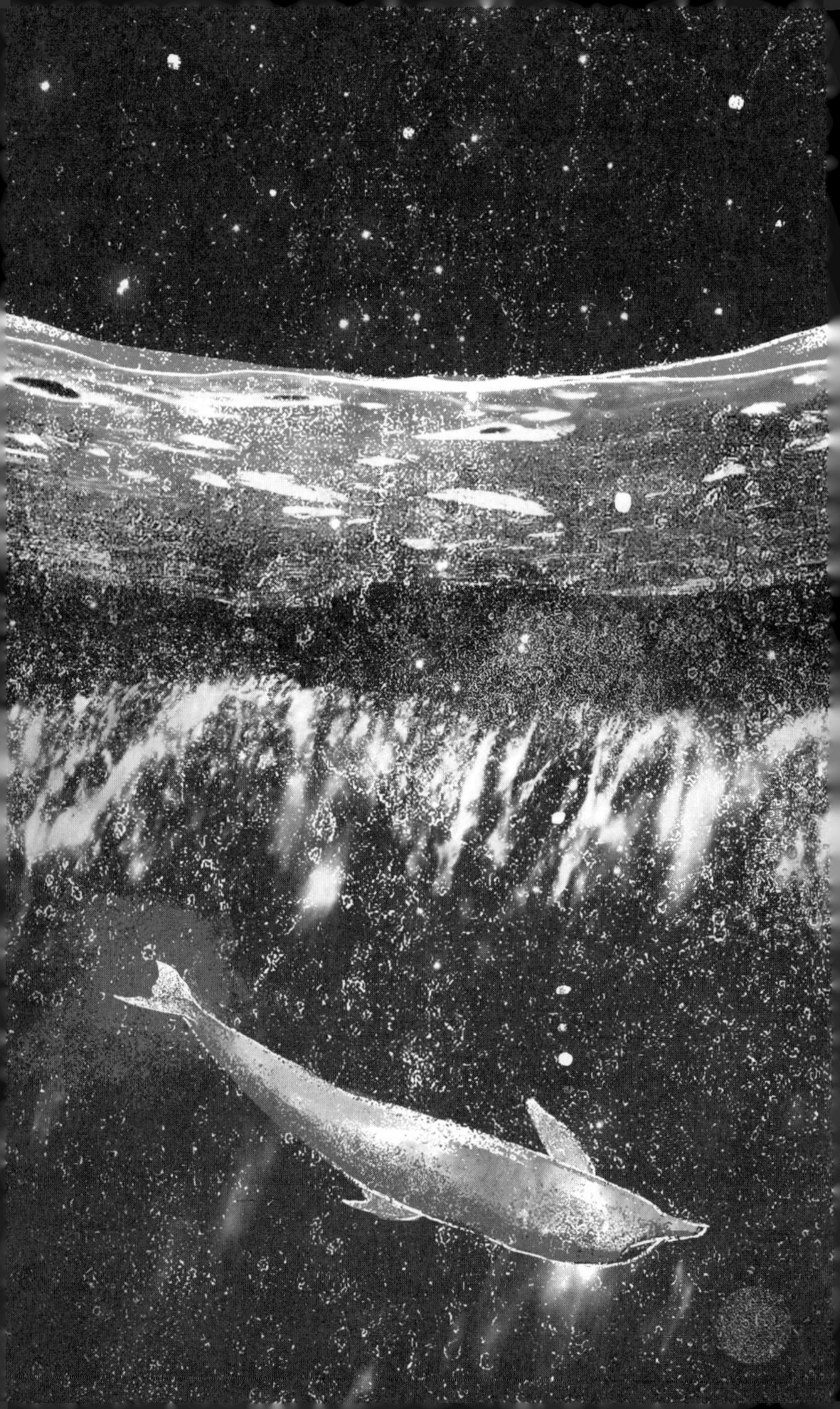

ちょうど、その時、先輩がイルカ館から出てきた。移動ベッドのようなキャスター付の台を押している。その後ろには吉崎姉さんの姿があった。

チーフは「そろったな」と言った。

「取りあえず台に乗せなくちゃならねえ。輸送担架の前は俺と磯川が持つ。後ろは梶と吉崎が持て」

「チーフ、私もやります」

「おめえの細腕じゃ無理だ。C1は三百キロ以上あるんだ」

四人がそれぞれの位置についた。チーフの合図とともに、輸送担架を持ち上げる。C1は担架に乗ったまま、移動台の上に横たわった。

「手伝わせて悪かったな、吉崎」

チーフが吉崎姉さんの肩を叩いた。吉崎姉さんは黙って頭を下げ、ペンギン舎の方に戻っていく。

「じゃあ、行くぞ。台から落とすな。嶋、おめえは鍵を持って付いてこい」

チーフが先頭を行く。先生と先輩はC1の体を押さえつつ、台を押していく。屋外プール裏の柵を開け、薄暗い敷地の裏手に出た。移動台のキャスターが小石を踏むたびに、台上のC1が揺れる。

アクアパークの敷地隅まで来て、チーフはようやく立ち止まった。目の前には、体育会の部室のような殺風景な部屋が並んでいた。

「鍵を、かせ」

　チーフに駆け寄って鍵を渡す。部屋の扉に目をやった。

『剖検室』

「チーフ、まさか、ここでC1を」

「ああ、解剖して、死因を調べる」

「すぐなんて、そんな。あまりにも」

「すぐじゃなかったら、いつやるんだ」

「でも、今さっきまで、C1、懸命に泳いでて。何とか浮こうとしてて。それでも沈んで、ようやく引き上げて」

「なに、わけの分からねえこと言ってやがる。これは仕事なんだ、てきぱきやれ。磯川の予定だって詰まってんだ」

　そんなことは分かっている。だが、なぜ、そこまで冷静になれる。C1のために少しくらいは……。

由香はなんとか別の言葉を絞り出した。

「すぐにやる、こともない……と思います。もう少し、間を置いても」

　チーフは大きく息をついて、扉の方に向き直った。

「だから反対したんだよ、愛称なんて」

扉が耳障りな音を立てて開いた。

部屋の中から、学校の理科室のような匂いが漂ってきた。壁の棚には、所狭しと手術用具のようなものが並んでいる。

「親父さん、俺が記録とります。立ち会わせて下さい」

先輩の言葉にチーフが先生を見やる。「梶で、いいかい」と問うと、先生が「もちろんです」と答える。次いで、チーフはこちらを向き「嶋、おめえもだ」と言った。

「何もせんでいいから、見てろ。いいな」

移動台が部屋に入った。

先生は部屋に入ると、棚から手術着のようなものを取り出した。先輩は台の下にかがんで、台の脚を固定する。チーフは部屋隅で腕組みして立っていた。

この人たちは、淡々と何をしている？

由香は目をつむった。

なぜか、まぶたに大好きだった祖父の姿が浮かんできた。父とは始終、喧嘩していたけれど、幼い

自分には優しかった。手術の前日、涙を滲ませた目で黙って自分を見つめ、震える手で頭を撫でてくれた。そして、逝ってしまった。まだ幼かった自分には、ぼんやりとした記憶しかない。ただ、血が付着した手術着姿の医者が、黙って父と母に頭を下げていたのは覚えている。

まぶた裏に閃光が飛ぶ。由香は目を開けた。

先輩がカメラを台上のＣ１に向けていた。すでに先生の手はＣ１の体の中に入っていて、その手が何かをつかんでいる。人間の臓器と同じようなもの。次いで、血に染まった薄片が出てきた。

あ、セロファン……。

「梶、記録して」

再び、カメラの閃光が飛ぶ。先生のメスは臓器を裂いていた。

「第一胃に誤嚥物。枯葉三枚に菓子袋らしき……」

何てことか。

自分のせいではないか。観客スタンドのチェックは自分の仕事。あれほど、プールに舞い込まないように気をつかっていたのに。風のある日には、アルバイトの人達と協力して、徹底的に点検したのに。けれど、見逃した。それをＣ１は詰まらせた。

「第二胃から……幽門胃にかけて……」

先生の声が遠くなる。まずい、立っていられない。

そう思った瞬間、由香は闇の中へと落ちた。

12

気がつくと、和室に敷かれた布団で寝ていた。

由香は身を起こして頭を振った。どうやら宿直室らしい。部屋の外の声が聞こえた。

「梶、これは俺が預かる。おめえは明日までに、その写真を整理しとけ」

玄関戸が開いて、チーフが宿直室に入ってきた。手には飼育日誌と剖検記録らしき書類がある。

由香は慌てて布団を出て正座した。

「申し訳ありません。気を失うなんて」

「おめえは、まだ素人同然なんだ。ショックを受けるのは仕方ねえだろ。それだけ水族の飼育に気が入ってるってこった。だから、泣こうが喚こうが、そのことは構わねえ」

チーフは胡座をかいた。

「だがな、気を失うことは職場放棄だ。おめえは飼育技術者として貴重な機会を失った。気を失いそうになったら、内頰を嚙んで耐えろ。口の中を血まみれにしても耐えろ。それができねえと言うなら、役所に叩き返す。いいな」

何一つ返す言葉は無い。ただ黙って、うなずいた。

「もう日も暮れた。今日は帰っていい。俺はここで今回の経緯をまとめるから、邪魔すんな」

一礼して立ち上がる。敷居で立ち止まって振り返った。余計なことと分かってはいるが、どうしてもきいておきたい。

「チーフ……チーフにとって、C1って、何だったんですか」

「分かりきったことを、きくな。飼育技術者と飼育水族。それ以外に何がある」

チーフは和室テーブルに剖検記録を広げる。背を向けたまま言葉を続けた。

「早く帰って休め。お前の世話を待っている水族は他にもいる。明日も引きずっていたら、許さん」

チーフの背に向かって再び一礼して、宿直室を出た。

夜の敷地を歩いていく。暗い。どこもが暗い。

柵を乗り越えて、屋外プールの敷地に入った。昨晩、先輩が寝ていた辺りに座り、プールの闇を見つめた。

もう、水音は聞こえてこない。

頭の中では分かっている。が、それを体が拒絶する。自分では、どうしようもない。

「なんだ。帰ったと思ったのに、いたのか」

プールの奥から影が近寄ってきた。先輩だった。

「初めての経験だから、いろいろ考えるのも仕方ない。けど、この仕事をしていれば、このことは避けられない。状況の違いはあっても、何度も同じような目にあう」

「分かってます。でも、今日ぐらい」

宿直室で言われた言葉を思い出して付け加えた。

「明日は引きずりません」

先輩は傍らに来ると、立ったまま柵にもたれ、夜空を見上げる。そして「言えない本音もある」と呟いた。

「長い間、飼育していれば、愛着がわくのは止められない。記号で呼びつつ、実質、愛称で呼んでるのと変わらなくなる。感情移入は仕事の障害になると分かってるから、毎日、自分に言い聞かせるんだ。これは擬人化なんだと。避けるべきことなんだと。だけど、こんなことが起こると、全ての理屈がぶっ

飛んでしまう。勝手に感情が湧き上がってきて、止められない。そんな感情を必死で否定する自分がいる。否定する自分を、さらに否定する自分がいる。わけが分からない気分の中でも、何がまずかったのか、飼育上の問題点を考えている自分もいる。そんな自分がたまらなく嫌な自分もいる。もう、自己嫌悪の袋小路に入り込んでしまうんだ。おそらく、これは、この仕事をしていないと分からない」

先輩は大きく息をつくと、手元を見やった。手にはレジ袋がある。

「一緒に行こう。俺も一人では行きづらい」

「行くって、どこへ」

「親父さんが急に『宿直する』と言い出した。本来、今夜は宿直の必要はない。魚類展示グループと管理部の設備担当が夜通し作業してるから」

「じゃあ、チーフは、どうして」

「親父さんの考えを、俺ごときが推測なんてできない。ただ、親父さんはアクアパークの設立メンバーで、C1はアクアパークに最初に搬入された海獣だ。親父さんとC1の関係には、俺達に分からないものがある。だから、その、これを」

先輩は袋を持ち上げた。瓶の音がする。

「日本酒なんだ。差し入れて帰る」

二人で暗い敷地を宿直室へと向かった。しばらくすると、闇の中に宿直室の明かりが見えてきた。窓が少し開いている。

植栽の間を通って、先輩と一緒に宿直室へ近づく。窓の間から室内を覗いた。

チーフは胡座をかいて和室テーブルに向かっていた。その顔はすでに真っ赤になっている。一方の手にはカップ酒、そして、もう一方の手にはC1の写真があった。

「おめえ、知ってたか。ビックンだってよ。お姉ちゃんが選んでくれたんだ」

チーフは鼻を啜った。

「覚えてっか。ライブで初めてC1ジャンプをした時。お客さん、びっくりしてたよなあ。おめえ、ずっと忘れてたくせに、思い出したんじゃねえか。もう、やる気満々だったんだろうが。どうなってんだ、ええ」

先輩が窓際を離れる。玄関脇に酒瓶を置いた。

「今夜は二人にしとこう。親父さんにだって、こんな日はある」

「皆、なんだかんだ言ってて……充分、感情移入してます」

「俺は大丈夫だ。感情移入なんてしない」

「今、先輩、言いました。『二人』って」

先程のチーフのように鼻を啜る。先輩は大きく息をついた。

「まあ、俺にだって、こんな日はある。帰ろう。公園出口まで送ってやる」

由香は素直にうなずいた。そして梶の傍らで、また鼻を啜った。

13

三階の控室前まで来ると、廊下側の窓から、怒鳴り声が飛び込んできた。

「梶、グズグズすんな。時間がねえんだ」

由香は窓際に寄って、屋外プールを見下ろした。

そこには、一見いつもと変わらない光景がある。しかし、C1がいない以上、今までと同じというわけにはいかない。ライブの進行を始めとして、いろんな事柄を変えていかねばならず、チーフは明日の開館に備えて、先輩に変更を指示していた。

昨日の言葉が頭をよぎる——できねえと言うなら、役所に叩き返す。

「引きずらない。引きずらない」

声に出して、自分に言い聞かせる。いつもと同じつもりでも、やはり、どこか違っているらしい。朝の調餌では指先を切りかけた。トレーニングでは、チーフと先輩からそれぞれ二回ずつ、「ぼんやりするな」と怒鳴られた。そして、ホースを片付けようとして、プールのオーバーフローで滑って転け、腰を打った。

チーフが呆れたように「もう着替えてこい」と言った。

「今日は、おめえ、昼から広報と愛称の打ち合わせだろうが」

ため息をついて、控室へと向き直る。扉を開けると、すでに誰かが机に座っていた。

「悪いけど、君の机、借りてるよ」

先生だった。机に書類を広げて何か作業している。

「今回の一件を文書の形で出さなくちゃならなくてね。飼育日誌と剖検記録を見返しながら、まとめ直している。公立の水族館は、こういう事に関しては厳しいんだよな。まあ、今は委託を受けてる身だから、きちんとしとかないとね」

部屋に入り、先生に向かって頭を深く下げた。

「申し訳ありません。気を失う直前、見ました。C1の胃に透明な物があったのを」

「ああ、お菓子か何かの包装だろうと思う。正確な材質は分からないけど」

顔を上げる。先生は飼育日誌を持って立ち上がり、「まあ、座って」と言いつつ、中古ソファに腰を下ろした。

「イルカは何でも興味本位で口にするからね。飲み込んだ物が腸まで行ってしまうと大ごとだけど、包装材が出てきたのは、第一胃からだった。イルカには四つの胃があると言われててね。第一胃って食道に似てる。異物や未消化物を吐き出すことができるんだ。イルカって、よく遊びで、魚を出し入れしてるだろう。今回は出す気力も無かったんだろうな。だから、包装材は今回の死因じゃない。わざわざ、こう言うのも、この業界じゃ、異物誤嚥による死亡は一番回避すべきことで、飼育する者として恥ずべきこととされてるから」

「じゃあ、原因は」

「最終結論は組織検査などの結果を見てからになるけど、おそらくは免疫不全がベースにあって、直接的には急性肺炎になると思う。免疫不全の誘因は諸説あって、突き止めるのは難しい。Ｃ１の年齢は正確には分からないんだけど、記録によると飼育開始時には既に成体だった。イルカの寿命には諸説あるけど、相応の年齢であることは間違いない。むろん、かといって、免責されるというわけじゃない」

先生は飼育日誌を捲った。元気に泳ぐＣ１の写真がある。

「以前、アクアパークのイルカの名前について、説明しただろう」

「アルファベットが群れ番号で、数字は捕獲順だ、とお聞きしました」

「正確に言うと、『Ｃ』は群れ番号とは違うんだ。Ｃは抜け番でね、何らかの理由で、人間に保護された個体に付けている。なぜ、Ｃを使ってるのかは分からない。捕獲のキャッチなのか、治療のキュアなのか。もしかすると、危機という意味のクライシスかもしれない。ともかく、Ｃ１は傷ついて房総沿岸を漂っているところを漁船に発見されて、最寄りの水族館に保護された。外傷から考えて、船のスクリューにやられたんだろうと思う。C1の背には、大きな傷跡があっただろう」

由香はうなずいた。四頭の中で最初にC1を覚えたのだ。その傷跡を目印にして。

「でも、その水族館が閉館することになってね。当時、アクアパークは準備委員会段階にあって、ちょうど水族の採集を開始しようとしていた。で、急遽、C1を引き取ったんだ。C1は警戒心と信頼感、その両方が強い不思議なイルカだったけど、そんな経緯も関係してたんだろうな」

「朝、プールサイドに立つと、C1が最初に寄ってきました。そのくせ、いつも挑発するような感じで」

「それを感じられるようになっていたなら、君もアクアパークの一員になってきた、ということなんだろう」

先生は飼育日誌を閉じた。

「親父さんには怒られるかもしれないけど……言っておいた方がいいことがある。昨日、君は剖検室で気を失っただろう」

「申し訳ありません。チーフには、職場放棄だ、と言われました」

「C1のことは悔いが残る。つらいと感じることも否定はしない。だが、そのあとに実施する解剖検査が、貴重な経験となることも間違いない。水族館の現場にいても、実際に海獣の体内を見ることは、そう何度もあることじゃないんだ。だから、あの時、僕は君の頬を叩こうとした。獣医として、君には見ていて欲しかったから。だけど、親父さんに止められた。気づくまで宿直室で休ませとけ、ってね」

「チーフが。そんな」

「僕も意外だった。実は以前、同じようなことがあったんだ。君の立場にあったのは、まだ新人だった頃の梶でね。君と同じように途中で耐えられなくなって、倒れそうになった」

あの先輩が。信じられない。

「長く飼育していれば、その対象に愛着がわくのは避けられない。ようは、それでも飼育技術者としての姿勢を維持できるかどうかだ。だけど、それは口で言うほど、簡単なことじゃない。梶はアクアパークに来てから、ずっと、そのイルカを担当していた。その時も体調急変の死亡でね。数時間前まで愛着持って接していたのに、いきなり解剖で、その臓器を見るんだ。しかもイルカは哺乳類で、臓器の構造は人間と大差ない。最初は誰もが耐えられない。真剣に世話をしていれば、しているほど、ね。僕は梶を無理やり隣に立たせて、剖検をした。梶はがんばっていたけど、疲れもあったんだろう、終盤になって、ふらつき出して倒れそうになった。その時、親父さんが梶の頬を思い切り張ったんだ。あまりに強くて、あいつの体が心配になったくらいだ」

先生は一旦、言葉を区切り、息をついた。

「この違いが分かるかい」

「先輩が男で、私が女、だからですか」

「そんな悠長なことを言ってて回るほど、水族館の現場は甘くない。現に、僕は君を叩こうとしたんだから」

先生がこちらを見つめる。そして「君は出向職員だ」と言った。

「そんな君を、ここで水族館員にしてしまっていいのか。おそらく親父さんも悩んでいる」

「先生、あの、私……」

チーフの頑固親父然とした顔が浮かんできた。何か言おうとしたものの、適切な言葉が出てこない。

「今、答えを出す必要はないさ。まだ時間はある。ゆっくり考えればいい」

先生は飼育日誌を手に取り、机へと戻った。

第四プール　ラッコの恋

1

好きでないなら、やめてしまえばいい。

梶は、夢を見ていた。

夢の中には、あの頃の自分がいた。高校を卒業して、まだ間もない頃の自分。薄闇の中で、いい匂いがすると、いつも胸が高鳴った。人を包み込むような優しい匂い。あの人の匂い。けれど、胸が高鳴っているのを気づかれるのが嫌で、わざと、ぶっきらぼうな喋り方をしていた。

薄闇の中で、あの人が笑っている。ふ、ふ。

途切れ途切れの笑いが続いている。ふ、ふ。暗くて、本当に笑っているのかどうか分からない。耳元で囁きが聞こえた。

良平君も大人になれば分かるわ。

夢の中の自分は、すねたように横を向く。好きでないなら、やめてしまえばいい。そう繰り返した。

けれど、もう何の言葉も返ってこない。

あの人が、いない。

なぜ？　どこに？　薄闇の中でもがく。それまでの柔らかさは、もはや手応えの無さでしかない。

次第に薄闇に埋もれていく。

もがき続けていると、夢は突如として、まぶしい海の中になった。

どこの海なのかは分からない。ただ、目を開けていられないほどに明るい。そんな海の中で、自分はダイビングをしていた。なぜ、こんなことをしているのか、と考える。答えは見つからない。何のために、ここに。周囲の光景とは逆に、体の中に、たまらないほどの不安が湧き上がってきて、激しく渦巻く。

まずい。俺は潜水パニックになりかけている。

いきなり細かな泡に包まれた。エア切れの警告ランプが付いている。潜水前に十分に確認したはず。だが、泡の勢いは数秒ごとに激しくなっていく。理由を考えている暇は無い。

浮上しようと、頭上を見やった。

明るい泡が海面を覆っている。泡の中で誰かの背が揺れていた。その背が沈んでいく、ゆらゆらと。

そして傍らまで来ると、ゆっくりと舞うように旋回し、また沈んでいく。今度は奥へ。暗くて何も無い奥へ。

　全ての光景がエアカーテンに包まれた。息苦しい。体が動かない――


「行っちゃ駄目だっ」

　朝日がカーテンの間から差し込んでいる。

　梶はベッドの上で汗を拭い、荒い息を繰り返した。

　忘れたつもりでいた。しばらく見なかった夢だった。

「今になって、Ｃ１のことが影響してきたのか」

　Ｃ１の死亡事故から日を置かず、アクアパークは夏休みの繁忙期に突入した。この時期、水族館員は感傷に浸ることなど許されない。アパートに帰ってベッドに倒れ込むと、そのまま気を失うように眠ってしまい、気づくと朝という日が続いた。むろん、夢一つ見ない。こうして、何とか夏休み最終日を迎えたのは一昨日のこと。明けて翌日、アクアパークでは軽い打ち上げがあり、自分もそれに参加した。ほろ酔い気分で帰宅して、今、この始末だ。

　仕事で疲れ切っていたら、こんな夢見るわけがない。いや、見なくてすむ。

「何を余裕ぶってるんだ、俺は」

梶はベッドを出て、汗で濡れたTシャツを脱ぎ捨てた。

2

だめだ、あくびが我慢できない。先輩に見つかると、まずい。

由香は手で口を隠しつつ、控室の窓際へ駆け寄った。梶に背を向けて、窓の外を向く。だが、眼下の光景に、出かけたあくびを思わず飲み込んだ。

これは驚き。報告せねば。

「先輩、見て下さい。ニッコリーがジャンプしてます。すごく高いです。たぶん、三頭の中では一番」

「ニッコリーって何だ」

「イルカの愛称、決めたじゃないですか。子イルカのX0のことです。どことなく垂れ目で口を開けると、なんだか笑ってるみたいだから。B2は鳴き声が少し濁り気味で、時折、無頼漢って感じで睨むから『勘太郎』、F3は遊び好きのお嬢様だから『ルン』。夏休み最後の日曜日に、ライブで命名式をやったの、忘れたんですか。読み上げて、子供達から拍手喝采浴びたの、先輩ですよ」

「愛称なんて、何でもいいんだ。だから忘れる」

いつも通り無愛想な口調だった。けれど、今日は、なんとなく違っているような気がする。無愛想の中に、投げやりな雰囲気が混じっているのだ。

先輩も気が抜けているらしい。

夏休みが終わった途端、アクアパークは一気に気怠い雰囲気に包まれた。前半戦終了とでも言えばいいのか。仕事の内容も年度後半を意識したものに切り替わった。今日はライブも休演。チーフから、トレーニングとライブの計画案作成を、命じられた。かくして、二人で控室にこもっている。もっとも、難しいことは自分にできるはずもなく、地味に苦闘する先輩を、傍らで応援するしかない。フレフレ先輩。ああ、あくびが出る。

背後で派手な水音がした。

屋外プールを見やると、ニッコリーが、今度は背面着水のバックフリップをやっていた。ニッコリーはまだ子イルカで、健康管理以外のトレーニングは実施していない。だが、勝手に勘太郎とルンをまねて、やっているらしい。

「今度は派手なバックフリップやってます。ニッコリーって、すぐ、まねしますよね」

「イルカはもともと模倣行動が多い動物なんだ。仲間がやってる遊びを、よくまねる。ただ、確かにニッコリーは他のイルカよりも、そういう行動が多いような気がする」

「絶対、素質ありますよ。練習すれば、父親のＣ１みたいになるかも」

先輩は唸って腕を組んだ。

「最近、B2とF3、いや、勘太郎とルンとトレーニングをしていると、ニッコリーのやつ、自分も、と催促してくるんだ。そろそろ教えていいのかもしれない。けど、ニッコリーの演技トレーニングまで計画に盛り込むとなると」

先輩は書きかけの書類に目を落とした。

「人手が足りん」

「私がいます。地獄の夏休みを凌いで、最近、少し余裕が出てきたし」

先輩がこちらを見つめる。ものすごく期待させてしまったかもしれない。とてつもなく難しいことを任されたら、どうしよう。

先輩の口から気の抜けたような息が漏れた。

「やっぱり、人手が足りん」

沈黙が流れる。気まずい。

突然の大声が沈黙を破った。

「イトヒキだあ。イトヒキヨウジだあ」

慌ただしい足音とともに、いきなり控室のドアが開く。ウェットスーツ姿の修太さんが飛び込んできた。

「梶、見て。イトヒキヨウジだよ、イトヒキ。潜水調査中に見つけて、もう嬉しくてさ。途中でやめて、上がってきちゃった」

修太さんは体から水を滴らせつつ、細長い生き物が数匹泳ぐビニール袋を手にしていた。唖然としていると、修太さんは興奮状態のまま廊下へと戻った。

「みんなあ、水槽空けろお。イトヒキだあ」

扉口に出て廊下を見やる。修太さんが大声を上げながら、どたどたと走っていく。あまりの騒がしさに、吉崎姉さんが休憩室から顔を出した。が、「またかいな」と言うと、すぐに顔を引っ込める。

修太さんは休憩室のドアに向かって言い返した。

「またじゃないぞ。イトヒキだぞ」

傍らで、先輩がため息をついた。

「修太らしいな」

「どうして、修太さん、あんなに興奮してるんですか」

「まあ、仕方ない。イトヒキだから」

説明になっていない。

「あいつ、好きなんだな、この仕事」

「先輩もそうでしょ。いつも没頭してるじゃないですか」

言葉が返ってこない。妙な間のあと、かすれ声が返ってきた。

「そうでもない。好きでやってるわけじゃない」

やっぱり、いつもの先輩と違う。もう一度きこうと言葉を探しているうちに、先輩は机に戻ってしまった。そして、資料との格闘を再開し、また「人手が足りん」と呟いた。

3

はっ、と掛け声を上げて、幅広の水槽をまたぐ。

由香は内股をさすった。ここに来ると、体のあちこちが攣りそうになる。

ここ、メイン展示館のバックヤードは、まさしく水族館の舞台裏と言っていい。空の水槽、展示を待つ魚類水槽、小さな泡を出す機械や小型魚の餌が所狭しと並んでいて、歩くのにも苦労するのだ。

「いやあ、手伝ってもらえるなんて、嬉しいな。最近、岩田チーフに『由香ちゃん貸して』って頼むとさ、『てめえ、本当に忙しいのか』って、すごむんだよ」

そう言うと、修太さんは脚立の上に立って、通路に面した化粧板を外した。来場者に見てもらうための展示水槽が現れる。展示水槽を掃除する時は、閉館後にバックヤードから手を入れるらしい。

「由香ちゃんは、取りあえず足元の水槽を三槽ほど洗って。来週、受付カウンターに置くから。うちの課長うるさくてさ。入館と同時に季節感を感じられるようにしろって」

　修太さんは手慣れた様子で展示水槽に手を入れる。それを見て、思わず息を飲んだ。

「修太さん、それ、ピラニア」

「そうだよ。由香ちゃん、見て分かるようになったんだ。立派、立派。今月の企画展、『過激な食事の魚たち』でしょ。アマゾン館から数匹持ってきたの。よく見えるように、水槽の内側、きれいにしておかないとね」

「いや、あの、腕、かじられますよ」

「ああ、僕って、身を削って働くタイプだから」

　言葉に詰まる。修太さんは笑った。

「冗談、冗談。ピラニアって結構、臆病な魚でさ、お腹一杯なら襲ってこないから」

　安堵して、掃除用のスポンジを手に取った。

「修太さんって、この仕事好きなんですね。今日の昼も大騒ぎだったし」

「だってイトヒキヨウジだよ。糸を海流に漂わせて、移動する変わり者のヨウジ魚でさ、日本での採集記録はほとんど無いの。採集できたの、奇跡と言っていいんだから。好きでなくても騒ぐよね」

「そういうの、世間では、好き、って言うんです」

「だって、他の仕事やれと言われても、できないもん。本当はさ、無人の離れ小島とかに駐在しててさ、半年に一回くらい調査報告を出して、生活費をもらうみたいな仕事があれば、と思うんだよね。時々、転職雑誌をめくるんだけど、見つからない」

載っているわけがない。由香は笑った。

「あの、家でも、そんな感じなんですか」

「そんな感じって、どんな感じ？　家では良きパパ」

修太さんはピラニア水槽から腕を出した。確かに、腕は食べられていないようだった。

「家でも熱帯性の魚類を飼ってるんだけどさ。部屋でハエなんか飛んでると、もう嬉しくて、バッと捕まえて水槽に入れる。たまには生き餌も食べさせたいでしょ。それに、ハエに食いつくのを見るのは、面白いんだよね。で、子供と嫁を大声で呼ぶわけ」

「家族皆で楽しんでるんですね」

「子供は、はしゃぐよお。『パパすごいね』って言ってくれる。けど、嫁は顔をしかめてる。時々『馬鹿』って言われて、頭、はたかれる。でも、仕方ないんだよね。ほんと馬鹿でさ、自分が好きなものは、きっと相手も好きなんだと思い込んじゃう。この業界の人、そういうタイプばかりだから」

掃除の手を止めた。思い切って、きいてみた。

「あの、先輩も、そうなんでしょうか」

「あ、やっぱり。手伝うなんて言ってくれるから、何かあると思った」

顔が赤くなる。さすがに見破られた。

「最近、どうも元気ないんです。ぼんやりしているし」

「九月は、そういう時期だから。夏休みが終わって脱力状態。梶だって、そうなるよ」

「でも、どことなく投げやりで。今まではいくら疲れても、そんな感じはなかったのに。それに、修太さんに言ったのと同じこと、『この仕事好きなんですね』って言ったら、『好きでやってるんじゃない』って言うし。その声、かすれてたし」

「かすれてた？」

黙って、うなずく。修太さんは「そうかあ」と呟くと、頬をかいた。

「最近、変わってきたように見えたんだけどな。まあ、潜水調査の代わりを頼んだら、すぐに引き受けてくれたし、もう大丈夫だよ。たぶんね」

「あの、もう大丈夫って」

「いや、まあ、その、この業界の人、タイプいろいろだから。さあ、仕事、仕事」

修太さんは、さっきとは矛盾することを言って、次の水槽の掃除に取りかかった。

4

まったく、先輩は人使いが荒すぎる。

由香はカメラを持って、浜辺を走っていた。

コンクリートの防波堤のたもとに、ウェットスーツ姿の先輩が座っている。息を切らせつつ走り寄った。

「遅くなりました。水中撮影用のカメラ、借りてきました」

「動くな。下を見ろ。その足元にあるやつを持って帰ってくれ。保管するから」

これ？　由香は砂浜からペットボトルを拾い上げた。

「それはゴミだ。リサイクルの日に出せ。そうじゃなくて、その横に白い塊があるだろう」

確かに、砂の中に白い薄板のような物が見える。拾い上げて観察してみた。何なのか見当もつかない。

「おそらく鯨類の骨だろうと思う。後で調べる。漂着物の記録も必要だから」

鯨類の骨を脇にかかえ、カメラを渡した。

「潜水調査って、この間、修太さんがやってたんじゃ」

「あいつ、イトヒキヨウジを見つけたって言ってただろ。あまりに嬉しくて、途中で切り上げてしまったらしい。だから何の記録もできてないんだと。けど、今週は日程が詰まってるらしくて、代役を頼まれた。今日は透明度が高い。展示パネルに使える写真が撮れるかもしれない」

先輩は「それから」と呟き、脇を見やった。防波堤には海水の入ったビニール袋がある。近寄って袋をのぞき込むと、小さな浮遊物のようなものが入っていた。

「戻ったら、こいつを修太に見てもらってくれ。ベニクラゲかもしれない」

「こんな小さな生き物、展示するんですか」

「ベニクラゲなら、展示の価値はある。死なないやつだから」

「死なないやつ？　どういう意味ですか」

先輩は口ごもった。言葉を探しているようだったが、結局、何の言葉も出てこない。もう一度きき直そうとして、言葉を飲み込んだ。よく見ると、先輩の唇は紫色になっているのだ。まだ九月中旬だから、水温は低くない。

「先輩、もしかして、体調悪いんですか」

「体調が悪いなら、潜水はしない。基本中の基本だろ。なんで、そんなこと、きくんだ」

紫の唇が細かく震えている。話を変えないといけないような気がした。

「おもしろそうですね、潜水調査って。私もやりたいです。普通のダイビングなら、やったことはあるんですけど」

「ダイビングライセンスは民間資格だ。仕事で潜水する場合は潜水士の資格がなくちゃならない。だから、アクアパークでは、お前に潜水掃除させないだろう。試験は学科だけだけど、お前には、まだ先に覚えることがある。それに」

先輩は防波堤から下りた。

「勘違いするな。別に、おもしろくなんかない。俺は、海は嫌いだ。仕事だから仕方なく潜ってる」

そう言うと、先輩はカメラを手に持ち、波間に消えていった。

5

海は嫌いだ。仕事だから仕方なく潜ってる。

「そんなことある?」

由香は室内プールのベンチに座っていた。

壁のライトが手元の本を照らしている。周囲は静かな薄闇。こうしていると、普段なら贅沢な書斎気分に浸れる。だが、今日は、どうにも集中できない。本を読もうとすると、すぐに昼間の光景が浮かんでくるのだ。

「どう見たって、俺には仕事しかない、って感じじゃないの」

現に、かわいい後輩が傍らでどんなに苦労していても、毎度、放置ではないか。無理やり仕事をやっているようには見えない。

「あれ、まだ、いたんだ」

慌てて姿勢を正した。宿直当番の修太さんだった。

「夜警で見回り中。イルカ館に明かりが見えたから、泥棒かもってね。でも、よく考えたら、イルカ盗む奴なんていないよね」

「すみません。本を読んでて、つい」

「またイルカトレーニングの本？　あまり入れ込まない方がいいよ」

「資料室から借りてきたクラゲの専門書なんです。でも、難しすぎて」

「クラゲ？　いきなりマニアックな所に行くなあ。何、調べてんの」

「昼間、先輩が収集したベニクラゲのこと、調べたくて。先輩、『死なないやつ』って言うだけで、それ以上教えてくれなくて」

「ああ、ベニクラゲね。大ざっぱに説明するとね、ベニクラゲって、寿命近くになると、エイヤって若い頃の体に戻っちゃうの。だから、不老不死のクラゲって言われてる。でも、小さくて、なかなか見つけられない。それを、よりによって梶が採集するなんてね」

よりによって？　やっぱり修太さんは、何か知っている。

「あの、先輩って、この仕事嫌いなんでしょうか。嫌いなら、何であんなに打ち込むようにやるんでしょうか」

「何で。潜水調査で何かあったの？」

昼間のことを話した。調子が悪そうに見えたこと。最後に吐き捨てるように「嫌いだ」と言ったこと。一通り聞き終わると、修太さんは大きく息をついた。

「潜水調査代わって、と頼んだら、すぐに引き受けてくれたから、もう何ともないと思ったんだけどな。まあ、それでも、昔に比べればマシじゃないの」

「昔と比べれば、ですか」

「僕らが、まだ新人の頃かな。今は展示魚類をすぐ業者から買っちゃうけど、当時は結構、自分達で採集してた。房総沖に小さな漁船で採集に出たことがあってさ。梶と僕、若手二人で行ったんだ。船に上がって潜水器具を外した時、あいつの顔を見てびっくりしたよ。もう真っ青でさ。血の気なんかなかった。事故でも起こったのかと、驚いたくらい。それからしばらくは、梶には一人で潜らせないようにしてた」

「どうして、そんな」

「ここだけの話……本当、ここだけの話なんだけどさ、あいつ事故で知人を亡くしてる。もう十年くらい前の話なんだけど、あいつ、南房総のダイバーズショップで、初心者向けダイビングのインストラクターをしてた。で、担当していた生徒さんが事故で亡くなった。でも、梶のせいじゃないんだよ。その生徒さん、黙って一人で海に潜ったらしくて、その時に事故ってるんだから」

「じゃあ、事故といっても、先輩とは何の関係も」

修太さんは困ったように頭をかき「事故の因果関係じゃなくて」と言った。

「梶のやつ、その人と、かなり親しい間柄だったようなんだよね。つまり、その、生徒さんって、いわゆる適齢期の女性でさ、東京に婚約者がいた。梶が婚約者のいる女性と仲良くなったのか、女性が梶から離れて他の男と婚約したのか、よく分からない。今の梶を連想しちゃ駄目だよ。当時の梶は高校を卒業して一、二年のお兄ちゃんだから」

自分より年下の先輩。想像できない。

「けど、梶が関係していないことは、はっきりしてるんだ。あいつがインストラクターの研修で、沖縄に行ってた間の事故だから。だけど、何度も警察に呼ばれて事情を訊かれたらしい。田舎だもん、それだけでも、もう、とんでもない噂だよ。なぜ、初心者の彼女が一人で潜ったのか、正確なことは誰も分からないままに、噂だけが勝手に一人歩きする。梶のやつ、居づらくなって、ダイバーズショップを辞めて、海辺の安宿で住み込みの手伝いをしながら、転々としてたらしい。で、たまたま宿に泊まったうちの館長と出会った。それがきっかけで、今ここにいる」

「関係ないなら……その、よく分かんない話です、なんだか」

修太さんは「分かんなくていいの」と言った。

「でもね、何だかんだと言ってても、梶のやつ、この仕事から離れられないと思うんだよね。だって、そうでないなら、もう辞めてるもん。別に待遇がいい職場じゃないし。でも、ある程度の期間、この世界に浸かっちゃうとさ、大抵の人は抜けられないいんだよね。梶もそうじゃないの。大丈夫だよ、ほっておいて」

「でも、ここ数日、全然、らしさが無いんです。先輩って、やっぱり無愛想で自分勝手で意固地でないと。そうでないということは、元気が無い証拠だと思うんです」

修太さんは呆れたように頭を振って、立ち上がった。

「梶も変わってるけど、由香ちゃんも変わってるよねえ」

まさか修太さんから、変わってる、と言われるとは思わなかった。

「頼むよ、梶のこと。由香ちゃんが何か言えば、あいつも元気が出るんじゃないの」

由香は赤くなってうつむいた。

6

夢の中で、ふふ、と、あの人は笑った。

「大人でないと分からないこともあるの」

梶は夢を見ていた。夢の中で、ぶっきらぼうに反論する。

「子供じゃない」

また、ふふ、と意味不明の笑いが返ってきた。

「そういう意味じゃない。大人なんかにならない方がいいから」

何と言われても、子供扱いされて嬉しい男なんていない。そう言い返そうとすると、あの人は黙って傍らに来た。

柔らかい。女の人の肌って、どうして、こんなに柔らかいのだろう、と思う。しかも、温かい。その時、あの人の涙に気づいた。

あの人は声に出さず、泣いていた。

「良平君は、そのままでいいの。それでいいの」

自分の目にも涙が湧き出てきた。なぜだか分からない。泣き続けながらずっと一緒にいた。どこかに夢だと分かっている、もう一人の自分がいる。

避けていた。体の奥底に押さえ込んでいた。そんな自分を今、あたたかいものが包んでいる。すごく……あたたかい。

その時、突然、頭上から耳に飛び込んできた。

「先輩っ、一人で何してるんですか」

え？　その言い方——


梶は飛び起きた。

目が覚めた。はっきりと覚めた。今、なんて言ってた。確か「先輩」と言ってた。

ベッドの上で身を起こし、頭を振る。ため息をついて考えた。最初はアイツではなかった。これは確かだ。最後にアイツの馬鹿声で目覚めてしまった。これも確かだ。あの甘く、せつなく、懐かしいような感覚は、いったい、どちらの……。

「あいつのわけがない」

本当にそう言えるか。その時、また夢の声が頭の中で響いた——先輩。

なんで勝手に夢の中に出てくるんだ。

「ああ、もうっ」

先ほどより強く頭を振る。梶はベッドを出て洗面へと向かった。

7

十月といえば行楽シーズン、再びアクアパークが活気づく季節。だが、先輩は今日も元気がない。

屋外プールで、由香はイルカトレーニングをしつつ、横目で梶を観察した。

先輩の様子は変わらない。それどころか、少しずつ悪化しているような気がする。今日午前のライブでは二度も失敗した。しかも、その失敗を進行でカバーしようともせず、淡々と「うまく行きませんでしたね」と言って、すませた。チーフに怒鳴られても、どことなく右から左。そのあとのイルカトレーニングでも同様。開始早々ため息をついたかと思うと、「お前一人でやってみろ」と言い出し、壁際の長椅子に座り、そのまま、ぼんやりしている。

けら、けら、けら。

プールに視線を戻すと、ニッコリーが催促していた。

ちゃんとやってよ。僕、やる気になってるんだからさ。

ホースを少し上に向けて、水を出した。水を丸いアーチ状にして、プールへと注ぎ込む。準備は完了。ニッコリーにサインを出した。ニッコリーは軽く助走すると、アーチ状の水の上を飛び越える。

演技項目ウォーターハードルは成功。笛の音、そして、ご褒美のアジ。

「先輩、見ました？　今、完璧に、できましたよ」

「できました……ああ」

先輩は完全に上の空で、こちらを見もしない。きちんと見てもらわねばならない。ニッコリーと嶋由香というペアでは、今までにない完成度なのだから。

「ちょっと先輩、ニッコリーが」

つい、ホースを持ったまま振り向いてしまい、水があらぬ方向へと飛ぶ。慌てて水を止めようとして手を滑らせ、ホースを落とした。激しく暴れるホースを何とか取り押さえようとして、今度は足を滑らせ、長靴が脱げる。

ホースに飛びついて、なんとか水を止めた。這いつくばった姿勢のまま、そっと先輩の様子をうかがった。やはり、まったく、こちらを見ていない。

「ニッコリーの演技、見ましたよね」「ああ」

「体調、悪いんですか」「ああ」

「そろそろ調餌の時間ですよ」「ああ」

「もしかして私に見とれてます？」「ああ」

立ち上がって、脱げた長靴を手に取る。素足のまま長椅子前へと進み、そこで、わざと長靴を引っ繰り返してみた。長靴から出た水が床で跳ね、先輩の足にかかる。けれど、先輩はよけようともしないし、怒りだしもしない。

「先輩」

もう何の反応もない。

「先輩っ、一人で何してるんですか」

その言葉を言った途端、なぜか、先輩は電気ショックを受けたかのように跳ねた。そして、目を大きく見開き「今、お前、何と言った」ときいてきた。

「いや、黙って一人、何を考えてるのかなあと思って」

先輩は真っ赤になって言い訳するように言った。

「仕事のことだ。仕事のことに決まってる」

そう言うと、先輩はパイプ椅子を持ってプール敷地の隅へと移動し、そこで椅子を広げて座り、また、ぼんやりし始めた。

まずい。この状況は非常にまずい。

何しろ、もうイルカ専任は二人しかいないのだ。先輩にしっかりしてもらわないと、チーフの無理難題が直接、自分に来てしまうではないか。先輩には、防波堤として、がんばってもらわねば困る。

しかし、こんな男の人、どうやって元気づければいいのか。

常道で行くなら、やはり女の傷は女で癒す、ということになるだろう。とはいえ、この状況を理解している女なんて、私しかいない。修太さんも、私なら先輩を元気づけられるかも、とか言っていたし、ここは一つ、先輩のため、そしてアクアパークのため、デートにでも誘うというのはどうか。でも、こんな人、どうやって誘えばいいのか分からない。今度の休日、漁協に生き餌を買いに行きませんか――だめだ。これでは仕事と変わらない。新しくできた東京の水族館のレストランが評判らしくて――同業者の所に誘ってどうするの。仕事ではなく遊びで一緒にモグリませんか――なんだか危なそうな感じ。

どのみち、この人が一対一の誘いに、うなずくわけがない。仕方ない。

「あの、先輩、お誘いなんですけど、合コンでもしませんか。元気出ますよ。いい子いますよ。いや、そろえます。皆でサービスしますすよ」

何か違うような気がする。

でも、先輩は少し身を起こした。

「合コンって、何だ」

「合同コンパの略で、ほら、男女のペアで一緒に楽しくご飯を食べて、お酒も飲んで、喋って。それから……その、だから、いわゆる出会いの場です」

「そんなことなら、いくらでもやってる」

先輩も男。やることはやっている。

「繁殖期のオスとメスを選んで、接触させるんだ。うまくいけばオスが求愛行動、メスが受け入れればカップル成立。計画通り繁殖が成功すれば、皆で乾杯。だめなら、相手を変えて再チャレンジ。どこの飼育現場でもやってるだろ」

「あの、水族の飼育の話じゃなくて……」

「ようするに、そんなオスとメスに自分からなりにいく、ってことだ。興味があるなら、お前一人で行けばいい。別に引き止めはしない」

なんだか自分が、とっても浅ましい人間に思えてきた。

突然、背後が騒がしくなった。ペンギン舎との間の柵が開く。吉崎姉さんがペンギンを引率してやって来た。

「邪魔すんでえ。今日も、ちょっとプールで泳がしてもらうから」

ペンギン達は待ちかねたようにイルカプールへと向かっていく。そして、次から次へと飛び込み、思い思いに泳ぎ始めた。遊び好きのニッコリーが、これを黙って見ているわけがない。面白がって、一匹のペンギンを追いかけ始めた。ペンギンは逃げる。ニッコリーは、つかず離れずのスピードで、ペンギンを追い回し続ける。ペンギン、たまらずプールサイドへと上陸。ここまでは、さすがにニッコリーも追いかけられない。

「あんたら、ペンギンの面倒見とってや。うちはペンギン舎、片付けてくるさかい」

ニッコリーがペンギンを挑発するように鳴く。だが、ペンギンはプールサイドにいる限り、安全だということが分かっているらしく、ニッコリーに向かって平然と鳴き返している。むろん、こうして騒いでいるペンギンばかりではない。のんびり日向ぼっこするペンギンもいれば、寄り添いあうペアのペンギンもいる。騒ぐにせよ、のんびりするにせよ、広いプールに来ると、ペンギンはいつも楽しそうにしている。

「先輩、見て下さい。ペンギン達、こんなに元気です。先輩も元気出していきましょ」

先輩が体を起こしてペンギンを見つめた。なるほど。先輩も水族館の人、飼育水族に関係するような言い方をしないと、興味が出てこないのだ。

由香はプール隅にいるペンギンのペアを指差した。

「いいな、いいな。あの二羽、ずっと一緒らしいですよ。確か、名前は赤銀と茶々。巣に戻っても、ずっと一緒。ああ、なんだか考えちゃうな。素敵なことって、案外、身近な所にあるんじゃゃ……」

「突然、何だ。馬鹿か、お前」

「いや、私、もう、ほのぼのしてます。あこがれますよ。手の届きそうな所に愛する相手がいる。そういう関係っていいなって。ペンギンを見てて、そう感じません？　ああ、見習わなくっちゃ」

先輩は黙ってペンギンのペアを見つめていたが、しばらくして、珍しく「いや、すまん」と言った。

「まあ、自由に感じてくれ。感じ方は人それぞれだから」

この愛想なし。少し傷つく。

「そろそろ調餌でもするか」

先輩はそう言って立ち上がると、一人、調餌室へと向かっていく。

ちょっと待て。まだ話は終わっていない。

慌てて、あとを追おうとした。が、濡れたプールサイドでの素足ほど滑りやすいものはないのだ。

今度は見事に滑って転び、空の給餌バケツを蹴飛ばした。

給餌バケツが、先輩の足元を転がっていく。調餌室前で先輩が振り返った。

「ストレス無くっていいな、お前って」

調餌室の扉が閉まる。

この馬鹿男。身を粉にして、元気づけてあげようとしてるのに。

由香は立ち上がって、調餌室に向かって長靴を投げつけた。だが、長靴は失速して途中で落下し、
自分は勢い余ってまた転けた。

8

ムシャクシャした時は、吉崎姉さんの手伝いをするに限る。

由香はペンギン舎の掃除を手伝っていた。

「あんたも慣れてきたねえ。もうタグを見んでも、ペンギン、見分けられるやろ」

「個体の見分けは、なんとか。でも、まだ親子とかペアとかの関係は分からなくて」

「十分よ、十分。いや、ほんま、ペンギンに慣れた人が欲しかったんやわ。寒うなるとマゼランペンギンは警戒心が強うなるから、餌をやるのも苦労すんのよ。休みの日に給餌頼む人を探すの、毎年、苦労するねん」

仕事のことで、初めて、きちんと褒められたような気がする。

「梶なんか一年以上かかったんやで。あの子、分からん事があっても、分からんとは言わんで黙っとるさかいな。愛想なしの男やさかい」

「ほんと愛想なしです。今日も元気づけようとしたのに」

「最近、確かに元気あらへんねえ。どうせ昔の事でも思い出して、勝手に浸っとるんやろうけど」

「昔の事って、あの、ご存じなんですか」

「ああ、修太が言い回っとるさかい」

頭の中で修太さんが笑ってピースサインする。ここだけの話？　どこが。

「それにしても、梶を元気づけようなんて考えた子、あんたが初めてやろ。何を言うたん？」

由香は柵前にいるペアのペンギンを指差した。

「今日、あの二羽、赤銀と茶々がプールサイドで仲良く寄り添ってたんです。普段から、あの二羽、元気で仲が良くて、互いのこと思いやるような行動が多いから、あんなふうになれたらいいですよねって。そうしたら、馬鹿って言われました」

「あんなふうって、あの二羽のことかいな」

「まずいですか。そんなふうに考えるのも、擬人化ですか」

「いや、そういう意味やのうて」

吉崎姉さんは赤銀と茶々を見つめて、軽く唸った。

「あの二羽、そろそろ無理やり引き離したろ、と思うとったから」

「引き離す？　あんなに仲がいいのに？」

「あのねえ、赤銀はオス、茶々もオスなんよ。オス同士がくっついとるの。普通は放っておいても、喧嘩別れするんやけど。もう二年くらい、あんな感じなんや。なんぼ仲良うても繁殖できへんがな、オスとオスやと」

「あの、先輩は、そのこと」

「当然、分かっとるで。『いい加減に離したら』って、最初に言うてきたの、梶なんやから」

先輩に、馬鹿、と言われた。確かに馬鹿だ。

「それにしても、何で、いきなりペンギンの話なんかしたの」

「その、最初、合コンでもどうですか、って言ったんです。でも、何の興味も無さそうで。それで、飼育水族を持ち出す方が乗ってくるかなって。取りあえず、目の前にペンギンがいたので」

「まあ、この業界の人間に対してはエエ所ついとる、とは思うけどな。どうせなら、ラッコあたりを持ち出せば良かったんよ」

「ラッコ？　あんなにかわいらしい動物だと、元気出してと言っても、迫力が」

「いや、そうでもないんよ、ラッコって。見かけは、かわいらしいんやけど、徹底的に追い回すわ、鼻先に咬みつくわよ。知らん人が見たら、絶対、喧嘩やと思うで。見とると、何やら元気出てくるわ」

「あの、それって？」

「求愛行動に決まっとるがな。他に何があんの」

由香はうつむいた。女同士とはいえ、こう、はっきり言われると照れる。

「いえ、その、皆さん、はっきり仰るなと思って」

「動物にとっては当たり前のことやし、別に恥ずかしゅうなることでもない。まあ、うらやましゅうなる時はあるけどね。アクアパークにはおらんけど、ジュゴンなんか見とると、エエなあって」

「ジュゴンって、人魚のモデルになった海獣でしたっけ。アシカを大きくしたような」

「いや、分類上はアシカと違ごうて、海藻が主食の海牛目で……まあ、エエわ。ともかく、ほんま、お互い優しゅうに接しあってなあ。ほれぼれするわ」

いつの間にか、話の趣旨が変わってしまっている。

「ありゃ、人間も見習わんとな」

吉崎姉さんは、あっけらかんと笑った。

9

台風一過の朝、屋外プールは大変なことになっていた。

どうやって片付けるの、これ。

昨晩、台風はその進路を大きく変え、周辺を襲った。アクアパークでは軽い対策程度しかしていなかったが、幸い設備に大きな被害はでなかったらしい。だが、屋外プールは、このありさま。落ち葉や木の枝はむろんのこと、ビニールなどのゴミまでが、水面を覆うように浮いている。おまけに、どこから飛んできたのか、プールの底にはトタン板が横たわっていた。

ただし、イルカ達に影響は無い。昨日午後時点の予報では、台風の進路は外れる見込みだったが、念のためにと、チーフが室内プールへ全頭を移動させたからだ。その時は、指示に従いつつも、大げさなと思った。海にだって嵐はあるのだから。だが、まさか、こんな事態になろうとは想像してもみなかった。

チーフがプールサイドに立った。「直撃とはな」と唸り、先輩の方を見やった。

「梶、今日のライブは無理だと管理部に伝えてこい。ついでに、アルバイトも借りてこい。ちまちま拾ってちゃ、どうにもなんねえ。おめえのやり方でやるから」

水に沈んだビニール類は、実に分かりにくい。拾い上げたつもりでも、必ずと言っていいほど見過ごしがある。それをイルカが誤飲すれば、また大ごとになる。そのため、アクアパークでは大きなネットを水中に張り、二人ほどがプール底に潜る。そして、ネットをゆっくりとプールの端から端まで動かし、水中の異物を根こそぎ取り除く。潜水役はネットの境から漏れるゴミをチェックする。このやり方は漁村生まれの先輩の発案で、アクアパーク独自のものと聞いた。

落水掃除を除くと、このやり方は、異物除去にはかなり有効であるものの、何人もの手を要して大ごとなのだ。日常業務も考えあわせると、海獣グループの人数だけでは足りず、臨時の手伝いが必要になる。だが、台風一過の翌日に考えることは、どこの部署も同じで、来場者の少ない午前中に復旧作業を済ませてしまおうと目論む。かくして、アクアパークは一時的に極端な人手不足に陥り、激しいアルバイト人員の奪い合いが始まるのだ。

結局、今回、イルカ課は奪い合いに負けた。

先輩は管理部へと駆けたが、時すでに遅く、廊下で満面の笑みを浮かべてアルバイトの人達を連れていく修太さんとすれ違ったらしい。仕方なく全員でボランティアの人達に電話を掛けまわり、手伝いを頼み込んで、何とか人数をそろえた。イルカプールの復旧作業が始まったのは昼過ぎ。食事を取り損ない、空腹のまま作業へと突入した。屋外プールで沿海漁業のような光景が繰り広げられる。作業完了となったのは四時近くで、すでに日は西に傾きかけていた。だが、大騒ぎが終わってしまうと、夕刻のライブは中止のため、やることが無い。

室内プールに戻り、壁にもたれて、ぼんやり座っていた。腹が鳴る。

「お前は分かりやすいな。腹が減ると、極端に元気がなくなる。これでも食え」

先輩の手にコンビニのレジ袋がある。また腹が鳴った。おにぎりを取り出して、がっついた。

「こんなに大変だとは思ってませんでした。水族館に台風なんて関係ないと思ってたのに」

「今回はまだ楽な方だろう。昨年は海水の取水設備がやられて、大ごとになった。三年前には、停電時に予備電源が稼働しなくて、真っ青になった。水族館って、濾過システム、冷熱システム、空調給排水システムと、設備の塊だから。まあ、今回程度なら大したことはない。それに走り回ってると、何も考えなくてすむから、気も楽になる」

「そうか。先輩って、忙しいと、元気になるんですね」

先輩は「馬鹿、そんな」と呟くと、口ごもり、そのまま黙り込んでしまった。言わなくてもいいことを言った。どうにも気まずい。

タイミング良く壁の内線が鳴った。救われたような気分で立ち上がり、電話を取る。

慌ただしげな声が耳に飛び込んできた。先生だった。

「ちょっと手伝って欲しい。君でも、梶でもいい。ラッコ館まで来てくれないか」

理由をきく間も無く、電話は切れた。無音の受話器と食べかけのおにぎりを持って、先輩に向き直った。

「先生からでした。ラッコ館に来てくれって。急ぎのようでしたけど」

「少し前から体調を崩しているラッコがいるんだ。俺が行く」

そう言うと、先輩は駆けだした。慌てて、おにぎりを口に押し込み、その背を追いかける。だが、こんな時の先輩の動きは尋常でないほどに速いのだ。懸命に走るも、追いつけるわけがない。おにぎりが胃の中で暴れる。気分が悪くなりそうだ。

ラッコ館に一人たどり着いた時、ゲップが二回連続して出た。

おなかをさすりつつ、裏口から館内に入った。通路が薄明るい。ラッコの調餌室から明かりが漏れているらしい。かすかに人の声らしき物音も聞こえる。

調餌室をのぞき込んだが、誰の姿も見あたらない。室内に入って周囲を見回すと、奥の内扉が少し開いているのに気づいた。内扉の向こうはラッコプールのバックヤード。人声は、そこからのようだ。

内扉を押し開けて、バックヤードをのぞいた。

床に先生が、かがみ込んでいた。それに向き合う位置で、ラッコ担当の前田さんと吉崎姉さん二人が、同じようにかがんでいる。先輩はその背後に立って、三人の様子を見ていた。

「少し遅かった。もう吉崎姉さんが手伝ってる」

バックヤードに入る。先輩の横に立って、上から三人の間をのぞき込んだ。

床にラッコが横たわっていた。濡れた毛が体に張り付き、体が小刻みに震えている。前田さんと吉崎姉さんが、その体を押さえつけた。先生が注射器を構える。

「名前、ラン太だっけ」

ラッコ担当の前田さんがうなずいた。アクアパークは他の水族館からラッコを譲り受けて、展示を開始した。そのため、前の水族館の愛称をそのまま使っているらしい。

「じゃあ、ラン太、じっとしててくれよ」

「磯川さん、そんな心配いらんわ。もう何の抵抗もせえへんもん」

確かに、ラッコは震えているだけで、自分から動こうとはしない。

先輩が小声で言った。

「俺達は出てよう」

二人一緒にバックヤードから出る。背後で、吉崎姉さんのため息が聞こえた。

「続く時は続くねえ」

先輩は足を速めた。調餌室を出ても、何も言わない。薄暗い関係者通路を黙々と進み、観覧通路へと出る。先輩はようやく立ち止まり、唐突に喋り始めた。

「あのラン太っていうラッコは、アクアパークに来て間もない。まだストレスは残ってる。そんな時に悪さをされた」

「悪さ？　だって、ラッコのプールって、厚いアクリルガラスで隔てられていて、密閉空間ですよね。悪さしようにも、しようが……」

先輩はラッコプール前へと足を進めた。明るいプールの中では、ラッコが毛繕いしながら泳いでいる。

「ラッコ館には、張り紙やら標識やら、注意書きの類があちこちにある。アナウンスも流れてるし、土日には案内役がいて注意を促している。だけど、悪さは止まらない」

「あの、悪さって、いったい何を」

「悪さという意識は無いんだろうと思う。マナーの問題、そう考えてるのかもしれない。マナーなら、ちょっとくらい、はめを外してもいいだろうと。だから、注意書きがあっても、携帯のカメラでフラッシュ撮影をする。ラッコを振り向かせようと、アクリルガラスをバンバン叩く。振り向いたところで、またフラッシュだ」

「確かにラッコにはストレスだと思いますけど、そんなことで死にそうになることって、あるんですか。テレビ番組で、ストレスが原因という医者はヤブだって、言ってました。むろん、人間の医者のことですけど」

「ちゃんとした理由はある。ラッコ館はどうして、こんなに寒いと思う」

　確かにラッコ館はいつ来ても肌寒い。

「ラッコの主な生息地はアラスカなどの沿岸部だ。低温で低湿。むろん、海水温も低い。それを空調給排水の設備で再現している。プールのラッコを見てみろ。毛繕いしてる。ふわふわした毛だろう。つまり、毛と毛の間に空気の層があるんだ。使い古された表現だけど、天然の毛皮のコートを着てる、と言ってもいい。だから、寒さに耐えられる」

　ラッコは毛繕いをやめ、周囲を見回した。

「ラッコは警戒心が強くて神経質な動物だ。ストレスを感じると、食欲が落ちることがある。そうすると、毛繕いを、あまりやらなくなる。毛繕いが不十分だと、冷水が体に浸み込む。そして、体調を崩して抵抗力を無くし、時には感染症にかかる」

「ラッコの毛繕いって、生きるためなんですか」

先輩はうなずいた。

「神経質なラッコは外部環境の変化にも弱い。長距離輸送なんて大ごと中の大ごとで、餌に精神安定剤を混ぜるのが、なかば常識になっている。アクアパークへの移送でも、先生は安定剤を準備していた」

「そんなことまで。あんなにかわいらしくて、人懐っこいのに」

「ラッコの動きを見ると、なぜか、人間はかわいらしいと感じる。そして、ラッコは人懐っこい動物なのだと、勝手に思い込んでしまう。だけど、実際は違うんだ。ラッコは飼育しても、あまり人に馴れない。さっきのラッコも、元気なら、大人しく体を触らせたりはしない。抵抗して噛みついてくる。それがラッコだ」

「じゃあ、こうなったのは、ストレスが原因だと」

「断定してるわけじゃない。毛繕い不足が背景にあるのは間違いなさそうだけど、その理由は他にも考えられる。あのラッコ、前足に傷があった。その傷のせいで、うまく毛繕いができなくなったのかもしれない。傷は貝を割ろうとした時にできたのか、それとも、メスを追いかけてて噛みつかれたのか。どちらもラッコの生態そのもので、やむを得ない。ただ、考えられる原因を客観的に並べていくと、『移送』『観客』『傷』と三つあって、そのうちの二つは人間の都合だ」

ラッコが水面で大きく回転する。アクリルガラスに水滴がついた。

「あのラッコ、ラン太は助かるんでしょうか」

「分からない。先生は抗生物質と抗炎症剤を注射していた。もう、やれることは少ない。せいぜいヘアドライヤーで濡れた毛を乾かしてやって、体温の低下を防いでやるくらいだろう。あとはラッコの回復力を信じるしかない」

先輩は「戻ろう」と言って、ラッコプールに背を向けた。

「夕刻の給餌を頼む。俺は親父さんと一緒に、今日、無理言って手伝ってもらったボランティアの人達に、礼をしなくちゃならない。館長にも入ってもらって、軽く懇親会をやる。お前は給餌がすんだら帰っていい」

一人、室内プールに戻った。

給餌をしていると、いろんな思いが浮かんできて、頭の中を駆け巡る。振り払おうとしたが、消えていかない。給餌を終えて空になったバケツを重ね、それを胸に抱えて壁際のベンチに座った。

あの時、吉崎姉さんは「続く時は続くねえ」と言った。続くとは、何のことか。

言葉の裏には、当然、C1のことがある。今、胸にある給餌バケツの個数は三つでしかない。プールには四頭ではなく、三頭しかいないのだ。今、聞こえている水音も、夏前と比べると一頭分少ないはずなのだ。

胸のバケツを強く抱く。重ねたバケツがひずんで、泣くかのように鳴る。

夏の間には、どこかに行っていた感傷が、次から次へと湧き上がってきて、どうにも止まらない。

先輩は正しいのかもしれない。忙しさに身を任せるべきなのだ。そうすれば、その間、余計なことは考えなくてすむ。

「何だ、帰ってなかったのか」

振り返ると、先輩が戻ってきていた。先輩はベンチまで来ると、黙って横に座り、プールを見つめた。

「あの、お礼の懇親会、もう終わったんですか」

「ああ。今日、駆けつけてくれたのは、ボランティアの中でもベテランの人ばかりなんだ。逆に、こっちが気遣われた。水族館って不思議な所だよな。無償で活動に参加してくれる人達が一杯いる。そんな業界、他にあるか。やっぱり、ここには何かあるんだ」

修太さんの言葉が浮かんできた——この世界に浸かっちゃうとさ、大抵の人は抜けられないんだよね。

「あの、先輩って……」

「修太から聞いたらしいな、俺のこと」

言いかけた言葉を飲み込んだ。

「あいつが『喋っちゃった』って言ってきた。で、お前が随分、心配してるみたいだからと。それで分かったよ。最近やたら『元気出せ』とか言うし、今日なんて『合コンしろ』だから。おまけに、オス同志のカップルペンギンを指差して『見習え』ときた。まあ、お前らしいといえば、お前らしいけど」

頬が赤くなった。「すみません」と呟いて、うつむいた。だけど、「お前らしい」なんて、良くも悪くも、今まで言われたことがない。

そうだ、今ではないのか、元気づけに誘うなら。さらっと言うのだ。ごはんでもって。

胸のバケツが、また、鳴る。顔を上げた。

「先輩、あの、このあと……」

「飼育日誌をつけて帰るよ。台風の復旧作業やらラッコの件やらで、一日バタバタしてたから、何も書いてない。今日の事は俺が全部まとめとくから、心配しなくていい」

先輩はこちらを向いた。

「お疲れさん」

こう言われては、次の言葉は無い。

由香は給餌バケツを胸に抱えたまま立ち上がり、梶に一礼した。

10

帰り支度をすませて外に出ると、室内プールに薄明かりが付いていた。

由香は足音を忍ばせ、イルカ館の植栽に足を踏み入れた。背伸びして、窓から室内の様子をうかがう。

先輩は壁のライトだけを付け、ただ薄闇を見つめていた。先程の自分がそうであったように、ただ、ぼんやりとしていて、動こうとしない。以前、先輩は言っていた。こんな時、飼育技術者は強い自己嫌悪に襲われる、と。担当ではないとはいえ、先輩が何も感じないわけがない。

結局、また元気の無い先輩に戻ってしまった。

次の繁忙期である冬休みまで、あんな状態が続くのだろうか。修太さんは「大丈夫だよ」と言っていたが、本当に大丈夫だろうか。分からない。分かったことは、ただ一つ。自分なんかでは先輩は元気にならないということだ。まあ、これは予想できたことで、今さら、がっかりすることでもない。

姿勢を戻した。植栽から出て、薄暗い敷地内を見回した。

薄闇の中に一つ、目立つ明かりがある。むろん、それはラッコ館の明かりで、今夜は一晩中、付いているだろう。担当の前田さんは、徹夜で見守るに違いない。

帰る前に一声かけておきたい。そう思って、ラッコ館へ足を向けた。裏口に回り、瀕死のラン太を刺激せぬよう、そっと館内に入る。調餌室に入って、部屋奥に足を進め、内扉の窓からバックヤード内をのぞいた。

ラン太がいない。

冷気が頬に触れる。内扉を軽く押すと、扉は何の手応えもなく動いた。

「開きっぱなし……」

バックヤードに駆け込んで、床に手をつき、しゃがみ込む。隅から隅まで目を走らせて、ラン太を探した。どこにも姿が無い。

立ち上がって、再度、室内を見回した。

バックヤードの奥は、表側のラッコプールにつながっている。しかし、その間の通路には、人間しか行き来できないように、大人の背ほどの柵がある。となれば……由香は開いていた内扉の方を見やった。扉の隙間から瀕死の状態で這い出した。そうとしか考えられない。

由香は携帯を取り出し、梶へと掛けた。

「先輩、ラン太がいません。ドアが少し開いてて、そこから這って出たみたいなんです」

「すぐに行く。けど、前田はどうした。すぐ連絡しろ」

「連絡って、その……」

もう電話は切れていた。

携帯には、まだイルカ課に直接関係する人しか登録していない。どのみち、この状況なら前田さんは近くに、おそらくは、ラッコ館の周辺にいるのではないか。

バックヤードから駆け出た。廊下を走り出そうとして、足を止めた。

どこかで携帯電話が鳴っている。

音は、かなり近い。たぶん、ラッコプールの前あたり。

ラッコプールへと駆けた。前田さんらしき声が聞こえてくる。廊下の角を曲がって、観覧スペースに出た。

「はい、分かってます。いろいろ、すみません、梶さん」

携帯を手にした前田さんが、宙に向かって頭を下げている。電話が終わるやいなや、その腕に飛びついた。

「来て下さい。ラン太、逃げたみたいなんです。内扉が開いてて、たぶん、そこから」

「扉が開いてたのは、僕のせい。もう慌てちゃって。でもさ、見てやってよ、あれ」

前田さんの視線の先を追った。岩場で毛繕いするラッコ、派手にメスラッコを追いかけるオスラッコ。そう、そこには、いつもと同じ光景が……。

「あれ？　ラッコの数が、いつもと同じ」

「メスを追いかけてるラッコ、いるでしょ。あれ、ラン太。抗生物質が、よほど効いたんだな。いつの間にか、こっちに来てる」

「でも、間には高い柵が」

「そう、あの柵、一メートル六五もある。なのに、それ乗り越えて、プールに来てんの。信じられないよね、まったく。ラン太のやつ、アクアパークに来た初日から、あのメスラッコにご執心でさ。もっとも今のところ、相手にされてないんだけど」

ラン太はメスラッコを追い続けている。前田さんは目を潤ませながら、ラン太に向かって言った。

「いい加減にしろよ、お前。大人しくしてないと、予備プールの方で監視だからな」

そんな言葉が通じるはずもなく、ラン太は、ついにプール隅にメスラッコを追い詰めた。前田さんは疲労感漂う表情に不気味な笑みを浮かべ「恋路、邪魔してやる」

と呟く。そして泣き笑うような声を漏らしつつ、バックヤードへと戻っていった。

「昼間の瀕死は、いったい、何だったんだ」

振り返ると、背後で先輩が笑いを嚙み殺していた。

「懲りないな、ラン太のやつ。けど、メスの方も黙っちゃいないだろ」

先輩の言葉通り、メスラッコは反撃に出た。

「あ、今、前足、嚙まれたんじゃ」

「まあ、今度は前田がウォッチしてるし、大丈夫だろ。それにしても、これほどとは思わなかった。専門書には、よく書いてあるんだけど」

「書いてあるって、ラッコの生命力について、ですか」

「それもあるけど、はっきり言って、その、繁殖欲。メスに対する執着はすさまじいって。これがラッコなんだな。関係者の間では、よく言われるんだ。『ラッコは命がけで恋をする』って」

先輩の表情が柔らかい。こんな顔、久しぶりに見た。

「俺が言う言葉じゃないな」

由香は梶の横に寄り、ラッコプールを見やった。

「前田さん、さっき、涙、滲ませてました」

「担当として安心したからだろ。感情移入じゃない」

「もう分かってます」

ラン太はまだ諦めきれないらしい。前足を気にしつつも、未練たっぷりな様子で、メスラッコの方を何度も振り返っている。

先輩の手が肩にかかった。

「飯でも食って帰るか。今日は、ろくに食ってないんだろ」

口調は仕事の時と変わりない。だから、すぐには言葉が頭に入ってこなかった。意味が分かってから、すぐに答えようとした。だけど、今度は言葉が出てこない。

由香は黙って、うなずいた。

仕事の時よりも、ずっと温かい手だった。

第五プール　水槽タイムレース

1

イルカもいいけれど、今日はラッコがお相手。

夢の中で、由香はラッコ担当になっていた。

ラッコプールの岩場にたどりついて、給餌バケツを下ろした。なんだか最近、筋肉がついてきたような気がする。重いバケツを運び続けたせい？　ああ、これが仕事をする女の宿命。そんな女には癒しが必要。

由香はラッコプールを見回した。

いた、いた。先輩がラッコになって貝を齧っている。しばらくして、先輩ラッコは給餌バケツに気づいたらしく、貝殻を放り投げ、プールから上がってきた。

「先輩」

給餌バケツの前で、先輩ラッコが振り向く。

「おいで。こっちに、もっとおいしいもの、あるよ」

なまめかしい仕草で手招きすると、逆に先輩ラッコは逃げ始めた。陸上だというのに、元先輩であるだけに、結構、足が速い。だが、逃げるなら追いかけるしかない。先輩ラッコは、さらに逃げる。ならばと、さらに追いかける。逃げる、追いかける、逃げる、追いかける。

こら、待て。

ようやく捕まえた。先輩ラッコは、腕の中で、もがいている。

「何で逃げんのよ。優しくしてあげようってのに」

逃げだそうとしたので、自分もラッコになって鼻先を咬んだ。その時、岩場の説明板が目に入った。

『ユカラッコ。愛のゲキジョウ』

劇場？　激情？　どっちよっ、漢字で書いてよ。

腕の中で先輩ラッコが呟いた。

「寒い……」

「何でよ。私が温めてあげてるじゃない」

「だって、アラスカだから」

そう言うと、先輩ラッコは再び逃げだそうとした。もう大人しくして、先輩。大人しくしてって言ってるでしょ。逃げるなら、また鼻先、咬んじゃうよ、激しく、ラン太みたいに——

夢が途切れる。目が覚めた。

「なんて夢、見んの」

ラッコでもオスがメスを追いかける。でも、夢の中では、私が先輩を追いかけていた。しかも、鼻先に咬みついた。

自分の指を見つめる。指を口にくわえ、夢の中の強さで咬んでみた。

ああ、痛い。鼻なら、たぶん、もっと痛い。

指をさすりながら、ベッドから出た。顔でも洗って、夢のことは忘れよう。洗面で歯ブラシを手に取った。それにしても……。

「ラッコになった先輩、かわいかったな」

鏡に、にやけ切った顔が映っている。

慌てて大きく頭を振った。

最近、私、変な方向に行ってないか。

由香は鏡に向かって思いきり歯を剝き、全力でブラシを動かした。

2

もう秋終盤、屋外プールに吹く風も、少し冷たくなってきた。

由香はホースを上向きにして台に固定した。

栓を開け、ホースの水をアーチ状にしてプールに注ぎ込む。ウォーターハードルの演技準備は完了。この演技は自分にとっても得意技。背後で見ている先輩に、良いところを見せねばならない。

プールサイドに立ち、サインを出した。まずは、無頼者イルカの勘太郎が水のハードルを跳び越える。完璧。次いで、お嬢様イルカのルン。跳び越える際に腹部がハードルをかすめ、水の形が少し崩れた。今いち。ルンは元気ではあるが、最近少し体が重そうに見える。実際、飼育日誌の記録を追ってみると、わずかずつながら、体重が増加傾向にあるのだ。でも、今は取りあえず、二頭にご褒美のマイワシ。すると、サインも出していないのに、ニッコリーが勝手にウォーターハードルを跳んだ。

先輩が呆れたように息を漏らした。

「ニッコリーには、早く『待て』を教えないと駄目だな。すぐ勝手にやりだすから。まあ、それはそれで、意外性があって、おもしろいんだけど」

「あの、ニッコリーのことより……その、心配ごとが」

「心配ごと？　どうした」

「なんだか最近、太り気味なんですよ。食事減らした方がいいのかなって」

「別に太ってはいないだろ。俺は今のままでいいと思う。『私、スリムでしょ』なんて言ってる奴は、たいてい不健康で顔色も悪い。けど、そんなこと、仕事中に言うな」

この人、勘違いしている。

「あの、私のことじゃなくて、イルカのルンのことです」

先輩が赤くなった。そして、いつものぶっきらぼうな口調で、すぐに言い直した。

「分かってる。秋なんだ。このくらいはいい」

食欲の秋？　確かに最近、私も、おなかがすぐに減る。

「おい、梶、ちょっと来い」

野太い声が屋外プールに響き渡った。チーフがイルカ館で手を挙げて呼んでいる。先輩は赤くなったのをごまかすように背を向けると、チーフの元に走っていった。

由香はプールに目を向けた。

「あんたたちも、食欲の秋、なの」

三頭が、うなずくように体を前後に振る。

背後から楽しげな笑い声が聞こえてきた。

「うん、なかなか決まってるね。トレーナー姿が板についてきた」

「先生」

先生は観客スタンドの柵をまたいで、プール敷地に入ってきた。

「近くまで来たんでね。最近は君達が採血してくれるけど、たまには僕がやっていこうと思って」

先生はプールサイドに来ると、黒鞄を置き、ルンに向かって仰向けの合図を出した。さすが先生、ルンは即座にくるりと体を回し、腹を見せる。先生は尾ビレを手に取った。

「先生、ルンの体重が、最近少し増えてるんです。大丈夫でしょうか。先輩ったら『秋だから、いい』って。でも、万が一、何かあったらと心配なんです」

「その万が一が無いように、検査するんだ。でも、まあ、多少の体重増だけなら大丈夫さ。梶の言う通り、食欲の秋だから」

「先生まで、そんな。まさか熊みたいに秋にたらふく食べて冬眠する、なんてことないですよね」

「冬眠はしないよ。だけど厚着はする。皮下脂肪をため込んで、寒さに備えるんだ。餌の量だって、少し増やしているだろう。梶が調整してると思うんだけど」

そう言えば、少しずつ給餌の指示量が増えていた。

「先輩も、それならそうと、言ってくれればいいのに」

「何だ、まだ、ぎくしゃくしてるのか」

「いえ、そうじゃないんです。『太った』って言ったら……私のことと勘違いして」

先生は「なるほどね」と呟き、目を細めて笑った。

その時、また、チーフの野太い声が飛んできた。

「お姉ちゃん、おめえも、ちょっと来い」

「行っといで。ここは僕がやっとくから」

先生の言葉に甘えて、イルカ館へと駆けた。だが、イルカ館の通路口に来ると、チーフは先輩の腕を軽く叩き「あとは頼まあ」と言った。

「おめえから、お姉ちゃんに、うまく説明してやってくれ」

「いや、こういうことは、やっぱり親父さんから」

「馬鹿野郎。あのくそったれの所へなんて、俺が言えるか」

そう言うと、チーフは背を向けた。そして、妙に早足で通路奥に去っていく。

由香は梶を見やった。

「あの、先輩、私のことで何か」

「お前、異動になった」

ついに来た。クビ。

「役所に戻る。戻らされるんですか」

「そうじゃない。館内異動。在籍が海獣グループから館長付に変わる」

「館長付？　もしかして、私、秘書ですか」

「アクアパークに秘書なんていない。第一、お前が秘書なんかやったら、逆に、館長が疲労で倒れるだろ。館長付というのは、特定の担当を持たないという意味で、遊軍みたいなもんだ。イルカに関しては、朝一の調餌、給餌、掃除を毎日。あと、閉館後の最終トレーニングを週一くらいでいい。日中は、おそらく魚類展示グループでの仕事が中心になる」

「でも、ライブは？」

「親父さんが入るし、親父さんが入れない時は、吉崎姉さんに頼む。土、日は海獣グループ全体でシフトを組むから。お前がいなくても、何の支障も無い」

由香は胸の中で呟いた。なんだか傷つく言い方。この人、もう一度、落ち込んでくれないかしら。

「魚類展示グループの仕事ってことは、修太さんに指示を受けるんですか」

「いや、たぶん、その上の倉野課長だと思う」

倉野課長と直接話したことは、ほとんど無い。夏休み前の全体ミーティングの時、イルカの愛称問題でチーフと言い争っていた。そんな姿くらいしか印象が無い。その時は、確か管理部の課長だったように思ったが。

「何をやるんでしょう。水槽の管理とか、難しい設備のメンテナンスとか」

「いや、分からない。何と言っても、倉野課長だから」

意味が分からない。

「お前、アクアパークの組織図を見たことがあるか。かなり、いびつな体制になってるんだけど」

黙って頭を横に振った。そう言えば、何となくチーフとか課長とか呼んでいるだけで、よく分かっていない。

「倉野さんは、実は二業務を兼務してる。管理部の総務課長と、魚類展示グループの課長。アクアパークでは、飼育業務を海獣と魚類の二グループが担当して、その他の業務を一括して管理部が担当する、という三部署体制をとってる。つまり、倉野課長は運営の半分以上に関わっていることになる。だから、その、いろいろあると思う」

「あの、いろいろって、どういうことが」

先輩は答えてくれない。

「取りあえず管理部に顔を出してこい。異動の事務手続きもあるだろうし、たぶん、そこに倉野課長もいるから。それと、作業着は脱いで普段着で来てくれって言われてる。俺からは以上だ。あとは向こうで、きいてくれ」

背を向けようとする先輩の腕を、慌ててつかんだ。

「あの、やっぱり、イルカ担当としてはクビ、という意味なんでしょうか」

「そうじゃないと思う。新人の頃、俺もやった。時たま、こういうことをさせられる奴がいるんだ。どういう基準で決めるのか分からない。決めるのは、いつも館長で、有無を言わせずだから。心配すんな。困ったことがあれば、いつでも電話を掛けてきていい。俺に答えられる事柄なら、いくらでも教えてやる」

この職場に来て、初めて聞いた先輩の優しい言葉だった。

3

管理部の席で、倉野課長は睨むような視線を向けてきた。

「ははあ、お前が役所出のお姉ちゃんか」

由香は胸の内で愚痴をこぼした。確かに、まともに話すのは初めてだが、ここに来て、もう七ヶ月以上が経過しているのだ。今さら初対面のような言い方はない。

「海獣グループでは、何をやってた」

「ええっと、調餌とか給餌とか掃除とか。その、最近はトレーニングとライブも少し」

「で、水族館の何を覚えた」

「あの、三枚下ろしとか、ポジティブトレーニングとか、魚のサバには、やっぱり注意とか、その、いろいろ、いっぱいです」

胸を張って答えると、倉野課長は呆れたように息をつき頭を振る。そして、吉崎姉さんの飲み友達である総務のおばさんに声をかけた。

「どうせ館内異動だ。庶務手続きは、あとでいいだろ」

お好きにどうぞ、と返答があるやいなや、倉野課長は立ち上がった。

「付いてこい。ここでは、やることやってもらう」

課長は管理部を出て、メイン展示館の裏廊下を歩いていく。そして、関係者出入口から、観客が行き交う観覧通路へと出た。

「あの、いったい、どこへ」

倉野課長は答えない。来場者を追い抜きつつ、ひたすら進む。正面玄関ロビーにたどり着いて、ようやく立ち止まった。

「見ろ」

課長は観覧通路の入口を指差した。

「あの短いスロープは、観覧ルートの最初の部分に当たる。アクアパークに来た客の大半は、まず、ここを通る。お前も通ったこと、あるな」

「もう七ヶ月、ここにいます。当然、何回も通ってます」

「じゃあ、きこう。いったい何が展示してある」

言葉に詰まった。答えられない。

「いいか。これから、あの通路にある水槽を観察してこい。水槽の横にある説明もよく読めよ。全てを頭に叩き込んだら、戻ってこい」

趣旨がさっぱり理解できない。

「何してんだ。早く行け」

仕方なく、水槽が並ぶ通路へと足を踏み入れた。手前から順に観察を開始する。一つめはコモリウオ科のナーサリーフィッシュ。生息地はオーストラリア北部などで、スズキの仲間。薄暗い水槽内で気難しそうに泳いでいる。説明板を読んで、気難しげな様子も納得。オスは卵を頭に持って子守りをするそうで……。それにしても、「全て」って、いったい、どこまで覚えれば良いのだろうか。ただでさえ、物覚えは良くない方なのに。由香は、こっそり廊下入口の方をうかがった。うそ。倉野課長が腕時計で時間を計っている。

慌てて水槽に向き直った。二つめ、一転して明るい水槽に、ちょこちょこ動くコミカルな奴がいる。オルネートカウフィッシュ。フグの仲間らしいが、英文字はよく分からないのでパス。三つめ、海藻しか浮いていない。いや、展示水槽なのだから、そんなはずはない。よく見ると、海藻が動いているではないか。リーフィーシードラゴン。フリルをまとったタツノオトシゴと言うべき風貌。生息地を見るのを忘れた。ええい、時間切れにつきパス。

覚えた事柄が増えるにつれ、段々、混乱してきた。コモリドラゴンは落ち着きのない海藻で……違う、違う。ブツブツ言っていると、観客が怪訝そうな顔をして、傍らを通り過ぎていく。子供が「あのお姉さん、何か思い詰めてるよ」と言うと、お母さんがシッと言った。ああ。

最後の水槽を見終わって、通路入口へと全速力で駆け戻った。肩で息をしていると、課長は淡々と「三二分」と言った。

「そんなに時間をかけて、何を見てたんだ」

「水槽を。一槽ずつ、ちゃんと見てきました」

「そいつは感心だな。じゃあ、もう一度きこう。通路に入って最初の水槽、明るさはどうだった。水槽が何色に見えたかも言ってみろ」

は？　ただ、息が切れる。

「じゃあ、覚えたことなら、何でもいい」

わけの分からないカウンターパンチ一発、せっかく覚えた事が、何もかも吹き飛んでしまった。

「この短い通路で約半時間。それでも印象一つ出てこない。お前がこの水族館の全てを丁寧に見て回ると、どのくらいかかる。物覚えが悪くて、記憶に時間がかかるなら、メモをとってもいいが」

「分かりません。考えたこともありません」

「じゃあ、やるんだな。展示を全て丁寧に見て回れ。むろん海獣類もな。どうした？　なに、引き攣った顔してるんだ」

慌てて頬を叩いた。

「見終わったら、電話を掛けてこい。俺は管理部の方の席にいる」

広いフロアに一人、取り残された。

何がなんだか分からない。分からないが、やるしかない。

再度、観覧通路に入り、観察を開始した。途中、売店でメモ帳を買った。これで効率も上がるだろう。この程度の作業など、すぐに終わらせてやる。

だが、観覧ルートの半ば辺りまで来ると、足が重くなってきた。

広い。アクアパークは、こんなに広かったか。情報量も半端ではない。終盤にさしかかると、目まで疲れてきた。もうメモ帳は満杯。売店まで戻るのも面倒なので、手の甲に書いていると、今度は小学生が笑い、引率の先生がシッと言った。疲れて、とぼとぼ歩く自分を、観客が元気よく追い抜いていく。

閉館間際になって、ようやく観覧通路から出た。

喫茶ロビーでコーヒーを買い、目元をマッサージしつつ二階のデッキへと出る。倉野課長に携帯を掛け、観察終了を報告した。

「意外に早かったな。今どこにいる」

「喫茶ロビーの上にあるデッキです」

「そこは明るいか」

「もちろん明るいです。外ですし、今日は晴れですから」

「お前が見てまわった通路は、どうだった」

「ここより、ずっと暗いです。メモをするのも大変で。もっと明るくすればどうかと思ったくらいで」

「いいことを言う。それは『展示フロアを明るくしてはどうか』という提案だな」

いや、ただの愚痴なんだけど。

「今日はもういい。今日は海獣グループでも、お前のやることは無いそうだ。だから、帰ってもいいし、どこかの手伝いをしてもいい。ただし、宿題がある。その提案が正しいかどうかをよく考えて、明日までに答えを出せ。正しい提案なら、採り上げるから」

詳しく聞き返そうとすると、音が途切れる。電話は、もう切れていた。

「何なの、この人」

散々、意味不明なことをやらせて、宿題を出し、いきなりバイバイ。途方に暮れるとは、このこと。

しかし、今の自分には頼る先があるのだ。

困ったことがあれば、電話を掛けてきていいから――ああ、優しくなった先輩。私は今、とっても困ってます。

心躍らせつつ、先輩に電話を掛けた。

「嶋です。早速なんですが、教えて下さい。水族館って、暗くていいんでしょうか」

答えは返ってこない。長い沈黙のあと「馬鹿」という言葉が聞こえ、電話は切れた。

4

修太さんは呑気そうに展示水槽の掃除をしている。

由香は、すり鉢で小型魚の餌を練っていた。

「由香ちゃんに手伝ってもらえるなんてラッキーだな。だいたいさ、魚類展示グループって、マニアックで常識外れな人間が多いんだよね。由香ちゃんなら大歓迎。もうイルカ課に戻らずにさ、ここにいてよ」

修太さんにマニアックと言われる人も複雑な気持ちだろう。

由香はすり鉢の手を止めて、立ち上がった。展示水槽に寄って、顔を近づけてみる。やはり水槽の向こう側、観覧通路は暗くて見えない。

「修太さん、水族館って、暗いですよね」

「うん、暗いよ。だって、暗くしてるもん」

「やっぱり雰囲気作りのためなんでしょうか。わざと薄暗くしてムードたっぷり。今日もカップルが、いっぱい寄り添ってたし。でも、明るくして健全なデートというのも、アリなんじゃないかと」

「また何かあったな。図星でしょ。由香ちゃんが、わけ分からないことを言う時は、たいてい何かあるから」

昼間の出来事を話した。倉野課長に命じられて、一日中アクアパークを駆けずり回っていたこと。おまけに宿題まで出されたこと。

修太さんは「うちの課長の宿題かあ」と呟いて頭をかいた。

「じゃあ、答えを一つだけ。今バックヤードは、天井の照明が付いていて、明るいでしょ。で、水槽の方のライトは消すよ。水槽を見て。何が見える」

「何も。真っ暗ですけど」

「よく見てよ、水槽に映ってるでしょ」

確かに何かが動いている。

「あ、顔です。私の顔が映ってます」

「じゃあ、天井の照明を表の観覧通路くらいに暗くするよ。逆に、水槽のライトの方はつけるから」

水槽内が浮かび上がった。泡が湧き、水草が揺れている。

「ちょっとした理科の実験だよね。見る側より、見られる側の方を明るくする。そうしないと、光が反射して顔がガラスに映り込んじゃう。むろん雰囲気作りもあるけど、もっと根本的な話なんだよな、これ」

確かに、肝心の水槽が見えなければ、雰囲気どころではない。

「でも、明るければいいというわけでもなくてね。たとえば、深海にいるタラバガニを明るい環境で飼うと、明るさで眼がやられちゃう。だから、その水槽に何がいるか考えた上で、うまく見せる方法を考えないと。人間が近寄っただけで、パニックになって水槽内で暴走する奴もいるしね」

「もっと簡単に考えてました。水槽一つ一つに考えるなんて」

「だって、相手にしてるの、生き物だもん。生き物を見てもらってんだから。でも、倉野課長にとっては、これ、正解かどうかは分かんないな」

「違うんですか」

「うちの課長、難しいこと考えるの、好きだから。まあ、つきあってあげてよ。損にはならないと思うから」

損にはならない？　修太さんまで、わけが分からない。

由香はため息をついて、すり鉢に戻った。

5

玄関ロビーの大水槽の中では、イワシの大群が銀色にきらめき、その間を悠然と巨大なエイが泳いでいる。

由香は緊張しながら傍らを見やった。

「あの、倉野課長、昨日の宿題のことなんですが」

「一番の理屈は、もう修太に聞いたんだろう。他にもいろいろあるが、今はそれだけでいいだろ」

気が抜ける。でも、ほっとした。

「では、今日は何を」

「客になれ。それが、お前の今日の仕事だ」

黙ったまま怪訝な表情を返すと、課長は説明を追加した。

「一日中、アクアパークの中を、うろうろしてろ。うろうろしながら、客を観察するんだ。何を見ているか、何を話しているか。怪しまれないように近づいて、よく見聞きしろ。対象は問わんが、狙い目は子供やアベックだな」

「産業スパイですか」

「ここはお前の職場だろうが。何でスパイなんだ」

課長は時計を見やった。

「時間はたっぷりある。自由にやれ。アクアパーク内であれば、どこで観察しても構わない。休憩を取りたければ、いつでも、どこでも、好きに取っていい」

「あの、どこまでやれば」

「お前がもう十分だと思った時が終わりだ。終わったら、休憩室でビデオでも見とけ」

それだけ言うと、課長は背を向ける。が、数歩歩くと立ち止まり、振り向いた。

「そういや、きいてなかったな。お前、水族館でデートをしたことがあるか」

憤然としつつ首を横に振った。課長はため息をついた。

「そうか。悪いこと聞いたな」

そして、再び背を向けて去っていく。由香は眉間に皺を寄せた。

「同情するな、セクハラ親父」

開館から三十分、既に大水槽の前には人だかりが出来ている。

観覧通路に入って、まずは売店を目指した。昨日の教訓を生かして、メモ帳を二冊買う。自分にも学習能力はあるのだ。売店を出て作戦を考えた。獲物を物色しつつ観覧通路を歩き、獲物が見つかれば、その背後に忍び寄って、こっそり観察する。幸い、子供もカップルも山のようにいるから、獲物探しには苦労しない。

観覧通路を適当に歩いていると、熱帯水族ゾーンに出た。

「ねえ、見て。きれい。まるで描いた絵みたい」

熱帯水槽前に、学生カップルらしき二人組がいる。由香は素知らぬ顔で、その背後に立った。

「あたしね、小さい頃、思ってたの。お魚になって、海の中、泳ぎ回れたらいいなあって」

うそつけ。その話、今、作っただろ。でも、一応メモしとくか。メモ帳を広げて、カップルの会話を記し、付け加えた。『甘い声、女がこびる熱帯魚』

傍らを小学生が走り抜けていく。

「あっちの建物に、ピラニアがいる。渡り廊下の向こう」

カップルの観察は疲れそうな気がするため、ターゲットを変更することにした。小学生のあとを追って、アマゾン館へと入る。

アマゾン館は子供の歓声に満ちていた。ちょうどピラニアの給餌が始まったところらしい。水槽の中で、ピラニアが激しく群れている。水槽の周囲では、小学生が群れていた。

メモ帳を広げ、小学生の群れに近寄った。

男の子二人が場所を押しつけ合っている。「行けよ、ほら」「行っただろ、さっき」ピラニア水槽に近づいて、好きな女の子に勇気があるところを見せたいらしいが、いざとなると腰が引けてしまうらしい。で、女の子が怒る。「情けないわね、男子は」頑張れ、根性無しボーイズ。光景をメモして、末尾に添える。『食われたい、初めて知った恋心』

子供の観察も、思いのほか疲れそうな気がする。もう少し落ち着いたターゲットはいないものか。

古代魚水槽を鑑賞しているスーツ姿のカップルがいた。

彼氏の解説。「この魚、肺で呼吸するんだぜ」彼女の対応。「水槽の横に書いてあるわ」淡々、あまりに淡々。この二人、もうすぐ別れるな。『説明板、彼氏の希望を打ち砕く』

何度も同じことを繰り返した。子供、カップル、子供。時々、老夫婦。正午過ぎまで、そんなことをやっていると、段々、馬鹿らしくなってきた。こんなことに何の意味があるのか。もしかして、これは倉野課長の嫌がらせではないのか。

腹が鳴る。手元のメモ帳を見やった。一頁分、空白が残っている。

まだ、カップルの多いラッコ館に寄っていない。最後にラッコ館で観察し、メモ帳を満杯にして仕事完了。そのあと、ウミガメパンでも買って、休憩室で寝る。やるべきことをやれば、文句は言われまい。

「よし。仕事、仕事」

初めて正面入口からラッコ館に入った。館内は予想外に閑散としていて、通路に人の姿が無い。考えてみれば、今はちょうど昼時。観察対象となる人間の大半は餌を、いや、食事をしているのだ。なかば、あきらめつつ奥へと進むと、幸い、一組のカップルを発見した。

「ほら、見て、見て。かわいい」

ラッコプール前で、彼女が甘い声を出し、彼氏に寄りかかった。

「ねえ、やっぱり、おなか叩いてるよ」

背後に寄って、カップルの生態を観察した。年は自分と同じくらいか。手と手を握りあい、指を絡ませている。しかも、指と指とが互いを確かめ合うように、始終、動いている。おい、ちゃんとラッコを見てるのか、二人とも。

ああ、なんだか苛立つ。二人の背後で、由香は貧乏揺すりのように足を揺すり始めた。

「見ろよ、あのラッコ。貝を岩にぶつけて、食ってる」

岩で貝を割っているのは、あの瀕死ラッコ、ラン太だった。

「行儀悪い子ねえ。でも、プールの隅に浮いてる子はかわいいよ。ちゃんと、おなかで貝、割ってるもん。先週の『ワクワク動物くん』でやってたのと一緒。ねえ、放送、見た?」

貧乏揺すりが止まった。

「あのラッコにもテレビを見せて、勉強させた方がいいよな。それで初めて気づくんだ。ボク、ラッコだから、おなかで貝を割らなきゃ駄目なんだって」

違う。

そう思った次の瞬間、由香はカップルに向かって喋りだしていた。

「そうじゃないんです。ラッコって、おなかで割ることもある動物で……いつも、そうするわけじゃなくて。あんなに、かわいい格好してますけど、本当は激しい動物で」

突然、話しかけられたカップルは、怪訝そうな顔をしている。

「失礼しました」

真っ赤になって頭を下げた。カップルに背を向け、出口へとダッシュする。背後で「何なの、あの人」という声が聞こえた。

「マニアだろ。水族館にはよくいるんだ」

ラッコ館を飛び出した。その勢いのまま敷地をあてもなく歩く。

——先週の『ワクワク動物くん』でやってたのと一緒。ねえ、放送、見た？

顔が熱い。なぜか、目に涙が滲んできた。

6

休憩室には自分しかいない。

『この広大な海、その再現が、ここにあります』

観客の観察を終えて、由香は休憩室のソファに座っていた。モニターには、最近オープンした水族館の紹介映像が流れている。

『ここは自然そのもの。さあ、大海原をゆったりと散歩してみて下さい』

巨大水槽の前で、館長さんが一礼した。超ハイテク水族館とのふれこみ、画面に映る館長さんの顔は、いかにも誇らしげだ。一方、目の前のテーブルには、今日、見聞きした事柄を書き留めたメモ帳がある。この二つは、本当に同じ世界のことなのだろうか。

休憩室のドアが開く。倉野課長だった。

ビデオを止めようとすると、課長は「そのままでいい」と言い、しばらく画面を見つめていた。そして突然、こちらを向き「お前も、そう思うか」と言った。

「自然の再現、自然そのもの。どうだ」

由香は黙って首を横に振った。

「何が違う」

はっきりとは言えない。だが、何やら違和感のようなものが感じられてならないのだ。自分は水族館という職場に数ヶ月いるだけに過ぎず、偉そうなことは言えない。かといって、ビデオの言葉に素直にうなずく気にはならない。

画面に巨大なトンネル水槽が映っていた。倉野課長はビデオを止めた。

「このトンネル水槽は、この水族館の目玉なんだそうだ。アクアパークにもトンネル水槽はあるが、規模が違う。どうだ、この光景。右も左も頭上も、全てが海だ。横を見やると、手が届きそうな所に海藻が茂っていて、その間をカラフルな熱帯魚が泳いでいる。見上げれば、悠然と泳ぐ古代魚だ。周囲には爽快なBGMが流れている。そんな環境が延々と続く。快適なる海中散歩。素晴らしい」

課長は言葉を一旦、区切った。

「だがな、水中でBGMが流れる海って、いったい、どこにあるんだ」

それは、と言いかけて、言葉を飲んだ。

曖昧模糊とした違和感に触れたような気がする。ここに来て最初に目にした仕事は、魚にビタミンを詰める調餌だった。あの時、先生は『自然と同じ状態を保つために、自然とは違うことをしなくちゃならない』と言っていた。

「このビデオの水族館は公園事業の一環として設立されていて、トップは土木建設局出身の偉いさんのはずだ。準備委員会のトップから横滑りで就任したんだろう。これは俺の推測に過ぎんが、たぶん水族館の現場を踏んでいない」

「なぜ、そう思われるんですか」

「現場にいると言いたくても言えない事柄を、平然と言ってるから」

課長は硬い表情で、向かいのソファに座った。

「水族館にいる人間の誰もが、自然に近づけたい、と思っている。だが、当たり前のことながら、そのためには莫大な金がかかる。水族館とは人間が作った施設であって、自然そのものじゃない。だから、大上段に『大自然再現』と言いきることには、抵抗感がある。現場にいれば、そんな矛盾にばかりぶつかる。水族館は矛盾の塊だから」

「矛盾の塊、ですか」

「水族の年間飼育――その程度のことすら、昔は難しかった。たとえば、世界最大のカニであるタカアシガニだ。低温海水にすむ水族で、夏を越せなかった。今なら何でもない。冷却装置があるから。つまり、電気をバンバン消費して、何の変哲もない自然環境を作り出している。どう思う？　これは大自然の再現か」

由香は再び首を横に振った。

「外部の人の目には、水族館が浮き世離れした特別な存在のように映っているかもしれん。当然そうじゃない。人、物、金、時間を費やして、どこまでやるか。必死にやりくりして、ようやく手に入るのは、悲しいかな、疑似自然でしかない。では、こんな所に、客は何を求めてやって来るのか」

課長は言葉を止めて、テーブルのメモ帳を手に取る。慌てて取り戻そうとすると、課長は数ページをめくり「つまらん事を、よくもまあ」と笑った。

「だがな、このメモ帳に書いてある事は、水族館の生々しい実態だ。お前は、昨日、今日と、アクアパーク中を見て回った。何を感じた」

咽元まで言葉が出かかっている。でも、出てこない。

「昨日、短い観覧通路に、お前は半時間もかけた。アクアパークはさほど大きな水族館じゃないが、あの調子で全館を見て回ると、丸一日かかる。だが、来場者のデータを調べてみると、滞在時間は一、二時間。これは何を意味している」

黙っていた。もう分かっている。だけど、口に出したくない。

「答えは一つしかない。客は見ていない。それ以外に無い。じゃあ、客は遠い所にわざわざ来て、いったい何をしてるんだ」

そう言うと、課長は胸元から手帳を取り出した。頁の間に黄ばんだ紙がある。課長は、高級織物を扱うような手つきで、紙をテーブルに広げた。

「ずっと身に付けてるから、ぼろぼろになっちまった。読んでみろ。十年ほど前の来場者アンケートだ」

黄ばみ、所々破れかけた紙には、たどたどしい筆跡が並んでいる。

『テレビと、同じことやるんだなあ、と思いました。見ることできて、うれしかった』

「書いてくれたのは、当時、小学生の男の子だったと思う。ありふれた感想だと言ってもいいだろう。お前だって、何回か耳にしたんじゃないか」

「カップルがラッコ館で、似たようなこと……言ってました」

「この業界、誰もが分かってて、口に出さない事柄がある。客は新しい発見を求めて来るんじゃない、確認をしに水族館に来るんだ。テレビや本で既に知ってる事柄を確認して満足し、安心して帰って行く。もし自分のイメージと違っていれば、不満と失望を抱えて帰る」

ラッコ館の彼氏は言っていた——あのラッコにもテレビを見せて、勉強させた方がいいよな。

「きれいだったねと余韻に浸るカップルは多い。嬉しいことだよ。だが、その余韻って何だ。おそらく、きれいな音楽が流れ熱帯魚が泳ぐ海中光景、つまり、環境DVDと同じものでしかない」

「でも、そうしないと、カップルは来ません。子供も来ません」

「その通り。ここは大学の研究室じゃない。水族の生態について啓蒙しつつも、娯楽性を訴えて観客を呼び寄せ、その観客から入場料を取る。水族館は博物館の一種だが、収入も支出も他とは桁違いだ。世間での認識は、博物館ではなく遊園地に近いだろう。博物館になるのか、遊園地になるのか、その狭間で世界中の水族館は悩んでいる。運営も、博物館路線と遊園地路線の間で、行ったり来たりしている」

倉野課長は「中途半端なんだ、くそっ」と独り言を言い、苛立たしげに膝を叩いた。

「いくら立派なことをやっても、相手が耳を傾けなければ仕方ない。じゃあ、遊興を目的にするか。しかし、それなら、何もこんな巨額の運営費は必要ない」

課長の顔が、いつもと違って見える。

「遊興で客寄せできることは事実だ。だが、そのやり過ぎで、飼育生物を弱らせたり、死なせる所さえ出てきた。最近は水族の流通が発達していて、大半の品種が業者経由で簡単に手に入る。死ねば、また買う。最初からそれを前提に運営した方が経済効率はいい。だが、それは、もう水族館じゃない」

課長は一人喋り続けている。口調も熱を帯び始めた。

「水族館とは、いったい何なのか？　まともに考えれば考えるほど、分からなくなる。そこで働く人間は日々、多くの矛盾を感じつつも、自己欺瞞で何とかやり過ごしている。だがな、現実は冷酷だ。水族館の来場者ピークは、いつだと思う？　悲しいことに、たいていはオープンの年なんだ。もっても、オープン後数年でピークを迎えてしまう。つまり、物珍しさがなくなれば飽きられ、やがて見向きもされなくなる。それでも巨大な設備は残る。設備関係の費用は、客が来ようが来まいが関係なく発生して、しかも巨額だ。これに比べれば、餌代なんてかわいいもんだ。財務的な言い方をすれば、固定費の比率が高くて、損益分岐点が極めて高い、と言ってもいい。だから、来館数が落ちれば、すぐに運営問題が浮上する。華々しくオープンした水族館が、わずかな間に閉館を議論せざるをえなくなるケースは、結構ある」

課長は膝の上で拳を握った。

「水族館が日本で誕生した明治の頃、何と言われたと思う？　『おもしろくて、ためになる』だ。だが、その両方を、うまくできる方法なんてあるのか。水族館って何なんだ。いったい、どういう場所なんだ」

課長は興奮してきたらしく、手のひらでテーブルを叩く。由香は思いきって尋ねてみた。

「あの、倉野課長にとって、水族館って、どういう場所なんですか」

「その問いに答えられるなら、悩みはしない。考え続けてる。お前も考えろ」

「でも、私、まだ数ヶ月の経験しかなくて」

「関係ない。数ヶ月だからこそ、思いつくことだってあるんだ。何でもいいから、考え続けろ。この仕事、考えるのを止めた途端に、単なる物好きになってしまう。解消できない矛盾であっても、水族館を職場とする以上、考え続けるしかないんだ」

課長は大きく息をつくと、テーブルに手をやった。そして、黄ばんだアンケートを、先程と同じような丁寧さで折りたたむ。

由香は黙って、それを見つめていた。この人も水族館の人なんだと思った。

7

水平線に日が沈む。周囲全てが紅い。

由香は展望広場のベンチに座って、ぼんやり目の前を見ていた。

展望広場は、メイン展示館の緑化屋上にある。昼間は子供達が、展望用の望遠鏡をのぞいたり、干潟風のタッチプールでヒトデを触ったりして、大騒ぎしていた。だが、まもなく閉館時間、今は自分しかいない。

由香は休憩室での会話を思い返した。

アクアパークに来て半年強経つ。素人ながら、それなりに物事を見ているつもりでいた。以前は観光事業課にいたのだ。観光事業についての基本知識だって持っているつもりでいた。が、とんでもない。自分には知らない事が、いや、考えようとしなかった事が、多すぎる。

「ここにいたのか」

先輩が展望広場の出入口に立っていた。

「すみません。今日はトレーニングの日ですよね。すぐに行きます」

「トレーニングは中止した。ルンと勘太郎がいちゃついてて、トレーニングにならないんだ。給餌もすませたから、今日は来なくていい。それを伝えようと思って探してた」

　そんなことなら電話でいいのに。

「昼のライブは、今日は誰と？」

「親父さんに入ってもらった。親父さんがライブ本番に入るのは、久し振りなんだ。なんだか楽しそうだったな。お客さんよりも自分が楽しんでいた」

　頑固親父が観客スタンドに向かって豪快に笑う光景が目に浮かんだ。子供は泣き出さなかっただろうか。

　先輩は近くまで来ると、広場中央のベンチを指差した。

「あのベンチのこと、知ってるか。結構、特別なベンチなんだけど」

「ラバーズ・ベンチ。そこに座って夕日を見つめると、恋が成就する。特に真正面に沈むのを見ると、二人は……」

　言い終わるのを待たず、先輩はラバーズ・ベンチへと向かっていく。そして、そこに腰を下ろした。

「お前も、こっちに来い。横に座れ」

　え？　なんてストレート。

　戸惑いつつラバーズ・ベンチへと足を進めた。いいのだろうか。目をつむり、思い切って横に腰を下ろした。顔が上げられない。

「うつむかずに前を見ろ。これが、このベンチの意味なんだ」

意味不明のまま顔を上げる。由香は息を飲んだ。

夕日。手が届きそうな所に、夕日がある。

「分かるか。ここに座ると、目の前のタッチプールの水面と、遠くの海面が溶けあうようになって、その境目が分からなくなる。まるで、タッチプールがそのまま海へと繋がっているみたいに錯覚してしまうんだ。手が届きそうな所に、夕日が沈んでいくように見える。だから、皆ここに座りたがって、閉館時間の遅い土日はカップルで一杯だ。だけど最初は、こんなふうにはなっていなかった」

「ベンチを動かしたんですか」

「むろん、ベンチの位置は重要だ。けど、それだけじゃ、こんなふうには見えない。背景となる海の見え方、タッチプールの高さと位置、ベンチからの視角、そんなものを計算して、設置しなくちゃならない。つまり、建物の設計に盛り込む必要がある」

「誰が考えたんですか、これ」

先輩は面白そうに「誰だと思う」と言った。

「倉野課長なんだよ、発案は。当初の設計案にも展望広場はあったんだけど、ここまでは考えられてなかった。設計のやり直しには多少の金がかかったらしいけど、それだけの人気を得ている。おまけに、いかにもといったエピソードまでついて。こうして真正面に沈む夕日を見ると、二人は結ばれ結

婚する――このエピソード、お前はどう思う」

言葉が出てこない。これは仕事の話なのか、恋の話なのか。

「なかなか、いいエピソードだとは思うけど、考えてみろ、そもそも誰がそんなこと言い出したんだ」

「口コミで広まったんじゃ」

「口コミにだって、最初に言い出した奴が必ずいる。このことについて、広報担当に尋ねたことがあるんだ。そうしたら、昔の広報誌を見せてくれた。ある号にラバーズ・ベンチの話が載ってる。ここでデートしたカップルが何組も結婚したっていう話。結婚したのは本当のことらしくて、本人達の承諾を得て、何組かの写真も載っているし、そのコメントも載っている。それを地元紙が採り上げたのが、広まったきっかけらしい」

「こんな景色を見ると、結婚したくなるんでしょうか」

先輩は「さあ」と笑った。

「ベンチの設置日は資産台帳で、正確に把握できる。その設置から三ヶ月程で広報誌に話が載った。そんなに早く効果が出たなら、確かにすごい。だが、よくよく考えると、広報誌の原稿締めは、当時も今も前月初旬。しかも広報担当の話によると、当時、予算の都合で紙面を減らし、幾つかの原稿を翌号にずらしたらしい。原稿を書いた倉野課長からは、随分、文句を言われたそうだ。でも、おかしいと思わないか。逆算していくと、ベンチ設置後、間もない時点で、すでに手間のかかる原稿が準備できていたことになる」

「そんな、どうやって」

「辻褄が合う答えは一つしかない。おそらく、このエピソードは計画的に作り上げられたんだ。でっちあげという意味じゃない。当時のイベント記録を見ると、メイン展示館リニューアルキャンペーンで、かなりの人数を無料招待している。その中には何組か結婚間近のカップルがいて、そんなアツアツな人達には、お祝いとして、このベンチで写真を撮ってあげたらしい。それを記念写真としてプレゼント。式の日取りまで決めてる人達なら、そりゃあ、結婚するだろ」

倉野課長の顔が浮かぶ。あの、しかめっ面でラバーズ・ベンチ。

「あの人は、アクアパークがまだ設立準備委員会の頃に、経理担当として入ってきたんだ。その頃、魚類展示に関しては、設備会社のコンサルティングに基づいて、準備を進めていた。あの人は随分と嚙みついたらしい。その水槽、その濾過、その展示方法は適正なコストで、かつ、飼育方法として正しいのか。けど、満足の得られる答えが返ってこない。あの人は、いつの間にか、自分で水族の生態に関する文献を調べ始めた」

「それで、総務と魚類展示を兼任するなんてことに、なってるんですか」

「そうらしい。だけど、業務が本格化するにつれ、当然、限界が出てきた。やはり魚類に詳しくてフットワークのいい若手がいる。で、修太なんだよ。けど、修太はまだ若いし、あいつより飼育経験の長い人もいる。あの人は課長を兼務しつつ、実質、飼育実務に関しては修太の意見を全面的に取り入れている。アクアパークは役所風の固い人事体系だ。畑違いの二課長兼務といういびつな体制も、固い組織の中で、修太の能力を最大限に生かせる方法ってわけだ」

先輩は夕日を見つめて、目を細めた。

「癖はあるかもしれない。だけど、あの人ほど、組織としての水族館を意識してる人はいない」

苛立ったように膝を叩く課長の姿が浮かんできた。

「ここって、ほんと、いろんな人がいますよね。だから、全館ミーティングになると、いつも侃々諤々。何となく分かるような気がします。でも、岩田チーフと倉野課長、腹を割って話しあえば、結構、いい線いくと思うんだけどな」

「苦労してるみたいだな。珍しく大人じみた言い方をする。けど、わけの分からない電話は掛けてくるなよ」

夕日に照らされて笑う先輩は、いつもと違って優しげに見える。

由香は黙って、うつむいた。

8

「期待させるな、馬鹿」

由香は薄暗い室内プールで、一人、呟いた。

魚類展示グループの手伝いを始めて、十日ほど経つ。今日は展示水槽の入れ替えを手伝った。濾過砂やらエアレーションやら難しいことは分かるはずもなく、肉体作業に徹した。夜遅くになってようやく片付き、イルカ館に寄った。朝、先輩から『帰る前に室内プールに寄れ』と言われていたから。けれど、胸を躍らせイルカ館に来てみると、先輩の姿は無く、照明も消えていた。

「期待する方が馬鹿」

明かりを付けて、壁際のベンチに荷物を置いた。

ベンチ下にビーチボールがある。今日のトレーニングはボールジャンプだったらしい。

ボールを手に取って、プールの方を向いた。トレーニング成果を崩してはまずいが、ほんの少しボールでたわむれるくらいなら怒られまい。

ボールを持ってプールサイドに立つ。案の定、ニッコリーが寄ってきた。

ニッコリーの口先に、ボールを放ってみる。すると、ニッコリーは即座に口先でボールをつつき返してきた。これは意外。もう一度やってみると、また、つつき返してくる。プールの内と外でのキャッチボール。もしかして、これは演技にできるのではないか。でも、今は単なる遊びでやりたい。ボールが水面で跳ねる。リズミカルな水音。ああ、なんだか癒される。私って、やっぱりイルカ向き。

「ね、ニッコリー、私がいなくて、寂しいでしょ」

だが、ニッコリーは、もう、この遊びに飽きてしまったらしい。水面のボールを放置すると、プールの向こう側へと泳いでいってしまった。こんなところは、Ｃ１そっくり。

「こら、行くな。一緒に遊べ」

内線が鳴った。慌てて壁際に戻り、電話を取る。先輩だった。

「今、資料室から掛けてる。明かりが付いてるけど、何やってんだ」

「その、ちょっとだけ……ニッコリーと遊んであげてました」

「遊んであげてた？　ほんとか。遊んでもらってたんじゃないのか」

先輩は鋭い。

「まあ、いい。お前に頼みたいことがある。その辺りに茶封筒があるだろ」

見回すと、確かに、ベンチ隅に大きな茶封筒が置いてあった。

「それ、親父さんに届けてくれないか。中に、明日の飼育技術者協会の講演資料が入ってる。親父さんが喋る予定の部分は、事前に見てもらった方がいいから」

「届けるって、どこにですか」

「川沿いの居酒屋『烏賊屋』で飲んでると思う。届けに行って、もし、いらないと言われたら、そのまま帰ってきていい」

「届けに行って、いらないなら、帰るんですか」

「何でもいいから、取りあえず行け。お前、酒飲んだ時の親父さんと話したことないだろうが。公園を出て川沿いの小道を行けば、橋の手前辺りで店の提灯が見える。ただ、川沿いは暗いから、お得意の自転車はやめとけ。歩いていけよ」

強引なんだか、優しいんだか、分からない。

封筒を手に取って、イルカ館を出た。公園を抜けて、川沿いの小道を急ぐ。橋の手前まで来ると、先輩の言葉通り、赤提灯が揺れていた。

店先へと寄る。玄関戸に手をかけて、動きを止めた。

荒々しい声が店内から聞こえる。チーフの声のようだ。その声に別の声が絡む。これは、チーフの天敵、倉野課長の声ではないのか。テーブルを叩く音がしている。店の人は、なぜ止めない。

深呼吸して下腹に力を込めた。由香は覚悟を決めて、玄関戸を開けた。

「この馬鹿野郎が。そういった、しみったれを、吝嗇漢って言うんだよ。てめえ、漢字で書けるか、吝嗇漢って」

「うるせえ、この飼育馬鹿が。飼育馬鹿なら、いつでも書いてやる」

チーフと倉野課長はカウンターに座って、怒鳴り合っていた。そして、互いの首を絞めあうように肩をくむ。二人は、そろって椅子から落ちそうになるくらい、豪快に笑った。

目の前の光景が信じられない。立ち尽くしていると、チーフが気づき「おっ、お姉ちゃんだ」と言った。

「悪ぃな。今日は、ここまでにしとく」

倉野課長は「仕方ねえな」と呟き、物足りなさそうに箸で皿を叩く。そして、獲物を探し求める目で、こちらを見た。

「そうだ、お前。この飼育馬鹿の代わりに、飲んでいかんか」

赤い顔が、とことん飲ませてやる、と言っている。慌てて手を振って断った。チーフが覚束ない足取りで店外に出て来ると、すぐに玄関戸を閉めた。

「梶先輩からの届け物なんです。明日の資料、事前にチェックしてもらった方がって」

「面倒くせえこと言うな。そんなもん、適当に喋らあな。もう、資料一式できあがってるだろ。梶からそいつをもらって、帰るとすらあ」

チーフは鼻歌を口ずさみながら、一人、川沿いの小道を歩き出した。慌てて、その背を追いかける。

念のため、自分が川に近い側を歩いた。

「私、チーフと倉野課長、犬猿の仲だと思ってました」

「よく言われる。俺が犬顔で、あいつは猿顔よ。前々から、そう思ってんだ」

チーフは立ち止まると、腰を屈めて膝を叩き、一人、馬鹿笑いした。自分で言って、自分でウケている。

「ミーティングの時、いつも意見対立してて、激しい言い争いになるじゃないですか。横で見ていてハラハラしどおしで」

チーフは姿勢を戻すと、再び、揺れながら歩き始めた。

「あいつの言うことなんか、くそくらえよ。俺は飼育技術者だ。金があんなら、もっと飼育してえし、水槽も広げてえ。新しい濾過システムも入れてえし、水質管理だってよ、機械がチャチャって判断して、全部、自動的にできるようにしてみてえ。え、どうだ、おめえは、そうは思わねえか」

そこまで考えたことはなかった。そもそも濾過の仕組みなんて、魚類展示グループの手伝いで初めて知ったのだ。

「それに、『人工繁殖成功、世界初』なんて言われんなら、金なんか、幾らかかってもいいじゃねえかと思っちまう。だがよ、俺みてえな奴ばかりいてみろ。水族館なんて、すぐに潰れちまうだろ。とめる奴がいる。それも、やみくもに、とめるんじゃ駄目だ。適否を冷静に考えて、とめられる奴がいる。あいつがいなきゃ、もう、ここは潰れてんだ」

喋りながらも、チーフは揺れ続けていた。もう、歩くヤジロベエ人形と言ってもいい。ああ、やっぱり横で見ていてハラハラする。

「皆、分かってんだ。確かに、小憎たらしいことを言いやがるが、そのおかげで、市本体から運営の根幹に関わるようなチャチャが入ることは、めったにねえ。言われたところで、どうしても飲めなければ拒絶だってできる。他の水族館に聞いてみろ。全然違う。母体の出張所みてえな所も結構あってよ、そんな所じゃ、現場の意見どころじゃねえ」

突然、チーフは「あらよ」と掛け声を発し、コンクリート堤の上に立った。

「バランスよ、バランス。水族館ちゅう所は、どうにも分かりにくいバランスがいるんだ。俺なんぞ、面倒で仕方ねえ」

チーフは堤の上で両腕を広げ、バランスを取ろうとした。が、すぐに傾き、腕をばたつかせる。川に落ちる——そう思った途端、チーフは絶妙なる千鳥足で、狭い堤の上を数歩進んだ。その間に徐々に体を逆側に傾けていき、無事、小道側へと下りる。だが、着地の際、腰に力が入らなかったらしい。チーフはコンクリート壁で踊るように一回転し、二回転目の途中で、ようやく静止した。

「バランスちゅうもんは、難しいな」

壁にもたれたまま、チーフが沈んでいく。慌てて脇に駆け寄ると、チーフは「心配ねえよ」と呟き、手を振った。

「帰っぞ。待たせちゃ、梶が切れちまあ」

よろつきながらも、チーフは一人で立ち上がる。そして、河口の方を見やり、夜の海原に向かって腰に手をあて、再び豪快に笑った。

「あいつ、恐えんだよ、若いくせに、よく怒るからよお」

波間で月が揺れている。潮風が心地よい。

いい夜だ、と思った。

第六プール　暴走イルカ

1

夢の中で、先輩とデートしていた。

デートの場所は、アクアパークではないどこかの水族館。デート中にもかかわらず、自分は覚えた事柄をメモ帳に、必死に書き留めている。一方、先輩は展示水槽に向かって、ひたすら毒づいていた。

「何なんだ、この展示は。いったい何を見せたいんだ」

また怒っている。せっかくのデートなのに。

「先輩、仕方ないですよ」

先輩が怒った表情で振り向く。もう、この表情にも慣れた。よく見ると、なんだか、かわいいのだ。

だって、ラッコになっちゃうくらいだから。

手の中の物を水槽に向けた。いつの間にか、メモ帳はビデオのリモコンに変わっていた。

「だって、これ、展示水槽じゃなくて、ただのDVDですもん」

リモコンのボタンを押した。水槽の中が揺らぎ、泳いでいた熱帯魚が消えた。チャンネル変更の砂嵐画面が続く。しばらくして、新しい光景が映った。

画面一杯に、修太さんの顔がある。

「梶、ごめんよお。僕、おしゃべりだからさ。二人のデートのこと、しゃべっちゃうな、きっと」

言っちゃえ、言っちゃえ。胸の中で喝采した。既成事実にしちゃうんだ。困ろうが怒ろうが、外堀を埋めてしまえば……。

なんだか楽しくなってきた。勝手に体が動く。一人、踊りだそうとして、由香は動きを止めた。

傍らの気配が、先程と違っている。

おそるおそる傍らを見やった。もう先輩はいない。代わりに、倉野課長がため息をつきつつ立っていた。

「かわいそうな奴だな、お前は」

ああ、また、同情された――

「どうして、もうっ」

由香はベッドで身を起こした。

夢とはいえ、ちゃんとデートしていた。途中までは、いい夢だったのだ。

「先輩が怒ったりするから、変な方向に流れちゃうんだよな」

ベッドから下りて、ベランダのカーテンを開けた。

まぶしい。窓ガラスの露が、朝日を反射している。

露もつく。今週から、もう十二月なのだ。窓ガラスに指で先輩の顔を描いた。絵の才能は無いので、細長い顔のへのへのもへじ。露の似顔絵もどきを見つめていると、動悸がしてきた。

あと数週間でクリスマスではないか。夢ではなく、本当にデートに誘ってみてはどうか。おそらく先輩には、クリスマスを一緒に、なんていう女はいない。そもそも、あんな男、普通の女に理解できるわけがないのだ。数ヶ月耐え忍んだ健気な後輩として、それは断言できる。

でも、どこに誘えばいい。先輩が行きたそうな所って、どこだろう。

由香は窓際で頭を抱えた。

ああ、水族館しか思いつかない。

2

「待て、修太。勘違いするな」

梶は自分の叫び声で目覚めた。

掛け布団をつかんだ手が震えている。しかも起きて早々、血の気が引いている。

とんでもない、実に、とんでもない夢を見た。あいつと水族館でデートをする夢。それを修太に目撃される。細部は、夢だけに、何が何だか分からない。

「疲れてるのか」

はっきりと記憶に残っているわけではないが、どうも最近、妙な夢ばかり見ているような気がする。たとえば、あいつに餌付けされる夢。その夢の中では、自分はラッコになっているのだ。そして、あいつがオスラッコのように襲ってくる。なんて、おぞましい。けれど、ぼんやりと覚えている感覚では……ラッコになった俺は、逃げつつも、あいつに愛敬を振りまいていたような気がする。

頭を振って、ベッドから出た。

気分を変えようと、ベランダのカーテンを開けた。ガラスに露がついている。それを見つめていると、なんだか背筋が寒くなってきた。

何だ、この感覚は。誰かに狙われているような。

「やっぱり疲れてるんだ」

休みを取った方がいいのかもしれない。だが、もう十二月。すぐに忙しくなる。来場者数は夏休みには及ばないが、やたらとカップルが増え、それを狙っての展示イベントも増える。そしてクリスマス周辺になると、通路はカップルで渋滞するようになる。

なぜか、イルカプールを走り回る由香の姿が浮かんできた。

「なんで、魚類展示の手伝いなんか、やってんだ、くそ」

毒づいてから、慌てて自分に弁解した。

別に、あいつにいて欲しいわけじゃない。あくまでも現場における人手不足の問題。忙しい時には、ネコの手でも、イヌの手でも、イルカのヒレでも、ともかく労力が必要であるという意味であって、別に、あいつでなくても。

頭の中では、まだ由香がイルカプールを走り回っている。そして、ホースにつまずいて派手に転んだ。

「駄目だ。相当、疲れてる」

三度目の「疲れてる」を口にして、梶は洗面所に向かった。

3

ああ、肩が凝る。でも、なんとか、まとめ終わった。

由香は魚類展示グループの作業テーブルで、自分の肩を叩いた。

目の前には、苦心惨憺して、まとめた内容が並んでいる。倉野課長からの課題は、水質管理と水の濾過システムについて関係者から聞き取って、今後の新人の参考になるようにノートにまとめること。当初は、楽勝の仕事だと、たかをくくっていた。しかし、実際に調べれば、調べるほどに深みにはまりこんでいく。基本的な内容だけでも、まとめるのに三日かかり、A4ノートが一杯になった。

「確かに、これって、水族館の仕事だよな」

当たり前の話だが、魚は水の中にすんでいて、水に溶け込んだ酸素で呼吸し、生きている。透明できれい、ということだけでは、良しとならないのだ。酸素量、酸性度、ミネラル分、温度なども、管理せねばならない。しかも、魚の種類にあわせて、常時、正確に。

だが、そんな苦労をあざ笑うかのように、水は悪化していく。魚も生きている以上、日々、排泄物を出すのだから。排泄物には有害なアンモニアが含まれる。となると、何らかの方法で、アンモニアを除去し続けなくてはならない。これをやるのが、濾過システム。

基本は砂で濾過をする。砂の中にはバクテリアがいて、アンモニアを分解してくれるのだ。だが、バクテリアによって増殖できる環境は違い、今度は、その種類にあわせて設備を作らなくてはならない。しかも、相手は目に見えない生き物、何の考えもなく掃除などすると、せっかく増殖したバクテリアがいなくなってしまうこともあるのだ。こうなると当然、大騒ぎ。

複雑で面倒。なのに、デリケート。まったく水族館の裏側はややこしい。

おまけに、この濾過システム自体が大騒ぎの元になることがある。どこかの水槽で寄生虫や伝染病が発生すると、濾過した水を通じて、わざわざ他の水槽に広めてしまう。むろん水槽ごとに濾過すればいいのだが、そんなことをすれば、間違いなく大量のお札が飛んでいく。

つまりは、魚類ごとに様々な条件を調べ上げ、それを複雑な設備で注意深く実現して、なおかつ、その運営コストまで考えねばならない。求められる知識量は半端ではない。おまけに、外国語らしき専門用語がやたらと多くて、小難しい数式や化学式がいくつも出てくる。もう完全に自分の頭はパンクした。たぶん後頭部からは煙が出始めている。

「また、チョウが出た？　どこでだ」

蝶？　そんなに大騒ぎすること？

ノートを閉じて背後を振り返ると、倉野課長と修太さんが、渋い表情で顔をつきあわせていた。

「アマゾン館のトンネル水槽。古代魚です」

「まいったな。もうすぐ来年度の予算折衝が始まるし、下旬になれば年末挨拶もある。館長の体が空いてるうちに、方針を決めなきゃならんな。取りあえず、状況を今、館長の耳に入れておこう。これから予算申請の件で館長室に行くから」

課長が部屋を出て行く。修太さんは無言で席に戻ってきた。こんなに硬い表情の修太さんは見たことがない。

「こんな季節に蝶々がいるんですか」

修太さんが怪訝そうな顔をしている。通じていないようだったので、付け加えた。

「あの、さっきの話。アマゾン館に蝶が出たって」

「ああ、チョウっていうのは寄生虫の名前なんだ。別名ウオジラミ。放っておくと、魚が炎症や出血を起こしちゃう。まあ、珍しい寄生虫じゃなくて、家庭の水槽でも出ることがあるから、薬はあるんだけど」

「じゃあ、それを使えば」

「魚に薬を使うのは覚悟がいる。特に古代魚は薬に弱くて、薬で死んじゃう危険性があるから、できる限り使いたくない。だから、チョウの卵を見つけるたびに駆除、それをずっと続けてた。けど、また大量に発生した。そろそろ覚悟しなくちゃならないのかも」

「でも、薬を使うべきかどうかなんて、館長に、そんな細かなこと分かるんですか」

「たぶん分からない。でも、万が一があれば、運営問題になるから」

意味がよく分からない。首をかしげると、修太さんは真顔のまま話を続けた。

「たとえば、ピラルク。ピラルクは条約で取引が制限されているから、入手自体が簡単じゃない。今では幼魚は専門商から入手できるみたいだけど、来館者は世界最大級の巨大魚を見に来てるんだ。仮に成体を入手できても、二百キロ近い巨大魚の運搬は楽じゃない。暴れると怪我人が出る。通常、麻酔をかけて運ぶんだけど、そうすると、溺れたりする」

「魚なのに、溺れる？」

「ピラルクは、空気呼吸するから」

修太さんは唸って、腕を組んだ。

「率直に言って、時間がかかる。予算を取るのに時間。受け入れの手続きと準備作業で、更に時間。けど、アマゾン館のトンネル水槽は、ずっと存在してるんだ。つまり高価な設備が遊んでしまう」

「修太さん、まるで倉野課長みたいですね」

「由香ちゃん、これは課長の考える話じゃない」

少し語気が荒い。修太さんのプライドを傷つけたかもしれない。だが、違っていた。

「下手すると、アクアパークの目玉の一つ、アマゾン館の運営に大きな穴を開ける。そのリスクを覚悟して、薬を使うかどうか。それは館長が決めるんだ。課長にも僕にも決められない」

由香は頭を下げた。また、何も考えず軽く考えていた。

「これから、資料室で薬のこと、調べてくる」

そう言うと、修太さんは机の中から書類を取り出した。

「由香ちゃん、ワープロソフト使えるよね」

「大丈夫です。前の職場はデスクワークが多くて、ずっとパソコンに向かってましたから」

「じゃあ、この下書きの清書、頼めないかな。新しい展示水槽の横に置く説明板の原稿なんだけどさ、僕の字のままでは、汚すぎて渡せないから。一時間後くらいに、京葉意匠っていう業者さんが取りに来るんだ。読めるよね、僕の字」

「任せて下さい。完璧に仕上げて、渡します」

ついに、堂々と請け負える仕事が来た。由香は胸を叩いた。

4

由香はパソコンに向かい、原稿を手に取った。

渡された原稿は全部で十枚ある。だが、一枚の分量は説明板一枚分、つまり数行だから、全部合わせても大した量ではない。ただ、言われた通り、原稿に並んでいるのは走り書きのような文字だった。

「性格、出てるよな」

能天気な修太さんらしく、原稿までがいい加減で気まぐれ。乱雑なだけではなく、様式や書体も気分次第でバラバラ。けれども、この程度なら問題ない。十分に意図する内容は読み取れる。

キーボードを軽快に叩いて、原稿を打ち込んでいった。今、この部屋には誰もいない。自分一人のためのオフィス、久々に仕事をしている充実感に包まれる。

思えば、前の職場はもっと酷かった。キーボードなんか打てるか、と自慢げに言う上司がいた。そのくせ手書きの下書きは、まるで忍者の暗号文。自分は何とか慣れたが、他の人には読み取ることができず、おかげで、その上司の下書きは常に自分に回ってきた。自分の仕事じゃないのに、と愚痴りながら、キーボードを打ったものだ。

それに比べると、この清書など楽そのもの。説明板の大きさにあわせ、きちんと字数をそろえて書体を統一し、誰が見ても分かりやすいように打つ。鼻歌が出る。そして、最後に原稿と照らし合わせ、誤字脱字が無いか一字一字チェック。見つけた誤字を修正。

全て終わって、お茶でも入れようかとした時、ちょうど京葉意匠の営業課長が来た。間仕切りに囲まれた応接ブースに案内する。プリンターから印字原稿を取りあげ、きちんと封筒を添えた。ああ、シンプルな仕事ではあるけれど、私は今、働いている。

応接ブースに戻って、説明板の原稿を差し出した。

「今田からの原稿です。ご確認下さい」

営業課長は原稿をめくり始めた。が、三枚程めくった辺りで、動かなくなる。しばらくして顔を上げると、ためらいがちに「あの、修太さんは？」と言った。

「今、ちょっと別件で手が離せないんです。今田からは私が任されてますので」

「では、あの、その、出直してまいります。ではまた」

原稿を置きっ放しにして、営業課長は席を立つ。そして、逃げるように部屋を出て行ってしまった。

「どういうこと」

由香は応接ブースの間仕切りを殴った。

まさか、こんなことで新人扱いされようとは思わなかった。言っちゃあなんだが、たかが、ワープロ打ちの清書ではないか。それとも、自分が女だからか。だが、こんなことに、新人や女が関係あるか。

怒りが収まらない。応接ブースのソファを何度も足で蹴とばしていると、廊下から満足げな笑いが聞こえてきた。

「いやあ。もう、やるしかないよな」

思い詰めていた修太さんが、早くも復活して帰ってきた。

「資料室で文献読んでいるうちに、なんだか、すっきりしちゃった。別に新しい発見があったわけじゃないんだけどさ、悩んでても仕方ないなって。万が一の場合の難しいことは、課長か館長が考えるだろうし、僕はやるしかないよね」

「修太さん、あの、原稿の件なんですけど」

「課長さん、取りに来てくれた？　今、外を見たら、京葉意匠の車が走ってたけど」

拳を握りしめつつ、受取拒否されたことを話した。修太さんが首をかしげつつ、原稿を手に取る。

そして、数枚程めくると「ごめんよお」と、いつもの口調で言った。

「さっきは、僕も少し混乱しちゃってたから。言っとけば良かったな」

「失礼な人だってことですか」

「あの人、何度も発注してるうちに、覚えちゃったんだ。でも、立場上それを口に出すこともできないし、かといって、引き受けちゃうのもまずいと思って、黙って帰っちゃったんだ、きっと」

「あの、覚えちゃったって？」

「生物の分類って、大まかに言うと『界、門、綱、目、科、属、種』と分けるんだけど、学名って、これをズラズラとラテン語でつなげるの。その書き方も決まっててね。まずは大文字小文字の決まりごと。属名までは大文字で書き出して、種小名以降は小文字で書き出す。書体の決まりごともあるよ。科まではローマン体で属名以下はイタリック。手書き原稿には、区別するために、イタリックを筆記体で、ローマン体を活字体で書いてたんだけど、説明されなきゃ、分かるわけないよね」

なに？　なに？　言葉が聞き取れない。

「でも、いつも長い学名だと面倒でしょ。だから、普段は下の方だけ取って使ってる。つまり属名プラス種小名の組み合わせ。人間の名字と名前みたいな感じかな。先程のルールを適用すると、名字は大文字で書き出して、名前の部分からは小文字の書き出しになる。で、全体はイタリック。ルールは他にもあるよ。種名のあとに、命名者名を書くんだけど、途中で分類を変更した場合はカッコ書きにするとか」

へ？　へ？　聞き取れても理解できない。

「それって、業界のこだわり、ですか」

「こだわりじゃなくて、学術的な話かな。平凡に見えるレイアウトにも意味あり、といったところ。でも、こんなの序の口でさ、説明板って数行程度なのに、いろいろあって一筋縄ではいかないんだ」

修太さんは壁の棚から、説明板の見本を手に取った。

「説明板って、だいたい、こんな書き方になってるでしょ。標準的な和名と学名との併記。学名は先程言ったみたいに厳密なんだけど、和名は逆。だって、日本近海にいる魚だと、アジとかサバとか名前があるけど、外国にしかいない魚となると、和名が無いから。となると、もう無茶苦茶。現地名を片仮名にしたり、学名や英名を片仮名にしたり。無理やり和訳してみたり」

「和訳ですか」

「そう、たとえば『電気なまず』とか。謎の和訳もあるよ。アクアパークに鉄砲魚いるでしょ。口から水を飛ばして虫を撃ち落として食べる魚。どうも、アーチャーフィッシュあたりから、名前がきてるようなんだけど、アーチャーって、弓を射る人だよね。だけど、いつの間にか、弓が鉄砲になっちゃってる。これって、結構、有名な話なんだけど」

修太さんは「誰だ、武器を持ち変えさせた奴」と呟いて笑った。

「それでも、和名らしきものがあれば楽だよ。日本初展示で、標準的な和名が見つからないとなると、考えるしかないんだから。皆が勝手に名前を付けるとバラバラになっちゃうから、それなりに、いろんな所に相談するんだけどさ。面倒なんだ、これ」

「じゃあ、名前が確定した有名な魚類だけ展示すれば、いいんじゃないですか。見る人だって迷うだろうし。どうしても誰も知らない魚を見たい、と思って来館する人って、多くないと思うし」

「でもね、魔法の言葉があるんだ。水族館にいる人間は、こいつに弱くて」

「魔法の言葉？」

「なんといっても『うちの水族館にしかいません』だよ。これ言いたくて、この仕事してる人、結構いるしさ」

修太さんは興奮した調子で「もう最高」と呟くと、一人、高笑いした。

5

どうした、ニッコリー。基本技ができなくなってるぞ。

由香は、屋外プールで、週一回のトレーニングをやっていた。久し振りに、基本技ノッディングをやってみた。観客側に向いて、立ち泳ぎしながら前後に体を揺する技。すると、人の目には「うん、うん」とうなずいているように見えるのだ。だが、ニッコリーは立ち泳ぎするところまでは良かったが、なぜか、こちらを振り向こうとしてしまい、そのまま後ろに倒れてしまう。

由香はニッコリーと顔をつきあわせた。

「あんたも疲れてるの？」

昼間、魚類展示グループの手伝いで、頭から煙が出ている状態は変わらない。何も見ず平然と仕事をこなす他の人達の頭はどうなっているのか、不思議でならない。修太さんは、大量にある水槽の状態を覚えているらしく、今日など、一目で、飼育記録の書き間違いを指摘された。

「おい、何やってんだ」

先輩の怒鳴り声が飛んできた。

「週一回しかトレーニングできないのに、ぼんやりするな。これはイルカのトレーニングというよりは、お前のトレーニングなんだ。まったくやらなければ、お前なんか、あっと言う間に覚えたことを忘れてしまうだろう」

先輩の表情が緩む。口調が変わった。

「魚類展示の手伝いで、また何かあったのか」

「なんだか、へこんじゃって。私、手伝いしてても失敗ばっかりで」

「そんなことは、最初から予想できた。『センスの海獣、知識の魚類』って言われるくらいなんだ。お前の頭に知識は残りそうにない」

鋭すぎる。

「ということは、センスはある、ということですよね」

「あるのか」

黙って首を横に振る。先輩はため息をついた。

「トレーニングを見てたけど、さっきから何度、失敗してるんだ。そんな調子だと、最初からやり直しにするぞ」

「たまたまです。ニッコリーも疲れてるんです、たぶん」

「馬鹿。やり直すのは、お前の方だ」

先輩がニッコリーに向かってノッディングのサインを出した。ニッコリーは観客スタンドへと向き、体を揺する。うん、うん。先輩が笛を吹いて、ご褒美のアジを手に取る。が、ニッコリーはプールサイドには戻らず、向こう側へ泳いでいってしまい、観客スタンド近くでジャンプした。

「ニッコリーも、不思議なイルカだよな。用具を使って地道にトレーニングをやろうとすると、なかなか覚えない。そのくせ、勘太郎がボールジャンプしていると、勝手にまねしだして、あっという間に覚えてしまう。『待て』のサインを教えていないから、もう、やりたい放題だ。今日、ライブで勘太郎とルンにバイバイのポーズをさせてると、教えてもいないのに、横で勝手にやるんだ。覚えた演技は、ほとんどスキャニングだしな」

スキャニングとは、偶然好ましい行動をした時に褒めて、演技として仕上げていく方法のこと。最近、先輩の本で覚えた。やっぱり、私は、少しずつ賢くなっている。

「たぶんニッコリーって、地味なの、好きじゃないと思うんです」

「擬人化だな。地味とか派手とかは、観客である人間の感じ方だ。イルカにとっては地味も派手もないと言ったろう」

「いや、あると思うんです。ニッコリーって、観客スタンド側でジャンプして、お客さんに水しぶきをかけるの、好きですよね」

「確かに勘太郎やルンに比べると、圧倒的に多い」

「ニッコリーって、スタンドの反応を見てると思うんです。わぁーと歓声が上がって、ああ、やったんだって。歓声が笛の音みたいになってるというか。何でしたっけ、こういうの。ええと、そう、習得性好子」

先輩が動かない。完全に固まってる。

「先輩、どうしたんですか」

「お前が、まともな事を言ってる……初めて見た」

ニッコリーが戻ってきた。先輩がアジを差し出した。

「じゃあ、何か、お前が考えるニッコリーの好きそうなの、やってみろ」

けら、けら。

雰囲気を察したらしい。ニッコリーが次のサインを催促している。アジを受け取って、プールサイドに立ち、ニッコリーを見つめた。

「思いっきり派手に、やっていいからね、ニッコリー」

前方宙返りジャンプのサインを出す。瞬時に、ニッコリーが水面下に消えた。

水中をニッコリーが行く。次第に早く、大きく鋭く。だが、何かが違う。はっきりとは言えないが、いつもの助走ではないような気がするのだ。この感覚は、何となく覚えがある。確か、どこかで……。

突然、指示が飛んできた。

「来る、投げろっ」

体は覚えていたらしい。唐突な指示に勝手に反応した。

手の中のアジが宙へと飛ぶ。ニッコリーが水の中から跳び出した。アジへと向かっていく。が、わずかに届かず、プールに落下した。

「すまん、思わず叫んじまった」

振り返ると、先輩は興奮しているのか、頬を赤くしていた。

「あまりにも似てたもんだから。Ｃ１の雰囲気と」

「これってＣ１ジャンプですよね。先輩、教えてたんですか」

「そんなこと、するわけがない。ニッコリーは演技トレーニングを始めたばかりなんだから。たぶん

Ｃ１がやってたのを見て、覚えてたんだろ。お前が手にアジを持ってプールサイドに立ったのを見て、思い出したんだ。Ｃ１はスピンしながらキャッチしてたから、少し違ってるけど、見よう見まねにしては大したもんだ」

「先輩。ニッコリー、絶対、これ、好きですよ。Ｃ１の子供だし」

「子供と言っても、イルカは母系社会で、父イルカは成育にあまり関係しないんだ。それに課題が多すぎる。お前だって、もう分かるだろう。投げる側と受ける側、両方のタイミングあわせがいる。トレーニングをやろうにも、お前の失敗、ニッコリーの失敗、両方が混ざってしまうから、演技内容を理解させるのだけでも、かなり難しい。演技トレーニングを始めて間もないし、やっぱり地道に……」

戻ってきたニッコリーが、低い声で、不満げに、ぶう、ぶう、と鳴く。先輩は頭をかいた。

「でも、親父さんに相談してみるか」

ニッコリーは再びノッディング。うなずくように体を前後に揺する。

「また、勝手にやってる。派手な演技の前に、まずは『待て』を教えなくちゃな」

その途端、ニッコリーは身をひるがえし、プールの向こう側に行ってしまった。

6

わずか数行の中に、不思議な世界がある。

由香は京葉意匠から納品された説明板をチェックしていた。

「そんなもん、修太にやらせとけ。最近、あいつ、楽しすぎなんだから」

振り向くと、倉野課長が手招きしていた。説明板を置いて課長机に寄った。

「お前が館長付になってから、どのくらいになる」

「一ヶ月ちょっとだと思いますが」

課長は「そうか」と呟き、机のカレンダーを眺めた。

「今日は特別メニューだ。お前、ラッコの生態を知ってるか」

「あの、少しだけ。確か、見かけによらなくて、求愛行動が……」

課長相手では言いづらい。途中で言葉を飲み込んだ。が、課長は気にする様子もなく、背後の書類棚から分厚い本を取り出し、机に積み始めた。どれもラッコに関する専門書だった。

「読んで、要点を頭に叩き込め。今なら、本の内容も少しは理解できるだろう」

「私、ラッコ担当ですか」

「そこまで、アクアパークは馬鹿じゃないだろ。今日の午後、近所の小学生が見学に来ることになってる。小学二年生の子供達と引率の先生だ。イベントなどで説明が必要な場合に備えて、うちには案内役がいる。アクアパートナー。お前も知ってるだろう」

「主にボランティアさんに、お願いしてる仕事ですよね。お客さんに説明したり、質問に答えたり。時には、ちょっとしたイベントの司会をしたり」

「今日も、見学コースの要所要所で説明をしてもらう予定にしている。ラッコ館の案内は、ベテランボランティアの源さんに頼んでたんだが、先程、少し遅れる、という連絡が入った」

嫌な予感がする。そして、そんな予感は当たる。

「源さんの代わりに、お前がやるんだ。子供達に分かりやすく説明してやれ。誤解なく、かつ、過不足なく。以前、お前、アベックに説明して、啞然とされたことがあったな。それを繰り返すな」

「あの、でも、私、無口で恥ずかしがり屋で、そういうことは」

「無口で恥ずかしがり屋？　その言葉が何を指すのかは知らんが、そうだからといって、黙って飼育だけしていれば、水族館員は務まるのか」

基本知識だけで音を上げている人間には、何も言い返せない。

「いいか。馬鹿な印象を残せば、もう近隣の小学校から見学に来ることは無くなるだろう。逆に、子供達や先生に、おもしろい、勉強になる、と思ってもらえれば、他の小学校も見学に来る」

課長は専門書の山を叩いて、念押しするように言った。

「ここにいると雑事を頼まれるだろうから、休憩室にこもって、勉強していい。だが、時間には遅れるな」

壁の時計を見やった。もう二時間しかない。

専門書を胸に抱えて休憩室に駆け込んだ。基本書らしき本から開く。ラッコはイタチ科カワウソ亜科ラッコ属で、北太平洋沿岸部などに生息し、絶滅危惧種としてレッドデータブックに載っていて……。

半時間程で、あきらめた。短時間に、この頭に入るわけがない。第一、知識を仕入れても、説明の相手は小学生なのだ。どう言えば、分かってもらえるのだろうか。

由香は専門書の山の前で頭を抱えた。

7

イルカ館の控室で、梶は飼育日誌をつけていた。

「梶、カライワシがいた。イワシっぽいのに、ウナギみたいなやつ」

ノックもせず修太が飛び込んできた。あいも変わらずウェットスーツのままだった。

「この辺りじゃ珍しいな。採集できたのか」

「いや、何も用意してなかったんだ。もう悔しくてさ。設備担当との打ち合わせが入ってなかったら、まだ潜れてたのに」

「じゃあ、来週、俺が潜ろう。いや、次の休みに遊びで潜るか。そういや、お前、水槽が寂しいとか言ってたよな。派手な色のホヤでも採っておこうか」

「へえ」

修太が意外そうな顔つきで、机の近くに来た。

「おい、床がびしょびしょになるだろ」

「変わったねえ、梶も」

「潜水調査なら、前にも引き受けただろう。別に珍しいことじゃない」

「それだけじゃないよ。僕が部屋に入った時、日誌つけながら、鼻歌、歌ってた」

意識してなかった。俺は、そんなことやってたのか。

「いい傾向だねえ。強面の梶の大変身。どうしてだろうねえ」

修太はおもしろくて仕方ないといったように身を揺すり、水滴を大量に床に落とした。

「正直に言えば？　早く由香ちゃん返してよって」

「馬鹿言え。やっかい払いができて、ほっとしてる。それに、毎朝、掃除と調餌には来てるんだから」

「朝は忙しいからねえ。話す間もないねえ」

「時間があっても、話すことなんて無い」

「じゃあ、このまま魚類展示グループに入れちゃおうかな」

「そりゃ駄目だ。魚類展示には知識がいるだろう。あいつの頭じゃ無理だ。どう考えても、あいつは哺乳類向きだ」

「哺乳類って、梶のこと？」

立ち上がる。修太は危険を察したらしく、後ろへと飛んだ。

「そろそろ、お魚ちゃんの所に戻らなくちゃ。哺乳類の梶くん、バイバイ」

修太が足音を立てて、廊下に出て行く。

「いったい、何をしに来たんだ」

その時、窓の外から派手な水音が聞こえた。幼い歓声が続く。

窓際に寄って、屋外プールを見やった。

近隣の小学校から見学に来ているらしい。トレーナーは誰もいないが、ニッコリーが小学生達の前でスピンジャンプを披露していた。かなりの高さがあるし、回転も速い。だが、スピンジャンプは、まだニッコリーには教えていない。

「なんだか似てるんだよな」

梶は、由香とニッコリーのトレーニング光景を思い浮かべた。

能天気で気まぐれ。こつこつとか地道とかは大嫌いなくせに、一旦、その気になると妙に張り切る。似た者同士で、いい組み合わせと思えるのに、なぜか、うまくいかないことが多い。あいつが相手だと、ニッコリーはよくサインを無視するのだ。かといって演技をしないわけではなくて、好き勝手に別の演技をやり出したりする。傍らで見ている限り、サインの出し方も、出すタイミングも悪くない。

それに親父さんや自分がサインを出すと、ニッコリーはサイン通りに演技するのだ。

プールの周囲で、また歓声が起こった。ニッコリーがアクリル壁越しに小学生と向かい合い、幼い指先を追って体を左右に振っている。まるで、小学生と、あっち向いてホイの遊びをしているようだった。

「ニッコリーのやつ、もしかして」

梶は窓際を離れ、部屋隅の内線へと寄った。

どうする。思い違いじゃないのか。

内線の前で何度も深呼吸を繰り返した。突拍子すぎる気もしないではない。だが、確かめずにはおられない。

梶は覚悟を決めて内線を手に取った。

「あ、倉野課長。ちょっと、ご相談ごとが。お時間頂けませんか」

心臓の鼓動が速くなっていた。

8

「はい、良い子の皆さん、こんにちは」

由香はラッコ館で小学生に取り囲まれていた。

「説明しますね。ラッコはイタチの仲間で、海にすんでます。どこから来たかというと、ふるさとは遠くアラスカ……」

子供達は誰も聞いていない。膝で甘える子はいるし、勝手にズボンを引っ張る子もいる。狭い通路を走り回る子もいれば、アクリルガラスに額を付ける子もいる。

「ぷかぷか浮いてる」

「あっち、岩に貝ぶつけたあ」

「お姉ちゃんのひざ、ごつごつ」

おい、少しは話を聞け。

「ええと、ラッコはたくさん餌を食べる動物です。どのくらい食べるかというと、大ざっぱに言って、なんと一日に体重の三分の一くらい食べます。そうやって、寒い所でも……」

ようやく質問が飛んできた。

「ねえ、三分の一って、なに？」

ああ、分数は何年生で覚えるんだろう。

背後から、押し殺したような笑いが聞こえてきた。

「いっぺえ、いっぺえ食べるってこったべ」

振り返ると、魚屋のハゲ親父みたいな人が、バケツを手にして立っていた。胸にアクアパートナーの名札がある。ボランティアの源さんだった。

「そこのボクとお嬢ちゃん、二人とも、プール隅のラッコと同じくれえの体重だべ。相手を両手で持ち上げてみせ。こけんでねえど」

子供達は相手の腰に手をやり、互いを持ち上げようとした。しかし、子供の腕では無理に決まっている。

「重いべ。ラッコなら、三日くれえで、ほのくらいを全部食べちまう」

「すごい。無茶苦茶食べるんだ」

通路を走り回っていた子が、周りに寄ってきた。

「ほうよ。ラッコつうのは、食べんのが仕事だあ。プールを見てみせ。どのラッコも、食べんのに夢中だべ。だけんちょ、三日で二倍になると思うけ？　ほんなことになったら、てえへんだ。あっという間に怪獣になっちまう」

　引率の先生が笑った。

「ほんじゃ、食べたもん、どうなると思う」

「うんち」

　子供達が一斉に嬉しそうな大声で答えた。ああ、子供って、どうして、こういう言葉が好きなんだろう。

「ほの通り。三日くれえで、だいたい自分の体と同じくれえのウンチをするってこった。だけんちょ、ラッコプールは、ほれほど広くねえ。ほっとくと、すぐ汚れちまう。おまけに毛がすぐ抜ける。ほんだから、ラッコつうのは、大変だべした、飼うのが」

　引率の先生が意外そうな顔をした。源さんは胸元から何か取り出した。

「触ってみせ。抜け落ちたラッコの毛だべ」

　あちらこちらから子供達の手が伸びてきた。

「どうでえ。気持ちいいべ」

「ママのコートみたい」

「いいこと言う。ラッコはいつもコート着てんだ。プールを見てくんしょ。あのラッコ、ずっと自分の毛を手入れしてっぺ。もう夢中つうか、必死だべ」

子供達がうなずく。

「ラッコは寒い所に住んでんだ。ご飯いっぺえ食べて、ずっとコートの手入れをする。ほうやって、体、温かくして、風邪ひかねえようにする。ほうでねえと生きていけねえ」

以前、先輩から聞いた説明を思い返した――ラッコは毛繕いできないと、冷水が浸みて、体調を壊すことがあるんだ。

「あの、岩の近くで泳いでいるラッコ、どうして、おなかで貝を割らないんでしょうか。そういう映像をよく見るんですが」

引率の先生からの質問だった。源さんは足元のバケツに手をやった。

「こいつを見てくんしょ」

手に冷凍ホタテ貝がある。骨太の不器用そうな指で、源さんは貝をこじ開けた。

「ほれ、この通り。冷凍から溶けると、貝は簡単に開いちまう。わざわざ面倒なこと、するまでもねえ。結局、腹で貝を割るのは、食べる方法の一つなんで。自然に開くなら、ほんでいいし、岩にぶつけて開くなら、ほんでもいい。今、岩の近くで泳いどる奴は、岩にぶつけるの専門。ラッコによって、得意技は変わるつうこってして」

膝元の男の子が源さんを見上げた。

「ぼく、いけないラッコだと思ってた。貝を岩にぶつけたりして、叱られるって」

「大丈夫。ラッコには、いろんな、お食事の方法があんだ」

源さんは子供達を見回した。

「もう一つ、皆に覚えてもらいてえ事がある。さっきのラッコの毛、気持ち良かったべ。ママのコートみてえって。だから、人間がラッコをいっぺえ捕まえて、本当のコートにしちまった。ほのせいで、ラッコは随分と減っちまった。もうすぐ一匹もいなくなっかもしんねえ」

子供達が水槽を見る。そのうちの一人が「かわいそう」と呟いた。

9

ラッコ館には自分しかいない。もう閉館時間は過ぎただろう。

由香は一人、プールの中のラッコを見つめていた。あいも変わらず、ラッコは、水面でたわむれるように泳いでいる。

「なんだ、一人か。源さんはどうした」

関係者出入口が開き、倉野課長が観覧通路に入ってきた。手から湯気が立っている。熱燗の日本酒カップのようだった。

「先程、『役得、役得』って呟きながら、どこかに行かれました」

「もう行っちゃったか」

課長は小さく笑った。

「ラッコの餌は人間にとっても高級食材でな。ホタテ、イカ、エビとか。源さん、そいつをちょいとかすめ取って、休憩室で一杯やる。給餌に影響がでないように、ホタテ一個、エビ一尾と、わずかずつな。あの人は昔、磐城の漁港で副漁労長をしてた。そんなものを上回る生き餌の差し入れもあるし、担当の前田も分かってて黙ってる」

課長は、廊下隅のパイプ椅子を二脚、手に取った。

「仕方ないから、二人で一杯やろう。ここは冷えるから熱燗にした。お前、飲める口だろう」

ラッコプール前で椅子を広げ、二人並んで座る。差し出されたカップ酒を手に取った。

「俺はラッコが好きでな。勘違いするなよ。俺は修太みたいにマニアックでもなけりゃ、岩田みたいに飼育技術者でもない。仕草の一つ一つにキャアキャア言う年でもない。俺は、ラッコのイメージと実態の落差が好きなんだ。そう言えば、お前も、もう分かるだろう」

はい、とうなずく。課長はカップ酒を傾けた。

「オスは命がけでメスを追いかける。知らない人が見れば、二頭が争っていると思う。なのに、あの仕草は何なんだ。わがままな子供みたいに岩に貝をぶつけて……お、見ろ。貝が跳ねとんで、びっくりしてる」

ラン太が跳んでいった貝を探し始めた。

「わざと愛敬を振りまいているのかとさえ思える。だが、実際の生態は正反対だ。あのかわいらしい口で、貝殻を噛み砕く。何かの拍子で噛まれると、長靴でも穴が開く。先月も、前田のやつ、長靴を噛まれて、新しく買い換えた」

そういえば、前田さんの長靴は新しい。

「そんな激しさと裏表とでも言ったらいいのか、ラッコは極めて神経質な動物だ。他の動物なら何でもない刺激でも、餌を食わなくなることがある。驚くとショック死することすらある。だが、外見からは、とてもそうは見えない」

「不思議です。ラッコって、いつも楽しげに見えて、あんなに、かわいらしいのに」

「その通り。ラッコは、かわいらしくしようとしてるわけじゃないが、見ていると、まるで人間を癒そうとしてくれてるかのように思えてくる。ラッコとは人懐っこい愛玩動物だ——そんな勘違いのまま、大半の観客は帰って行く」

課長はカップ酒を手で回しながら、話を続けた。

「ラッコの生息地はアラスカなどの沿岸部だ。厚いアクリルガラスの向こう側には、その環境がある。強力な空調給排水の設備で、なんとか、それを実現しているんだ。しかも、糞尿が多くて、かつ、毛も抜けるから、その除去設備も強力でないといけない。飼育は簡単じゃない。はっきり言って、ある程度の資金力がないと飼えない。水族の飼育には金と労力がかかるが、特にラッコはその傾向が強い。水族館はイメージと現実の乖離が大きな場所だ。ラッコは、その象徴的存在のような気がしてならん」

ラン太は貝を探すことをあきらめたらしく、毛繕いを始めた。

「ラッコの説明は簡単なようで難しい。イメージと実態が、あまりにも違うものだから、説明によっては客を幻滅させかねない。説明していると、『いい気分なのに余計な事を言うな』とでも言わんばかりの顔をされる。だから黙ってしまう。勘違いさせたままの方が楽だからな」

「でも、源さん、子供達相手に、ほんの短い間で、主な内容をほとんど説明してしまいました。別に奇をてらった説明じゃありませんでした。でも子供達、覚えてると思います」

「相手によって、説明のアプローチを変える。一見、思いつきの解説のように見えるが、あの人は、何をどこまで伝えるか、きちんと考えてる。ボランティアだが、アクアパークでは一番うまい。伝えるべきことを伝える——その当たり前の事が、水族館という場所では難しい。ある意味、見せ物的娯楽路線の方が楽なんだ」

あの時、源さんは冷凍ホタテとラッコの毛を持って、観覧通路に出てきた。どんな質問が来るか、どんな風に答えるべきか、考えた上で用意してきたのだ。

「館長付になったばかりの頃、お前に言ったことがあったな。考えろって。どんなことでもいい。何か思いついたか」

由香は、ラッコを見つめながら考えていた事を口にした。

「あの、ラッコ館で流れてる音なんですけど」

「ん、変えた方がいいか。BGMは前田の趣味だと思うんだが」

「目の前でラッコが冷水に飛び込んでも、プールで元気よく泳いでいても、その水音がほとんど聞こえないんです」

「ここはアクリルガラスで密閉空間になっているから仕方ない。言ったろう、ラッコって神経質な動物で……」

「密閉空間なら、逆にラッコプールの音をマイクで拾って、その音を観覧スペースに流しちゃ、だめでしょうか。ラッコの環境を、お客さんに共有してもらうんです。それと、餌の解凍や調餌。通路の空調に繋がる所でやっちゃ、だめですか」

「そんなことしてみろ。通路が生臭くなるだろうが」

「でも、それをラッコは食べてるんです。それに、ラッコの餌って、匂う魚介類は少ないし」

「衛生上の問題もある。第一、客が見に来ているものと違う」

「その、デートスポットにしなくてもいいと思うんです。ラッコはおなかで貝を割る、そう思い込んでいる人を、どうやって『へえ』と言わせるか、それでいいと思うんです」

課長は黙っている。

「観客を喜ばせるのが必要なら……ゲームにすれば。それぞれのラッコの得意技を書いておいて、食事光景からラッコの名前を当てて下さい、とか。当たったら金一封」

「いろいろ言ってくれる。幾らかかると思うんだ。もう明日から手伝いはせんでいい」

由香はうつむいた。また余計なことを言った。ここもクビ。でも、初めてあれこれ考えたものだから、つい、我慢できなくなった。

「なに、しけた面してんだ。卒業だと言ってる」

卒業？　顔を上げると、課長は笑っていた。

「今日、梶の奴が俺のところに来た。冬休みになる前に、お前をイルカライブに出したいんだそうだ。だから、そろそろどうですか、ってな」

「どうですかって？」

「イルカ課に戻せってこった。梶が俺に直接、注文をつけに来たのは、初めてだ。どのみち、そろそろと思ってたから、その場で了解しといた。明日からはイルカプールにいろ。イルカ専任に復帰だ。その熱燗は卒業祝いだな」

課長はカップ酒を空けて、立ち上がった。

「椅子は片付けといてくれ。お前はゆっくり飲んでろ」

「でも、異動ってことは、あの、館長には」

「俺と岩田から言っておく。もともと、この異動は、こういう趣旨なんだ」

倉野課長は笑いながら、ラッコ館を出て行く。

「こういう趣旨?」

由香は熱燗を手に首をかしげた。

それに合わせるように、海水面で漂っていたラン太がこちらを向き、かわいらしく首をかしげる。

だが、すぐに上を向き、強力な歯で貝殻を齧った。

10

久し振りのイルカライブ。胸の動悸が止まらない。

由香は屋外プールの隅で、ニッコリーと待機していた。

プールサイドの中央には、先輩がいる。先輩がハンドサインを出すと、勘太郎とルンは即座に反応し、見事に演技を成功させた。先輩はマイクを手に解説を再開した。

『ご覧いただけましたでしょうか。こんな具合に、サインと演技内容を結びつけていくわけです』

傍らでは、ニッコリーが待ちきれないかのように体を揺すっている。『待て』のサインを出し続けた。出番までは、ここで待機していなければならない。

「まだだからね、ニッコリー」

だが、ニッコリーは、やりたくて仕方ないらしい。うずうずしているのが伝わってくる。緊張しないニッコリーがうらやましい。

由香は深呼吸を繰り返した。

平日夕刻の最終ライブは、こぢんまりとしていて、フレンドリーなスタイル。ざっくばらんに、トレーニングのやり方を解説しながら、演技をしてみせる。常連さんが多く年齢層も高めだから、イルカ担当復帰の舞台としては悪くない。でも……。

由香はそっとイルカ館の方を見やった。

チーフが通路口に立って、鬼のような形相でライブを見ている。こんなことは、めったにない。理由があるとすると、久し振りにライブに出る自分にあるとしか考えられない。

『勘太郎とルンは、大人のイルカなんですね。最近、子供のイルカにも、トレーニングを開始しました。子供イルカの名前はニッコリー。担当は由香トレーナー。新人同士のペアなんです。さて、うまく行くでしょうか』

ついに出番が来た。

『あちらをご覧下さい。今、ニッコリーが由香トレーナーの合図を待っています。遊びたくって、ちょっと、うずうず。そんな感じ、お分かりいただけますでしょうか。では、由香トレーナー、どうぞ』

立ち上がった。膝が震えている。腕も震えている。予定では、ここで前方宙返りジャンプ。何度も練習してきたのだ。今さら失敗するわけがない。

震える腕を上げる。サインを出した。

ニッコリーは、プールの中で、ただ体を揺すり続けている。

汗が額に滲んだ。

何がまずかったのか。腕の角度か。いや、タイミングか。久し振りの本番で緊張して、何かが、いつもと違っていた。もう一度落ち着いてやれば大丈夫。そう自分に言い聞かせながら、頭の中で前方宙返りのサインを復習する。その残像をなぞるようにして、ニッコリーに再度、サインを出した。

行った。

だが、ニッコリーは少し泳ぐと、すぐに顔を出してしまった。そして、立ち泳ぎをしながら、観客席に向かって胸ビレを振る。それは基本技の一つ、胸ビレでバイバイではないか。

スタンドから笑いが聞こえる。

額の汗が粒になって滴った。いったい、どういうこと。練習では、きちんとできていたのに。戻ってきたニッコリーが得意げに鳴く。なんて気楽そうに鳴くの、ニッコリー。

観客の目が自分に集まっている。

落ち着け。息を大きく吸い、太ももを拳で叩いた。気合いを入れ直して、ニッコリーを見つめる。

サインを出すと同時に、思わず大きな声が出た。

「ジャンプしてっ、ニッコリー」

ニッコリーが潜る。が、また水面下をうろつくように泳ぎ回り、顔を出してしまった。今度は立ち泳ぎをしながら、クルクル回る。なんで教えてもいない演技を、今やるの。

「あー、ちょっと。回んないで」

スタンドが沸く。

額の汗を拭いつつ、横目でイルカ館の方を見やった。通路口の鬼の顔が、かなり険しくなってきている。もう桃太郎でも返り討ちにしてしまいそうだ。

先輩の進行アナウンスが入った。

『ニッコリー君、なかなかサインに反応してくれないようですね。仕切り直して、もう一度やってみましょうか』

戻ってきたニッコリーに向かい、胸の中で懇願した。良い子にして、お願い。アジも、イワシも、サンマもあげるから。サンマは一番、大きなのを選ぶから。

祈るような気持ちでサインを出した。思いが通じたのか、ようやくニッコリーは身をひるがえして潜り、助走を開始した。

『行ってくれましたね。さあ、得意技を見せてくれるでしょうか』

一周した辺りで、ニッコリーは水の中から跳び出した。そして、空中で身をひねる。だが、前方宙返りではない。それは背面着水のバックフリップではないか。しかも、その落下角度は……。

私を狙ってる。

豪快な着水と同時に、大きな水の塊が飛んできた。観客の前で逃げるわけにはいかない。今日は下にドライスーツを着込んでいる。水なんか、かぶったって、なんとも……。

派手なくしゃみが出た。踊るように上半身がくねり、周囲に水滴が飛ぶ。

『はい、くしゃみのタイミングは最高ですね。でも、白状します。実は、ニッコリーがしたのは、由香トレーナーが出したサインとは違うジャンプだったんですね。残念ながら成功とは言えないようです。つまり、演技内容とサインがうまく結びついていないんですね。由香トレーナー、再度チャレンジしてみますか』

このままでは引き下がれない。大勢の観客の前で、何度も首を縦に振った。

『では、これが本日最後の演技になります。今、練習中なんですが、とっておきの荒技をご披露しましょう。うまく行けば拍手喝采。駄目な時は、ご容赦を』

練習中の荒技？　まさか、こんな時にC1ジャンプなんて。

首を横に激しく振ると、再びスタンドが沸いた。「失敗したっていいぞ」と声が飛んでくる。先輩は傍らに来ると、マイクのスイッチを切り、小声ながら強い口調で言った。

「駄目もとだ。ともかくやれ」

けら、けら、けら。

プールに目を向けると、ニッコリーは人の気も知らず、のんきに催促していた。

ねえ、とびっきりのアレやろうよ、アレ。

「オーケー、ニッコリー」

腹をくくって、バケツからアジを手に取った。プールサイドに立って、プールの内と外で息を合わせる。ニッコリーのうずうずが最高潮に達していくのが分かる。ニッコリーは上半身を軽くそらせた。今だ。

右手を振った。行けっ、ニッコリー。

瞬時にニッコリーが消えた。

いいタイミングだった。助走スピードも問題ない。だが、コースが少し内寄りで、遠いような気がする。由香はプールサイドの縁に足をかけた。その途端、水面が大きくうねる。ニッコリーの頭が見えた。

早すぎる。そこではアジが届かない。

思い切り手を伸ばした。前へ、もっと前へ。アジが宙へと飛ぶ。が、前のめりになりすぎた。自分もプールへと飛ぶ。

空中でニッコリーとすれ違う。目があった。

次の瞬間、自分は水の中へ。冷たい感触が身を包む。無我夢中で体勢を整え、水面に顔を出した。盛大な拍手と大歓声、そして何よりも、笑い声が渦巻いている。

腕をかき回しつつ浮いていると、ニッコリーが近寄ってきた。目の前で得意げに口を開ける。口の中には投げたアジが入っていた。

「成功と失敗、半々といったところでしょうか。でも、トレーナーが落ちるのは、予定にありませんでした。猛スピードのジャンプですから、ぶつかれば大怪我をするところでした。ニッコリーも由香トレーナーも、まだまだですね」

ニッコリーが水面で軽く身をくねらせ、背中を向けた。

つかまって、ここ。

ニッコリーの背ビレにつかまって、プールサイドへと泳ぐ。イルカにつかまって一緒に泳ぐのは、よくある光景ではあるけれど、こんなトレーニングはしたことがない。

歓声が更に大きくなった。これは困惑する歓声だ。

「本日のライブは、これで終了いたします。ご来場ありがとうございました」

観客スタンドに向かって、先輩は一礼した。上げた顔がこちらを向く。由香はプールサイドにかけた手を引っ込めた。

先輩、完全に怒ってる。

プールから上がるのを躊躇していると、誰かがお尻を押した。

ほら、行って。

ニッコリーがお尻をつついていた。

11

イルカ館に戻ると、先輩はいきなり「何だ、さっきのは」と怒鳴った。

「久し振りのライブだから、多少の失敗はいい。けど、できていた基本が、まるでできない。C1ジャンプは失敗しても構わなかった。けど、落ちるなんて余計もいいところだ。ぶつかってれば、お前もニッコリーも無事ではすまない。大きな事故となれば、休演、いや、アクアパークが休館になっていたかもしれないんだ」

先輩は通路奥を見やった。チーフと倉野課長が難しい顔で話し込んでいた。

「倉野課長が見に来てた。お前がイルカ担当として、やっていけるところを見せなきゃならなかったんだ」

倉野課長がチーフの肩を叩いて去る。チーフは難しい顔のまま、通路口へと戻って来た。

先輩はチーフの前に歩み出て「すみません」と言い、深々と頭を下げた。

「次は、必ず、きちんと」

「次なんて、いらねえよ。多少アクシデントはあったかもしれんが、結局、おめえの目論見通りだったんだろうが。でなきゃ、いきなりお姉ちゃんにライブ本番をやらせたりしねえし、俺に見にこい、とも言わんよな」

「すみません。一度、じかに見てもらいたくて」

「まあ、仕方ねえな。調子づいてるなら、あわせりゃいい」

由香は、おそるおそる、二人の会話に割り込んだ。

「あの、私、そんなに調子づいてるでしょうか」

チーフが、じっと、こちらを見つめる。しばらくして吹き出し「おめえじゃねえ」と言った。

「調子づいてんのは、ニッコリーだ。おめえってやつは、一番近くにいるくせに、気がつかねえのか」

チーフは屋外プールの方を見やり、あごをしゃくった。ニッコリーがまた観客スタンド近くでジャンプしている。スタンドに水しぶきが飛ぶと、残っていた観客から歓声と悲鳴が上がった。

「ニッコリーは水族館生まれのイルカだから、広い海を知らねえ。つまり、生まれた時から、この環境を当たり前に感じてんだ。プールの外には大勢の人間がいて、時折、歓声を上げる。ニッコリーにとっちゃあ、そんなものが生活の一部になってる」

ニッコリーが魚を口から出したり入れたりしてみせる。帰りかけていた観客がプールに戻ってきた。

「イルカの演技は、トレーナーとイルカ、一対一の関係が基本にある。だがよ、ニッコリーは、そんなもんを越えちまって、自分と観客の関係を直接、楽しんでんだ。だから、歓声を得られる演技を勝手にやる。特にライブになると、大勢の客が派手に歓声を上げてくれるから、もう、やりたい放題だ。理屈を言えば、ニッコリーにとっては、歓声が習得性好子になってるってこった。時折サインを無視するのも、そのことで観客が沸くと覚えちまってるのかもしんねえ。気まぐれで遊び好きであるイルカの真骨頂ってところだ。おまけに、おめえが相手だと、ニッコリーのやつ、そんな遊び気分が何よりも優先しちまうらしい」

チーフは表情を少し曇らせた。

「と言っても、これほどトレーナー泣かせのイルカはいねえ。演技はあくまで、人間の出すサインに反応するということが前提にあるから。だが、これが水族館生まれのイルカの姿なのかもしれねえな」

チーフは先輩の方を向き、「好きにやってみろ」と言った。

「確かに、やっかいな話だがよ、逆に、このニッコリーの性格をうまく生かすことができれば、とんでもないことができるかもしれねえ。C1ジャンプを完璧に再現することも、夢じゃねえだろ。それによ、いろいろあったが、今日のライブは悪くなかった。倉野のやつ、興奮して、わざわざ言いに来やがったんだ。これを仕上げたらどうだってな。漫才みてえに『ボケとツッコミ』のライブはどうだって。今日お姉ちゃんが偶然やっちまった、とぼけた失敗を、演技として仕上げるってこった」

先輩が「ボケとツッコミ」と呟く。チーフは話を続けた。

「サインのやり方を、根本から考え直してみろ。人間に見せるためのサイン、イルカに指示を出すためのサイン、この二種類のサインを別々に出せば、できねえことはねえだろ。やってみせたあと、客にそれを解説すれば、普通のライブより印象に残る。もっとも簡単ではねえだろうがよ。観客への見せ方、イルカへの指示、二つの事柄を同時に進行させながら、全体としての整合性をとらなきゃならねえんだから。だがな、梶、お前自身の技量を磨くいい機会だ。人間とイルカ、両方が喜ぶやり方を考えろ」

「でも、下手すると、これまでのトレーニング成果を崩すことになるかもしれません」

「構わねえよ。もともと、このライブは、完璧な訓練成果を見せることを目的にしてねえんだから。派手な演技を完璧に仕上げて、イルカの神秘みてえなもんを助長する。どこに行っても、そんなもんばっかりだ。馬鹿らしい。時には失敗していいんだ。そんでもって、飼育者と飼育生物の俗な関係も見てもらえ」

そう言うと、チーフは背を向けた。だが、すぐに何か思い出したように立ち止まり「お姉ちゃんよ」と言った。

「いや、嶋。おめえのやることは無茶苦茶だ。けどよ、次に何をやらかすのか、見たくなる。梶、お前なら、その無茶苦茶を生かせるだろ。二人でやれ、いいな」

チーフは背中で笑いながら、通路奥へと歩いていった。

第七プール　アジ、空へ

1

アクアパークが小さくなっていく。さすがに、今日は自分しかいない。
元日早々、由香は臨海公園内の浜辺を走っていた。

こんな日に、浜辺をジョギングする奇特な人間は、そうはいない。まさしく、これぞプライベートビーチ。そう悦に入りながら走っていると、背後から迫る足音に気づいた。

誰かに、つけられている？

スピードを出しても落としても、足音はつかず離れずで、ついて来ている。汗が滴った。この汗は運動によるものではない。まもなく公園の柵にたどり着く。そこから先は立入禁止で、止まらざるを得ない。プライベートビーチだということは、大声を出しても、誰も駆けつけてくれないということでもある。

窮鼠、猫を噛む。由香は拳を握りしめた。止まると同時に振り向き、勢いをつけて殴ってやる。その直後に蹴りを入れる。いや、その前に、まずは砂を顔に投げつける。相手がひるんだ時がチャンスだ。

柵に来た。足を止めると同時に、しゃがみ込み、砂を手に取る。

「やっと追いつきました。ついていくので精一杯ですね」

顔を上げると、ジャージ姿の白髪紳士が膝に手をつき、肩で息をしていた。

「館長」

「どうしたんです。砂なんか握って」

緩んだ拳から砂が落ちた。

「元日からジョギングなんて、感心と言うべきか、

呆れると言うべきか。なぜ帰省しなかったんです。水族館の正月当番なんて、他にやる人、一杯いるでしょうに」

「初めてですから、どんなものかと思って」

水族館に正月は無い。当然、飼育生物はいつもと同じように餌を食べるし、水槽も汚れる。来場者向けのイベントが無い分、やる仕事は減るが、出勤者も減るから、忙しさに変わりない。海獣グループの場合は、自分とラッコ担当の前田さんの二人で、全てをこなすことになる。そんなわけで、午前中は目が回るような忙しさだった。

だが、午後から急に暇になった。

赤い顔で三々五々、水族館の人達が顔を出すのだ。吉崎姉さんは家族全員を引き連れて現れ、お重を差し入れしてくれると、ご主人と子供達と一緒にペンギン舎の掃除をし始めた。源さんはボランティア友達数人と現れ、魚類展示グループの正月当番を「酒でも飲んでてくんしょ」と追い払い、水槽を得意げに解説しつつ、給餌をして回る。チーフと倉野課長は客のいないレストランの窓際を占領し、あいも変わらず大声でくだを巻いている。いつの間にか先輩も来たらしく、昼過ぎに調餌室に行くと、もう準備は終わっていた。ありがたく、それを使って給餌を始めようとすると、正月当番である前田さんは暇になってしまったらしく、彼女付きでイルカプールに現れた。そして「今日だけ、お願い」と言うやいなや、給餌バケツを強引に奪い、プールサイドでアツアツデートを始めてしまった。もうイルカプールにはいられない。とはいえ、館内で誰かと顔を合わせると、酒を飲まされそうになる。だから、逃げ出すように浜辺へと出た。役所の人事担当が聞いたら、いきり立ちそうな話ではあるけれど、今日はアクアパークの人達にとって、一年に一度のハメ外しの日なのだ。

館長は呆れたように息をついた。

「嶋君が正月当番なんてやることはないんですよ。毎年、岩田さん達が酒を飲みながら、やってるんですから。正月くらい実家に帰らないと、ご両親も心配なさるでしょうに」

親には、まだ、職場が変わったことを言っていない。土木関係部局に属し、水族館を毛嫌いするような発言を繰り返していた父のことを考えると、どうにも言い出しづらくて仕方ない。

「帰ったとしても、顔見せて、すぐにトンボ返りですから」

館長は「親の心、子知らずですね」と笑い、砂浜に腰を下ろす。由香も横に座った。

「館長、お正月は、お休みなんじゃ」

「館長なんてやると、正月でも面倒がいろいろありましてね。一段落ついての帰り際に、アクアパークに顔を出したんです。ですが、そんな気分をここに持ち込みたくありませんからね。笑うかもしれませんが、こんな時には、砂浜を走ることにしてるんです」

館長室のスケジュールボードを思い出した。年末年始の欄には隙間が無かった。

「それに、ここにいますとね、自分の立ち位置を思い出すことができますから」

「あの柵をごらんなさいな」

荒れた砂浜が広がっていた。

「え？　今、座ってますけど」

「そうではなくて、抽象的な意味で……まあいいでしょ。あの柵の先には、荒れた砂浜が広がっていた。

柵には『立入禁止』と書かれた標識がくくり付けてある。その先には、荒れた砂浜が広がっていた。

「知ってるとは思いますが、この辺り一帯は埋立地です。東京湾の貴重な浅瀬を埋め立てて、巨大なショッピングセンターや展示場、ホテルを建設しました。そうやって自然を潰した分、それを取り戻そうと出来たのが、この臨海公園というわけです。浜辺も作り直しました。でも、人工海岸は維持が難しいんです。砂が流れ出して止まらないことがありますから。維持には多くのコストがかかりますし、かといって、手を抜けば安全面に問題が出ます。だから、管理しきれない部分は立入禁止になってます」

柵の先が立入禁止であることは、前々から知っている。だが、その理由なんて考えたこともなかった。

「奇妙だと思いませんか。自然を潰して埋め立てた。それを補うために人工自然を作った。けれど、その維持ができず、結局、立入禁止にする。そんな所にアクアパークは立地して、自然保護の大切さを説いているんです。大いなる矛盾ですね」

「倉野課長も同じようなことを仰ってました。水族館は矛盾の塊だって。だから、水族館って何なのか、考え続けていないと駄目だ、って」

「倉野さんらしい。で、嶋君は何て答えたんです」

「そう言われてから、ずっと考えているんですけど、まだ答えが出てこないんです」

由香は隣を見つめた。

「あの、館長は何だと思われますか」

「正月早々、難しいことを、ききますね。もっともらしく、水族館とは博物館の一種だ、と答えて逃げておきましょうか」

「倉野課長もそう仰ってましたけど、水族館って、博物館なんですか」

「法的な枠組みに当てはめるなら、ですけどね。まあ、嶋君も私も、美術館や博物館の職員と同じというわけです」

「でも、私、まだ何も分かってません。何の資格もありませんし」

「それは私も同じなんですよ。水族館は博物館。そこで働く人は、その分野の専門家。ところが、水族館の職員になるための条件は何も無いんです。むろん、その館長にもです。よくよく考えてみると、不思議な話なんですよ。たとえば、教員資格のない校長先生や医師資格のない病院長がいると思いますか。少なくとも私は会ったことがありません」

そう言われれば、不思議な気がする。

「ところがです、水族館では、何の知識もない人が館長をやる場合の方が多いんです。ある日、突然、水族の生態なんて何も知らない人が館長として就任します。そして、ようやく少し理解できるようになってきた頃に退任します。で、また次の人が来ます。同じことを数年のサイクルで繰り返しているんです」

「あの、来るって、どこからですか」

「公立なら国や自治体、私立なら親会社でしょうか。館長とは外郭団体や関連会社への出向職、という扱いが圧倒的に多いんです。だから、館長と名前が付いていても、あまり権限は大きくないんですよ。そうですね、本体の課長さんクラスといったところでしょうか」

館長は一人、笑った。

「妙と言うか、不思議な世界だと思いませんか。専門機関を標榜しつつ、中身は曖昧模糊でいい加減。まあ、逆に言えば、隙はあるということでもあるんですがね。いや、率直に言って、隙だらけと言った方がいいかもしれません」

「あの、内海館長は役所からじゃなかったですよね」

「随分と前になりますが、やたらと民間登用というのが流行った頃がありましてね。いろんな公的機関が様々な職を民間募集しました。その名残で今、ここにいるんです。いわば私は隙間の中の、更に、隙間にいる人間というわけです」

「でも、この業界の人に、館長のお名前を出すと、皆さん、『ああ、あの内海さんね』って仰いますけど」

「なに、いい意味じゃありません」

館長は自嘲気味にそう言うと、立ち上がった。

「汗が冷えてきました。戻りは一緒に走りませんか。元日の浜辺、若い女性と一緒なんて、走り初めとしては、なかなか素敵じゃないですか」

素敵だなんて。立ち上がって砂を払った。頬を赤くしつつ「なんだか照れちゃいます」と呟く。顔を上げると、館長はもう五十メートル先を走っていた。

2

ジョギングから戻ると、誰かが懐中電灯で水槽を覗き込んでいた。

由香は身を硬くした。ここはメイン展示館のバックヤード。薄暗くて、よく見えないものの、魚類展示グループの人とは思えない。

「あの、ここは関係者以外立入禁止なんですが」

「ああ、正月だから、つい」

聞き慣れた声のような気がする。由香は照明をつけた。

「先生」

「ごめん、ごめん。挨拶に来たら、飲まされてさ。酔い覚ましに、妖精を見に来たんだ」

「そんな、妖精なんて」

しおらしく照れてみせると、先生は吹き出した。

「悪いけど、君のことじゃない。水槽の中のこいつのこと。正月明けに正面玄関フロアに展示するらしくてね」

由香は水槽を覗き込んだ。半透明の小さな人形が泳いでいる。

「こいつはクリオネ。流氷の妖精って呼ばれている。この時期、北海道の水族館に頼んで、送ってもらってるんだ。小さな明かりの中で見ると、ほんと妖精みたいでね」

なんて、かわいらしい。見とれていると、汗が水槽に落ちそうになって、慌てて拭った。

「どうしたんだい？　正月早々、随分、汗かいてるけど」

「さっきまで、浜辺をジョギングしてたんです。そうしたら偶然、内海館長と一緒になって。初めて二人だけで話しました。なんだか不思議な人ですね」

「ソフトな白髪紳士。そんな風に見えるだろ。でも、結構な策略家でね。あの人の寝技で何度、危機を乗り切ったか分からない。だいたい、親父さんと倉野さんを自在に操ってるんだから、それだけでも大したもんだ。あの人がいないと、アクアパークは回らない」

「館長って、本業は何だったんですか。民間登用でここに来たって、仰ってましたけど」

「何だったんだろうな。富山の方で観光関係についていた、と聞いたような気がするけど。僕も詳しいことは知らない。でも、あの人がやったことは知ってるよ。あの人は富山湾のホタルイカを救ったんだ。その関係で、今も毎年ホタルイカが送られてくる」

「富山のホタルイカって、あの天然記念物の？」

「そう。沿岸で数十万ものホタルイカが群れるなんて、富山湾くらいでね。世界でも珍しい。この自然を守れ。そう言う人は、昔から一杯いた。けれど、それだけでは守れない。同じように天然記念物に指定されても、カブトガニやナメクジウオは風前の灯だろ。あの人は地元の利害関係者をまとめ上げて、ホタルイカの保護に観光と漁業を組み合わせたんだ。当時はいろいろ言われたらしいよ。保護を名目にした商売だとか、自然保護の理念に金銭主義を持ち込んだとか。だけど結果として、ホタルイカの生息域は守られた。今ではホタルイカの観光漁業は地元産業の柱になっていて、誰もその生息域を潰そうとは思わない」

先生はため息をついた。

「誰もが自然を守る意義は分かっている。だけど意義だけじゃ、経済の理屈には勝てない。地元の人の生活だってあるんだから。で、『多少の犠牲はやむを得ない』って言葉で徐々に生息域は潰され、いつの間にか『多少』ではなくなっている。どうにもならなくなってから、『このままだと全滅だ』と騒ぎだす。けれど個体数が一定レベル以下になると、種の維持って、なかなか難しいんだ。こういったケースは数限りなくある。けど、僕も含めて多くの人が自然保護の大切さを訴えることしかできない。富山湾のホタルイカというのは、この業界の人間にとっては、特別な事例なんだよ。アクアパークの内海といえば、知る人ぞ知る、なのさ」

先生は笑いながら「かなりのクセ者だけどね」と言い、立ち上がった。

「もう正月当番はいいだろう。宴会に顔を出そうよ。レストランで親父さんと倉野さんがくだを巻いてる。たぶん館長も、それに加わってるだろうから」

「でも、後片付けが、まだなんです。給餌を前田さんに任せたままにしてて」

「もうすんでるよ。僕がやっといたから。前田のやつ、彼女の前で良いところを見せようと、見よう見まねで無茶苦茶なサインを出してるんだ。だから給餌バケツを取り上げた。そうしたら、二人の前でプライベートライブをやるはめになってね。でも、あいつ偉そうに、あれこれ僕に指示するんだ。腹が立ったからね、特等席で見せてやると言って、プールサイドに立たせた」

「先生、まさか」

「ニッコリーって悪いやつだな。正月早々、観客をずぶ濡れにするなんて」

先生がいたずらっ子のように肩をすくめる。この人もクセ者だと思った。

3

冬休みが終わると、アクアパークに落ち着きが戻った。ライブが終了すると、寒風吹きすさぶ観客スタンドには誰もいなくなり、屋外プールは閑散とした状態になる。

由香は長い柄の掃除ブラシを手に取った。

これから一人でプールサイドの掃除をしなくてはならない。いつもは先輩と二人で手分けしてやるのだが、先程、先輩は「やっておいてくれ」と言い残し、どこかに消えてしまった。この掃除、一人でやるのは結構つらいのだ。単調な作業だから、途中で飽きがくる。終わる頃には腰に疲れがくる。

プールサイドに水をまいて、広いプール敷地を見渡すと、頭の中に、もの悲しいメロディーが流れてきた。つらい仕打ちに耐えながら一人、掃除をする。小学生の頃、図書室でそんな物語を読んだような気がする。

「かわいそうな私。なんて、けなげ」

だが、いざ柄ブラシを構えて掃除を始めると、自然と鼻歌が出てきた。最近流行のポップ調演歌。ブラシ掃除には、やはり、こっちの方が合う。うんとこどっこい、あらさのホイホイ。

鼻歌に合いの手が入った。妙にリズミカルな水音がしている。

プールを見やると、ニッコリーが立ち泳ぎをしつつ、体を前後に揺すっていた。今までにない妙な動き。由香は掃除の手を止め、姿勢を戻した。ニッコリーも動きを止め、立ち泳ぎのまま、こちらを見つめている。

遊びの催促だろうか。しかし、掃除が終わるまでは、構っていられない。

再び柄ブラシで掃除を開始すると、ニッコリーはまた体を前後に揺らし始めた。掃除の手を止めると、ニッコリーも止まる。

何、それ。

試しに体を逆向きにして、柄ブラシで床をこすってみた。ニッコリーも向きを変えて、体を揺らす。

つん、つん。

「ちょっと、まねしないでよ、ニッコリー」

背後で笑い声がした。

「ニッコリーのやつ、お前の仕草が気になって仕方ないんだな」

掃除から逃げ出した先輩が帰ってきた。

「人まねという演技もあるんだけど、アクアパークではやっていない。まったく、イルカ並みの奴がいると、イルカは勝手に次から次へと遊びを考え出す。まいったよ」

「これ、演技に発展させましょうか。今、笛を吹いてスキャニング」

「いや、それより」

先輩は誰もいないスタンドを見やった。

「何の演技でもいいから、ニッコリーにサイン出してみろ」

唐突な指示に戸惑いつつ、言われるがままプールサイドに立った。ニッコリーは掃除のまねを中断して、寄ってきた。もう遊びたくって仕方ないらしい。

ねえ、何するの。どんな遊びやるの？

「あんたが好きな前方宙返りで行くからね」

サインを出すと、ニッコリーが水面下に消えた。いつものように助走して、手前で飛び出し、前方宙返りのジャンプをする。

その瞬間、屋外プールに大歓声が上がった。

むろん、観客スタンドには誰もいない。着水したニッコリーも不思議に感じているらしく、観客スタンド側のアクリル壁の前を行ったり来たりしている。

先輩がイルカ館の最上階を見上げ、両腕で丸を作った。

「ばっちりです、先生」

音響室の窓に先生の顔がある。

「先輩、さっきの音、何なんですか。屋外プールのスピーカーから流れましたけど」

「あれはライブの録音。編集して、お客さんの歓声部分だけ取り出した」

「なんで、そんなもの」

「早く新しいトレーニングの目処をつけておきたいんだ。来週、俺、出張でいないだろ。だから、今週中に確かめておかないと。先生に相談したんだ。そうしたら手伝うよって言ってもらって」

「新しいトレーニング？　何ですか、それ」

先輩は表情を曇らせた。

「お前が言い出したんだろうが。観客の歓声が笛の音みたいになってるって。だったら、本当に笛の代わりにしてしまえばいい。ニッコリーが何より歓声を優先してしまうなら、その歓声を利用すればいいんだ。こんなに効くトレーニング道具も、そうはないだろ」

「いいんですか。かなり無茶をしてるような気がしますけど」

「なぜニッコリーのトレーニングがやっかいかと言うと、お前との関係よりも、観客の歓声を優先してしまうからだ。だから、この録音を使って、お前が歓声を操作する。お前の指図のもとに歓声があると理解すれば、トレーナーとイルカの一対一の関係に戻るだろ。何よりニッコリーのトレーニング意欲が強くなる」

「でも、プールサイドと音響室に、それぞれ人が必要になります。そんなに人いないし」

また背後で笑い声がした。今度は先生だった。

「まあ、何とかなるさ」

先生の手には、獣医用の黒鞄ではなく、中古のCDプレイヤーがある。ラジカセ風の旧式タイプで、ずっと倉庫で眠っていた物だ。そのプレイヤーからは長いコードがイルカ館へと伸びていた。

「僕は子供の頃、ラジコン少年でね。海岸でラジコン飛行機を飛ばすのに、夢中になってた。自作の飛行機で地区大会に出て、入賞したこともある。獣医にならなきゃ、絶対、エンジニアになってたな」

先生は中古プレイヤーを床に置き、リモコンを差し出した。

「プレイヤーに向けて、再生ボタン、押してごらん」

ボタンを押してみる。再び屋外プールは大歓声に包まれた。

「名付けて、歓声システム。音響室のアンプを経由させて、屋外スピーカーに接続してるだけなんだけど、しばらくは、これで十分だろう。うまく行くことを確認してから、本格的な物を作ればいいんだ。ようは、手元で『音だし』をするだけのことだから。それより、問題は『ボケとツッコミ』という複雑な進行を、どうやるかだろ。梶、こちらの目処はつきそうかい」

「理屈の上では、今でも可能だと思うんです。まず観客に向かって、いかにもサインに見える格好をしてみせます。当然、イルカにとっては意味が無いので、演技は始まりません。タイミングをずらして、イルカに向けて本当のサインを、こっそり出します。いわば表サインと裏サイン。うまくやれば、先日のライブのようなコミカルな動きになると思うんです。タイミング合わせは大変だと思うんですが」

「でも、子供はともかく、大人には分かっちゃうな」

「プールサイドに立つトレーナーが観客の注目を集めている間に、別の人間が目立たないように裏サインを出したらどうか、と思うんですが」

「できなくはないだろうけど、かなり、やっかいだな。人手は増やせないし、観客に分からないように振る舞う演技力もいる。サインの大半は大きな動作だから、不自然でなく、こっそりなんて、相当うまくやらないと」

「人間の方の問題ですか」

先輩がこちらを向く。慌てて背筋を伸ばした。

「大丈夫です。私、どちらかと言えば、演技派ですから」

「演技派って、何か経験あるのか」

「いろいろあります。たとえば、小学生の時、三年連続、サルカニ合戦で臼の役をしました。上から派手に落ちるんです。こんなふうに、どすーんって」

両腕を広げて、演技力をアピールした。その時、ついリモコンを押してしまったらしい。再び屋外プールに大歓声が流れる。

「そうか」

先輩がプールサイドに駆け寄った。手をついて、プールの中をのぞき込む。

「まだ残ってるはず」

先輩は地面に手をついたまま振り返った。

「先生、昔、音をハンドサイン代わりにしたライブがありましたよね。俺が新人の頃だったと思うんですが」

「よく覚えてるな。イルカの認識能力を説明するためのライブでね、音や図形を合図にしてイルカが演技するところを見てもらった。音や図形のような抽象的なものでも、イルカは理解できますってね。でも、人手がいるわりには地味でね。現場の人手も減ったから、その年の演技メニューだけで終わったな。まあ、そのあとの房総大学との共同研究では大いに活躍したけど」

「あれから、プールは大きな改修をしてません。今は使ってませんけど、水中スピーカー設備は残ってると思うんです」

「そうか、水中スピーカーの音を裏サインにすれば」

先生が手を叩く。先輩は立ち上がった。

「はい。地上にはBGMが流れてますから、まず水中音に気づくことはありません。ただ、その水中音の操作まで手元でやるとなると……やっかいですね。確か当時は音響室に一人、担当を張り付けてました。設備改修までするとなると、ちょっと、すぐには」

「なに、設備が壊れてなければ、軽い配線工事程度だろ。簡易な操作盤を作る、そいつと水中スピーカーの回路をつなぐ。それで事は足りる。僕には無理だけど、うちの電気系統を知り尽くしている設備担当なら、チョチョイのチョイだろ。まあ、酒をおごれば、やってくれるさ」

「じゃあ、来週、出張から戻ってから相談してみます」

「出張の間に、僕がやっとこう。源さんと一緒にラッコの餌を少しくすねて、首を縦に振るまで、設備担当に酒を飲ませればいいんだ。管理部の連中だって、興味津々なんだよ。『最近のイルカ課、妙に楽しそうですけど、何かあったんですか』って、もう部外者になった僕にきくんだ。僕自身、面白そうだから、つい深入りしたくなってしまう」

「じゃあ、親父さんに予算取りを相談してみます。もう年度末ですから、難しいかもしれませんけど」

「それも大丈夫だって。今日、管理部に寄った時に聞いたんだけど、来週、ラッコ館の配線やダクトを少し改修するらしい。何でも、ラッコプールの中の音を通路でも聞こえるようにするとかで」

先生がこちらを向いた。

「倉野課長が君の提案で動いているんだよ。おもしろいことを思いついたもんだ。たぶん、その工事で材料が余る。前もって言っておけば、うまくやってくれる」

先輩が安堵したように息をつく。それを見て、先生は笑いをこらえながら「梶も変わったな」と言った。

「随分と冒険する。今までのトレーニングを崩しちゃうかもしれない。下手すると、偽サインの方に演技を関連付けてしまう危険性もある。しかも、ボケとツッコミのコミカルライブなんて。あの、ぶっきらぼうで無愛想な梶良平に何が起こったのか。僕は、これにも興味津々なんだけど」

先生が意味ありげに先輩と自分を交互に見やる。先輩が困惑したように「先生」と呟いた。

「二人とも演技派じゃなさそうだ。やっぱり、問題は人間の方みたいだな」

由香は真っ赤になって、うつむいた。

4

今週、先輩は出張のため、アクアパークにはいない。

由香は控室で飼育日誌を書いていた。

先輩の出張中は、とんでもない忙しさを覚悟していたのに、結局、海獣グループ内の人繰りが都合つかず、ライブの回数を減らすことになった。となると、空いた時間帯は逆に暇になってしまう。かくして、のんびり控室で日誌を書いている。

ノックの音がした。

「こんにちは。あなたのしもべ、修太でえす。由香お嬢様に質問に来ました」

変な修太さんが、今日は更に変になっている。首をかしげていると、修太さんは「電話がありました」と言った。

「出張中の梶君からです。一つは仕事のこと。歓声システムを使ったニッコリーのトレーニング、進み具合はいかがでしょうか」

そんなこと、直接、電話してくれればいいのに。

「ニッコリーが別のイルカになったみたいです。あっという間に演技をマスターしちゃいそうで。それに遊び気分も増したようで、私が柄ブラシを手に取ろうとするだけで、掃除の物まねをするんです。なんだか『早く掃除して』って、せかされてるみたいで、落ち着かなくて」

「はい、はい。愚痴も含め、梶君に伝えます。質問の二つめ。たぶん、こっちが本音だと思いまあす」

「あの、本音って」

修太さんは、ようやく普通の口調に戻った。

「あいつ、電話で僕に言うんだよ。土産に何がいいか、きいてくれって」

「土産?」

「あいつ、今、関西で開かれてる飼育技術者交流会に行ってるでしょ。確か、主催水族館の海遊ミュージアムで運営の現場を見たあと、ホテルに会場を移して、研究発表に懇親会。約一週間もの長出張。仕事での出張とはいえ、こうなると残された者としては、土産が欲しくなるわけ。これまでは、だいたい、岩田チーフへは地酒、魚類展示グループと管理部には地元のお菓子なんだけどさ。由香ちゃんの趣味は分からないから、それとなく、きいてくれってさ」

全然、それとなく、になっていない。

「僕も最初は『自分できけよ』って言ったんだよ。そうしたら、意地になって『直接きいてしまったら、代理購入だろ』って、わけの分からない理屈こねるんだよね。普段、そういう屁理屈嫌ってるくせにさ。ほんと、わがままなんだけど、引き受けちゃった。梶の態度を見てると、もう僕、天地引っ繰り返っちゃって」

「そんな、大げさです」

「だってねえ……由香ちゃん、前のイルカ担当のこと、聞いたことある?」

「水産学をやってた人だったって聞きました。その前が動物行動学をやってた人。どちらの人も、すぐ辞めちゃったって」

「そうそう。皆、イルカトレーナーになれるなんて、ものすごい夢心地で、入ってくるでしょ。すると、先輩の梶が、あんなふうだもん。岩田チーフや先生と違って、それほど年も離れてないしねえ。当時のイルカ課って、プールのある砂漠、って陰口言われてたんだから」

修太さんは笑いながら「分かるでしょ」と言った。

「そんな梶が後輩への土産を気にする。ずっと梶を見てきた僕としては、いったい何が起こったんだ、というような気持ちなわけ。だから、わがままな奴と愚痴りながら、つい引き受けちゃった」

頬が赤くなる。まずい。最近はすぐ赤くなる。

「その、土産なんて、あの、何でもいいです」

「駄目だよ。この業界の人間は、自分が好きな物は相手も好きだ、と思っちゃうって、言ったことあるでしょ。僕は梶の趣味なんて見たくないな。何でもいいから言いなよ」

動悸がしている。由香は思い切って口に出した。

「あの、海遊ミュージアムの玄関横に、お土産用のグッズ売場が……たぶん、そこに、オリジナルのオルゴール人形が置いてあると思うんです。海辺に男の子と女の子がいて、バックでイルカが跳んでて。高校生の小遣いで買えるくらいで、高くはなかったと覚えてるんですけど」

「いいね、それ。でも、由香ちゃん、詳しいな。いつ行ったの？」

「いえ、その……やっぱり何でもいいです」

実は、その近所に実家があって、高校の頃は毎日、その前を通ってました——なんて、今さら言えない。考えてみれば、田舎がどこなのか、職場では、はっきりと言ってなかった。

「オーケー。そのオルゴールにしよ。梶に、そう言っとく」

「でも、やっぱり、わざわざ頼むのは、あの」

「なに？」

由香は黙って首を振り、残りの言葉を飲み込んだ。

先輩からお土産を個別にもらう。こんな機会は、もう二度と訪れないような気がする。この際、もらえるものなら、もらっておきたい。それに子供の頃、近所のおばちゃんは、いつも口癖のように言っていた。タダでもらえるもんは、何でも、もろとかんと。

由香は、表情を悟られぬように、下を向いた。

5

ホテルのトイレ個室は大理石仕様、その棚にはチリ一つない。

ここなら誰にも見られなくてすむ。梶は棚に鞄を置き、その中を探った。

「あいつ、何てもん、頼むんだ」

目の前には、午前中、海遊ミュージアムのグッズ売り場で買い求めたオルゴールがある。

海辺を表現したらしき台には、麦わら帽子の男の子とワンピースの女の子。オルゴールが鳴り出すと、二人は砂地の上で踊るように回りながら、真ん中へと寄っていく。豆ランプの夕日が二人を照らしている。そして、背景の板が回転するたびに、イルカが水平線から跳び出し、また海へと戻る。

オルゴールが、次第に、ゆっくりになっていく。そして、止まった。

真ん中にたどり着いた男の子と女の子は、互いに向かい合い、おじぎするように腰を大きく曲げる。その姿勢のまま顔を寄せあい、キス。

オルゴールが再び鳴り出した。二人は姿勢を戻し、また踊るように回りながら離れていく。

梶はトイレ個室で、うなった。

どうする？　こんなもの、本当に、あいつに渡すのか。

廊下の方から、発表会の再開を告げるアナウンスが聞こえてきた。

ため息をつきながら鞄を閉じる。トイレ個室を出ると、笑い声が待っていた。

「誰かと思えば、梶さんじゃないですか。トイレでオルゴールとは、これまた、風流な」

笑い顔に見覚えがある。が、気が動転して名前が出てこない。

「ごぶさたです。房総大学にいた沖田ですよ。その節はお世話になりました。岩田の親父さんはお元気ですか」

記憶が蘇ってきた。房総大の理学部海洋学教室の沖田助手。確か研究テーマは海産哺乳類の行動学で、イルカのコミュニケーション実験を何度か手伝ったことがある。ただ当時の自分は新米で、言われた通りにやっていただけだった。

差し出された名刺に目をやる。瀬戸内海洋大学講師とあった。

「肩書きは変わりましたけど、やってることは昔と同じです。交流会で、梶さんのレポート読みましたよ。おもしろいな、あのニッコリーっていうイルカ。研究者としては、うずうずしてくる」

うずうず？　やきもき、ではないのだろうか。

「どうです、今夜、空いてますか。海遊ミュージアムの館長と一杯やるんですよ」

「そんな偉い人とは、とても、とても。何を話したらいいのかも分からないです」

海遊ミュージアムは日本でも有数の巨大水族館。設立母体から考えて、館長ともなれば役所関係の偉いさんに決まっている。

「大丈夫ですよ。今の館長、変わり者でね。実は、私と同じ海洋学教室の出身なんですよ。家に水槽を五槽も設置しているアマチュア・アクアリストですしね。役所での、ど真ん中昇進コースを蹴って、水族館入りを熱望した大馬鹿な人ですから」

「でも、私みたいなものと」

手を振りつつ固辞すると、肩の鞄が揺れた。その拍子に鞄の中で、またオルゴールが動き出したらしい。かすかながら音が漏れ聞こえてきた。

「まあ、そう仰らずに。実はね、岩田の親父さんから命令されてるんですよ。梶さんを誘って一杯やれって。海遊ミュージアムの館長も、親父さんのお弟子さんとなら是非にって」

ここまで言われれば仕方ない。誘いにうなずくと、意味ありげな笑みが返ってきた。

「それにしても意外でしたよ。オルゴールが趣味だなんて」

梶は返す言葉もなく、真っ赤になった。

6

ついに、いい夢がやってきた。

由香は夢を楽しんでいた。

先輩が自分を見つめている。二人の間には分かりあえたような雰囲気がある。これぞ、素晴らしき信頼関係。先輩がホースをつかんで、水を出し始めた。そして、こちらを見つめて微笑み、ウォーターハードルのハンドサインを出した。

ああっ、勝手に体が動く。勢いを付けて、水のハードルを跳び越えた。

完璧。

先輩も納得の表情でうなずいている。自分はプールの中にいる。これではイルカとトレーナーの関係ではないか。でも、なんだか、いい感じ。

二人の間をわざと横切る奴がいた。ニッコリーだった。

「何よ、邪魔しないでよ」

突然、ニッコリーにライバル心が湧いてきた。

すごい技をニッコリーに見せつけてやる。

一旦、水の中に深く沈み込んだ。浮上する勢いのまま、思い切りジャンプする。宙に何か飛んでいる。

あ、お昼に食べ残したクリームパン。

高々と跳ぶ、華麗に舞う、パンをくわえる。

無人の観客席から大歓声が上がった。例の歓声システムも絶好調。やる気も倍増。誇らしげな気分でニッコリーの方を見やった。

「次のライブは、私が跳ぶからね」

さあ、ご褒美もらおう。先輩、今度はキウイ味のウミガメパン、ちょうだい。プールサイドへと泳ぎ出すと、突然、屋外プール全体に大音響が鳴り響いた。

歓声システムが暴走したのだろうか。いや、この音は非常警報ではないか。

大音響の中、観客席前の柵を乗り越えて、誰かがプール敷地に入ってきた。

「嶋君、お楽しみのところ、悪いんだけどねえ」

役所の元上司、観光事業課の課長だった。課長は胸元から書類を取り出した。

「もう終わりだよ。終わり。最初から決まってるんだから」

『出向辞令書』

「ごくろうさん」

先輩の方を見やった。先輩は黙って背を向け、イルカ館に戻っていく。

「まだだって。まだだっ」

プールサイドに手をかけて、水の中から上がろうとした。けれど、力が入らない。そんな。待って

目が覚めた。

ベッドから飛び降りて、机の引き出しを開けた。中には、出向時に渡された辞令書が入っている。

『財団法人アクアパークへの出向を命ず』

短い行を追っていく。出向期限の項目に目が止まった。

『四月末日』

出向発令時「一年ちょっと」と言われた時には、長すぎるように感じ、気が遠くなりそうだった。なんとなく、まだまだというイメージのままでいた。だが、もう二月。引き継ぎ期間を除けば、二ケ月ちょっとしか残っていない。

もう終わりだよ。終わり。

夢の中の言葉が頭を駆け巡った。

7

ニッコリーが催促している。

由香は屋外プールでノッディングのサインを出した。

ニッコリーは立ち泳ぎしつつ体を前後に振って、うなずく。オーケー。笛と同時に、歓声システムのリモコンを押した。屋外プールが大歓声に包まれる。次はテールウェーブ、別名、尾ビレでバイバイの演技サイン。ニッコリーは頭から潜って、水上に尾ビレを出し、それを大きく左右に振る。オーケー。再び笛と同時に大歓声。

傍らで、先輩が「悪くない」と言った。

「ちゃんと、お前のサインに反応してる。勝手な動きもない」

「でも、まだボケとツッコミみたいなことは」

「そんなものは、あとでいい。まずは、お前とニッコリーの関係を完璧にしてからだ。それさえできれば、あとは普通のトレーニングだし、興味を持った時のニッコリーの習得力は桁違いだ。完璧なC1ジャンプも夢じゃない。ハイスピン・ジャンプをしながら魚キャッチだ」

ニッコリーが褒美の魚を催促している。サンマをあげると、それを口から出し入れして遊び始めた。

「勘太郎とルンの方は、どうなんですか」

「なんとかなると思う。それより俺のタイミングが難しい。ほんと、問題は人間の方だよ。でも今日、強力な道具を手に入れた」

先輩はイルカ館の方を一瞥した。通路口にコードが張り巡らされたボードが置いてある。

「俺も作ってもらったんだ」

先輩はポケットから、プラスチックの小さな箱を取り出した。箱には幾つか小さなスイッチが付いている。今日の昼休み、先輩は設備担当と話し込んでいたが、その時にもらったものらしい。

「こいつは手作りのリモコン。通路口にあるのが操作盤で、メモリ内の音を増幅して水中スピーカーに出力できるようになっている。つまり、操作盤に向けて、このリモコンを押すと、水中に音が流れるんだ。今のところ数種類の音しか出せないけど、それで十分だろ。さっき、以前ハンドサイン代わりに使っていた音を流してみたら、勘太郎とルンはちゃんと覚えてた」

二人の手にリモコン。なんだかハイテク。

「私達、格好いいですね」

「ボケとツッコミをやるのに、格好良くてどうすんだ。それに最後には、全部、種明かしするんだから」

「それなんですけど、どうしても、やらなくちゃ駄目ですか。なんだか漫才のあとに『ここが笑いのツボでした』って解説するみたいで、どうも」

「観客の中には子供も多い。コミカルライブがうまくできればできるほど、イルカ自身に、そんな能力があるのかと思わせてしまう。ボケとツッコミという複雑なコミュニケーションを、イルカ自身が理解している——なんて勘違いが生まれる危険性がある。それじゃ、水族館の意義を逸脱してしまう」

先輩が言葉を切って、こちらを見る。

「まさか、お前、まだショーのつもりでいるのか」

しまった。叱られると思い、首をすくめた。

笑うような息が聞こえる。おそるおそる顔を上げると、もう先輩は傍らにはおらず、壁際の長椅子に腰を下ろしていた。

「あの、出張って、どうでした」

先輩を追って、その横に座る。ああ、すごく自然。いかにも職場の先輩、後輩って感じ。

「言われたよ。『うずうず』するって」

「何ですか、それ」

「ニッコリーの行動について、交流会で発表したんだ。それを聞いた人に言われた。その人は以前、地元の大学にいた研究者で、俺が新人の頃は、よくアクアパークに来ていた。俺もイルカのコミュニケーション実験の手伝いをしたことがある。その人は、鯨類の言語的知能の研究をしてたから」

ニッコリーがビーチボールで遊び始めた。プールサイドの壁にボールをぶつけ、壁相手にキャッチボールをしている。

「イルカの知能って、どのくらいなのか。水族館の人間は、なんとなく分かったつもりでいるけれど、正確にどの程度かと問われると、答えられない」

そういえば、どのくらいなのだろうか。時折、ニッコリーは私より頭がいいのではないかと思うことがある。

「ある実験によると、抽象的な意味を持つ複数のサインを組み合わせても、その意味を理解できるらしい。だけど、その逆はできないだろう、と言われている。つまり、イルカ自ら抽象的なサインを発信することはなくて、言語的なコミュニケーションは、もっぱら一方通行、という見解が一般的なんだ。けれど、世の中には、昔からイルカ伝説みたいなものが幾つもあって、そんな見解を越えているような話が山ほどある。実際、まだ分かっていない事は多いんだ。イルカが人気あると言っても、水族館という限られた世界での話だろ。イルカはマグロのように経済利益を生まない。同じ海で生きる動物ではあるけれど、水産学の範疇から外れてしまうと、研究予算は極端に少なくなる。研究する人もあまりいない」

ニッコリーのボールを勘太郎が奪い取る。二頭の追いかけっこが始まった。

「その人の研究を、今は海遊ミュージアムのイルカグループがサポートしてるらしい。昔とは違って、かなり大々的な取り組みになってるそうだ」

「水族館って、そんなこともやるんですか」

「お前がそう思うのも、無理はない。研究業務も水族館の目的の一つとされてるんだけど、実際にできている所は少ないから。アクアパークでは修太が趣味的にやってて、時折、専門誌に寄稿する程度だ。俺はそれが当たり前だと思っていたから、びっくりしたよ。懇親会の席で、水族館と大学のスタッフがコミュニケーション実験のやり方について、議論しているんだ。どうにも信じられない光景だった。たまたま、その夜、その研究者と一緒に飲む機会があって、そんな感想を言ったよ。そうしたら、『水生動物なんだから当然です』って言われた」

ややこしい答え方ばかりする人だ。イルカよりも、まず、自分のコミュニケーション能力を研究した方がいいのではないか。

怪訝な顔をしていると、先輩は説明を付け加えた。

「俺も、最初は意味が分からなかったよ。でも、考えてみれば当然なんだ。生き物の生態を把握するには、まずは観察だ。だけど、陸上と違って、海中での観察は難しい。二四時間、海に潜ってるわけにはいかないから。どうしても飼育下の観察が重要になる。陸生動物と比べると、飼育技術的な事柄の比重が大きくなるんだ。だから、もっと融合して行かなくちゃ駄目だと言われた」

先輩は口をつぐむ。プールの向こうを見つめ、目を細めた。

「俺は今まで、何をしてたんだろ」

こんな顔は今まで見たことがない。黙って見つめていると、動悸がしてきた。それが伝わってしまいそうに思えてきて、ごまかすために、わざと何気ないように言った。

「修太さんが言ってました。この世界に浸っちゃったら、もう抜けられないって。先輩も、やっぱり、そうなんですね」

「当たり前だろ。転職しようにも、履歴書に何て書く。『水族の飼育経験あり。特技、調餌』なんて書いて、興味を持ってくれる会社があるか。抜けるに抜けられない」

「それも、そうですけど」

沈黙が流れた。自分は……どうする。

「あの、先輩、実は、私、もうすぐ出向期限が……今頃になって気づいちゃって、ああ、馬鹿だな、私。でも、その……」

「そろそろ、そういう時期だろうとは思ってた。けど、俺が口出しできることじゃない」

わざと快活な口調で言い直した。

「いや、そういう意味じゃないんです。でも、何か、その、今後について後輩に助言とか。ほら、雑誌の特集とかであるじゃないですか、職場で言われた人生を変える一言とか」

「そんな雑誌は知らない。俺はお前ではないし、役所の人事でもない。だから、何も言えない」

先輩は立ち上がって背を向けた。

「お前がアクアパークに来て、C1が忘れていたジャンプをやり始めた。お前が魚類展示グループから戻ってきて、ニッコリーのトレーニングが倍以上のスピードで進んでる。それに影響されて、最近は勘太郎とルンまで新しい遊びをやり出すようになった。俺に言えるのは、トレーニングにおける事実だけだ」

背を向けたまま、そう言うと、先輩は調餌室へと向かっていく。

「先輩、あの、それって」

「一つ言い忘れてた。お前に出張土産がある。控室のロッカーの上に置いといたから」

先輩は振り返ることなく、一人、調餌室の中へと消えた。

8

ベランダのカーテンを開けると、部屋が明るくなる。

由香は机に鞄を置いた。

今日は宿直明けで、早帰りの日。寝不足のせいか、午前のライブでは、大勢の観客の前で、ビーチ板を踏んで滑り派手に転けた。ライブ終了と同時に「早く帰って休め」と先輩から怒られた。だが、帰宅すると、眠気はどこかに行ってしまい、眠る気にはならない。かといって、やることも無い。

「別に、仕事したって、いいんだけどな」

引き出しを開けて、出向辞令書を手に取った。所詮、自分は役所の一職員であって、紙切れ一枚で職場は変わる。それは拒みようがない。

——俺が口出しできることじゃない。

そんなことは分かっているのだ。でも、こんな時には、優しい言葉の一つくらい、かけるものだ。それで落ち着くことだってある。

由香は辞令書を手にしたまま、机にうつぶした。

「見てるのは、私じゃないんだよな」

なんだか一世代、いや、二世代くらい前の男という感じがする。真剣な眼差しをしている時には、話しかけられない。でも、単に、仕事に没頭というだけではないのだ。

アクアパーク、いや、水族館にいる人は、どこか違う。先輩もそんな人達の一人であることには変わりない。はっきり言って、どことなく、ずれているのだ。そのことを自分でも分かっていて、時折、自嘲気味な言葉として口から出てくる。けれど、そこから離れることはない。

顔を上げ、机に置いている先輩の土産を見つめた。

あんな人、今まで周りにいただろうか。雰囲気は、高校の時のサッカー部のキャプテンに似てはいる。でも、先輩はそんな価値観の真ん中にはいない。価値観の端っこの方で、一人で何かと格闘している。馬鹿なくらい、むきになっている。そして、夢中になっている。

「なんか、ずるいよな」

その時、鍵の音がした。

音の方を見やった。誰かが玄関を開けようとしている。まさか。由香は即座に辞令書を引き出しに放り込んだ。

玄関ドアが開く。

「ああ、しんど」「ほんま、しんど」

思った通り、父と母だった。口調が子供に戻る。

「いきなり何なんよ。電話も無しに」

「いきなりもくそもあるかいな。留守番電話に入れても、返事の一つも寄こさへんし、携帯の番号は、いつの間にか変わっとる。正月にも戻って来んし、もうアパートで干からびとるんと違うか、と思うたわい」

「仕事で忙しいの。仕事の都合で携帯を変えて、忙しかったから、番号言うの忘れただけ。これでも、いろいろあるんよ」

父と母は部屋に入り込んできた。父は勝手にベッドの上のクッションを手に取り、お尻に敷いて座る。なんてこと。それは枕として使っているのだ。

抗議しようとすると、父は鞄から何か取り出した。

「お前が忙しいのって、これ、かいな」

アクアパークのパンフレットだった。

「なかなか連絡つかんさかい、母さん、心配してな、いっぺん確かめとこうと職場に電話したんや。そしたら『今は市の水族館におります』や。正月に帰れんはずや。正月に休むのは人間だけなんやから」

父が不機嫌そうに顔を曇らせた。

「何で黙っとった。水族館勤務なんて」

言葉が無い。ずっと黙っているつもりでもなかったのだが。

父との会話に、母が割って入ってきた。

「まあ、ええやないの。そんなことより、こっち、こっち。正月に帰省したら見せたろうと思とったのに、あんた、帰って来えへんから」

今度は母が鞄を手に取る。中から見合い用らしき釣書が出てきた。

「男前もおるし、エリートさんもおるで」

釣書は全部で五部もある。豪勢な厚表紙を開いてみると、格好良くて馬鹿高い年収の人が二人もいた。

「どうよ。会うだけでも会ってみたら。目の保養やと思うて」

二人の連続攻撃が始まった。

「さっさと帰ってきて、片づいてしまわんかい。だいたい、こっちにおるのは大学の間だけという約束やないか」

「忙しいんやったら、こっちで会うことできる人もいるみたいやで」

「地元で会え。そもそも、なんで、こっちで就職しよるねん」

「この人なんか、どうよ。母さん、よだれ出るわ。あんた抜きでも会おうかいな」

父が言葉に詰まる。母は構わず続けた。

「どうなんよ。こっちに好きな人でも、おるの」

父が身を固めたまま、こちらを向く。由香は立ち上がった。

「アクアパークに戻る。待っとるから」

「何やと。そいつは水族館の男か」

「母さんは、誰でもええよ。人間やったら」

「人間と違う。イルカ。おなか減らして、うちのこと待っとるから」

「うそ言うな、このあほ。アクアパークには行ってきたんや。お前に一言声かけて帰ろうと思うて、お前のこと、水槽を運んどる若い人にきいたら、『間違いなく暇にしてます』って。そやから、来たんやから」

きっと修太さんだ。余計なことを。

「仕事は、ちゃんとできとるんか。華麗なる3K職場と言われるくらいや。生半可で勤まる職場やない」

「分からへん。邪魔ばかりしとるような気がする」

父は「邪魔やと」と繰り返し、唸るように声を漏らした。そして、薄くなり始めた頭を猛然とかき、「たばこ買うてくる」と言って立ち上がった。

「おなご同士で話しとれ」

父は一人、大股の急ぎ足で玄関へと向かっていく。が、玄関土間でドアに手を掛けると動きを止め、背を向けたまま断言した。

「行き遅れるど」

玄関ドアが閉まる。

母が懸命に笑いをこらえている。何とか笑いが収まると「血やねえ」と呟いた。

「あんたが、この方面に、はまるとはねえ」

別に、はまってはいない。そもそも、もうすぐ引き戻されるのだから。

「それにしても、何で、黙っとったんよ」

「何やら言いづろうて。子供の時、おじいちゃんに水族館に連れて行ってもらったら、父さん、いっつも機嫌悪かったから。『あんなもん、水商売や』って、しょっちゅう言うとったし」

「父さんは子供の頃、寂しい思いをしとるんよ。おじいさんは、海洋学ちゅう難しいもんやっとったやろ。一旦、家を出ると、帰って来えへん。半年間、研究旅行で出ずっぱりというのもあったそうやから。他の子みたいに遊んでもろうたことなんか無いんや。あんたが水族館にいると聞いた途端、父さん、『あかん、由香もはまる』って言い出すんよ。それで、早速、夫婦そろって偵察に来たちゅうわけや」

自分が子供の頃には、祖父はもう引退していた。だから、よく分からない。

「父さん、若い頃から、おじいさんに反発しとったらしゅうてねえ。そのくせ、同じ海洋学を勉強して、似た道を行こうとした。けど、行かれへんかった。狭い世界やろ。タイミングがあわんと、そんなもん使える職なんか無いわね。父さんも複雑なんやろ。きっと」

「私が水族館で働くこと、反対なんかな」

「まあ、そうでもないと思うで。アクアパークに行ったら、父さん、もう子供みたいに、はしゃぎ回っとるんよ。あちこちで写真撮ってねえ。あれも血やね。私なんか楽しいと思うても、あそこまで、はしゃぐことでけへん」

母は鞄からデジタルカメラを取り出した。

「見てみい。父さん曰く、ベストショット、やて」

由香はカメラを覗き込んだ。液晶画面一杯に、ズームされた自分が映っている。どうも、今日午前のライブらしい。

ビーチ板を踏んで滑り、お尻から着地した瞬間だった。

9

館長が砂浜を走っている。

由香は柵の手前で、その到着を待っていた。

館長は近くまで来るとスピードを緩め、残念そうに「嶋君でしたか」と言った。

「うら若き女性が私を見つめて待っている。そう思って、張り切りすぎてしまいました」

「あの、ご相談ごとが」

館長は荒い息をしながら、タオルで顔を拭った。

「岩田チーフに、直接、私に言え、って言われたんでしょう。まったく無責任な上司です。ま、あの人の腹は分かってますけどね」

館長は笑って、コンクリートの防波堤に腰掛けた。

「では、ご用件をどうぞ」

何日も考え続けたことなのに、言葉がすぐに出てこない。

「あの、私、アクアパークで働いちゃ駄目でしょうか」

「もう働いてますよ」

「その、そうじゃなくて……私、正式にアクアパークの職員になって……役所の人間じゃなくて……その、プロパーの職員として、ここに残るのは無理でしょうか」

館長から答えは返ってこない。しばらくして、逆に、問い返された。

「あなたのアクアパークへの出向――これ、偶然だと思いますか」

人事は上が決めること。考えたこともなかった。

「実は、あなたが観光事業課にいることは、知っていたんです。海洋環境学の嶋先生のお孫さんとしてですが。まだ私が若い頃の話になりますが、あなたのおじいさんにお会いしたことがあります。富山湾の生態系に関するシンポジウムがありましてね、その講師としてお招きしたんです。私もスタッフでしたが、まだ、ひよっ子ですから、会場の外で案内係をしてました。そうしたら、突然、嶋先生がお見えになったんです。びっくりしましたよ、この世界では有名な先生ですから。もう直立不動です。すると、先生はいきなり頭を下げられて『敬服します。がんばって下さい』と仰られたんです。その時は戸惑うばかりでしたが、あとになって事情が分かりました。控室に地元のミニコミ誌があって、そこに載っていた私の論稿を、たまたま、ご覧になったらしいんです。ホタルイカの保護をどう実現するべきか、意気込みばかりが空回りしている青臭い内容だったんですけどね。当時の私はホタルイカの保護施策に夢中で、その実現のために走り回ってました。ですが、迷ってもいたんです。自然保護と一言で言いますが、その考え方は様々でしてね。私のことを金銭主義者と言う人もいました。ですから環境学の専門家からは、当然、邪道と言われるだろう、と思ってたんです。だけど、先生に認めていただいた。その言葉で私は腹をくくったんです。何があっても、やり遂げようとね」

館長は「話がそれましたね」と呟いて、頭をかいた。

「アクアパークでは、あなた以前にも、イルカ担当を二名ほど直接採用したことがあります。けれど、うまくいきませんでした。優秀だと思われた新人が短期間で立て続けに退職したんです。役所でも少し問題になったようでしてね、打診がありました。『出向で全体の人員数の面倒はみるから、しばらく館内の人員シフトで様子を見てはどうか』ってね。最初は、アクアパークと観光局との実務事項として進んでいたんですが、途中から人事局が出てきて、役所本体の人員削減の話が絡んできました。こういった話は、よく周辺に皺寄せされるんです。ですが、押しつけ人事のようになると大変です。ならばと、候補者を示される前にこちらから、あなたの出向を打診したんです。役所の方では経理か広報の管理職を想定してましたからね、随分、驚かれましたよ。若手の飼育担当者を、直接、役所から出向させるなんて、前例がありませんから」

館長の足元に波が打ち寄せる。館長は笑みを浮かべたまま話を続けた。

「アクアパークには、岩田チーフの後継になりうる青年がいます。ですが、ぶっきらぼうで無愛想で、若いくせに難しい男です。この男を生かすなら、喧嘩になりそうもない相手を選ぶしかなさそうです。またアクアパークの内海が博打を打つ、と言われましたけどね。正攻法で既に二回、失敗してますから」

館長はこちらを向いて「博打は当たりましたか」ときいてきた。何と返せばいいのか分からない。

ただ、うつむいた。

「だから、嶋君がアクアパークに残りたいと言ってくれることは、大変、嬉しいことなんです。ですが、転籍となると、話は別です。あなたの人生に大きく関わることなんですから。やっている仕事は同じであっても、『出向』と『転籍』は、雇用という観点からは別物なんです。出向なら、あなたは役所の人間として戻ることができます。だけど、転籍とは、役所を辞めて、このアクアパークに採用されるということなんです。あなたは若いから、仕事が同じであれば、大した違いじゃないと思うでしょうが、このことは、やがて大きな問題になってきます」

館長の口調が硬い。顔を上げると、館長の顔から笑みは消えていた。

「水族館の飼育技術職は人気が高い職種です。このアクアパークでも、募集を掛ければ、倍率は常に五十倍以上になります。それでいて、若手層の定着率は高くないんです。あなたの前の担当者ほどではないにせよ、若い方は比較的短期間でお辞めになる。これはアクアパークだけの問題ではなくて、この業界そのものの問題点なんです。前にも言ったと思いますが、この業界は、ほとんどが『母体』と『出先』の関係の上に成り立ってます。となると、水族館の職員は、あくまで出先機関の職員。つまり、専門知識や高度な技量があっても、母体の職員ほどの待遇は望めないことが多いんです」

防波堤の先で群れていた海鳥が一斉に飛び立つ。館長は険しい表情で腕を組んだ。

「高度な知識を身につけ、夢と希望に満ちて、この世界に来ると、待ってるのは不規則な勤務と母体に左右される運営です。幻滅するのも無理はない。そんなものを、私は常々何とかしたいと思ってはいますが、なかなか変えられない。たとえば、岩田チーフは、何度も繁殖賞を受賞したりして、この業界では有名人です。だけど、正式の処遇としては、水族館の一ベテラン職員という以外にはありません。彼のような専門的な知識と経験に対して、どう報いればいいのか、私は日々、頭を悩ませています。抜け道のような方法もありますが、そんなことをせずに堂々と、専門家としてのステイタスを掲げられるようにしたい。そうしていい人が、この世界には一杯いる。だけど、真正面から人事体系をいじるようなことは、自治体であれ親企業であれ、どこの母体でも簡単には許しませんから」

「私も役所にいた人間です。役所本体と外郭団体の関係は、何となく分かります」

「そうでしょう。ですから、無理に転籍なんて……」

「それを踏まえた上でのご相談なんです。自分が未熟なのは分かってます。でも、自分なりに考えて出した結論なんです」

館長は黙り込んだ。

「わがままで無茶な申し出だとは思ってます。駄目でしょうか」

館長は大きく息をついて、下を向いた。言葉は返ってこない。それどころか、肩が細かく震えだした。

「水族館の専門職への転換……聞いたこと、ありません」

「駄目ですか。こんな素人が、そんなこと言うなんて」

震えるような息が聞こえてきた。肩の震えも大きくなる。そんなにショックなのだろうか。

「了解です、了解」

館長が顔を上げる。笑っていた。

「知識なんて、これから身につきます。それに、あなたは一年間、実務経験を積んでるんです。素人じゃありません。白状しますよ。実は、すでにこちらから、あなたの出向延長を役所に打診してたんです。だけど、プロパーとして、ここに残ってくれるなら、それがベストでしょう。これで脅されなくてすみます」

「脅されるって、誰にですか」

「梶君ですよ。あなたを役所に返したら、ライブは実行不能になる。それが現場の意見です、なんて言いましてね。まったく館長をなんだと思ってるんでしょうか」

館長は愉快げに身を揺すった。

「ほんと、梶君の後任をどうしようか、と悩んでたんです。何しろ、一度に全員を入れ替えるわけにはいきませんから」

体が強張った。

「あの、梶先輩の後任って、まさか、先輩辞めるんですか」

「彼は辞めませんよ。だけど、いなくなります」

辞めないけど、いなくなる？

「実は、いくつかの水族館の間には、人事交流プログラムの制度がありましてね、海遊ミュージアムとの人事交流に梶君が手を挙げました。あそこは巨大水族館で、いろんなことができますから。むろん彼のキャリアのためには歓迎すべきことですし、私もそれを支援したい。彼が大きくなって帰ってくれば、アクアパークのためにもなります。ですが、梶君クラスの職員が一年も不在となると、管理者として悩ましいのも事実でしてね。アクアパークは、どこの部署もギリギリの人員で回してますから。でも、岩田チーフとも相談して、思い切って、行ってもらうことにしました」

血の気が引いていく。

「これからは大変ですよ。あなたは今、梶君のことを先輩と呼んでるようですが、これからは、あなたが先輩になるんです」

そんなもの、なりたくない。

胸の内で、そう呟く。体から力が抜けていくのが分かった。

10

台車には段ボール箱が山積みされている。

先輩は霜を払うと、一番上の箱を開封した。

「見た目は、今までと同じだな」

先輩は冷凍魚のブロックを一つ手に取った。

「仕入業者を一社増やしたらしいんだ。今までの業者は全部、同じ地域にあって、天災があれば餌の供給が止まる危険性があるから。最近よく言われるリスク管理の一環だって言ってた」

先輩は冷凍魚を戻して箱を抱え上げ、冷凍庫の方を向いた。

「どうして黙ってたんですか、先輩」

「俺だって、昨日、初めて知ったんだ。業者からの冷凍魚受入は中央冷凍庫の方でやってるし、そもそも仕入業者を決めるのは管理部なんだから」

「そのことじゃないです」

由香は深く息を吸った。

「人事交流プログラムのこと、館長から聞きました。一年ほどいなくなる、そう仰ってました。私、館長に、ここに残りたいって言ったんです、ここのプロパー職員になりたいって。まだ正式じゃありませんけど、うなずいてもらいました」

先輩は冷凍庫を開けると、中段の棚奥に段ボールを押し込んだ。

「出向か転籍かはともかく、お前がここに残るのは既定路線だ」

「既定路線じゃありません」

「お前が知らなかっただけだ。アクアパークと役所の間では、お前の出向期間を延ばす方向で話が進んでいて……」

「私自身のことです。先輩だって、そう言いました。私が決めるんです。でも、ずっと迷ってて、どうしたらいいか分からなくて、助言してもらいたくても聞けなくて……でも、決めたんです。私が決めたんです」

冷凍庫のドアが閉まる。先輩は背を向けたまま「黙っていたわけじゃない」と言った。

「きかれなかった。だから言わなかった。それだけだ」

「きくって、どうやって、きくんですか。先輩、黙って申し込んでるのに」

「黙ってることなんて、誰にでもある。お前にだってあった。お前の実家の場所も、お前のおじいさんが海洋学の先生だったことも、俺は最近知った。俺は、お前の実家の近所で、お前への土産を買ったんだ」

「そんなのとは違います」

唇を噛んだ。

「ボケとツッコミのコミカルライブ、どうするんですか。それにニッコリーがトライしているC1ジャンプの復活、どうするんですか。全部、これからじゃないですか」

ようやく先輩は振り向き「お前がいる」と言った。

「そのためにプロパーになったんだろう」

「そのためって……」

まったく、この男は何を言い出すんだ。

「私が……私が、残るのは」

「水族の飼育のため、だ。それ以外は無い」

先輩は反論を許さない断定口調で言い切った。

「お前はもう一人前だ。この業界、若手層の入れ替わりが激しい。だから一年という短い期間でも、ある程度、飼育業務を身につけなくちゃならない。厳しくても、そうでないと回らないから。お前は、それをやった。それどころか、ニッコリーのトレーニングを始めとして、新しい業務プログラムを作った。そのことは、ここにいる皆が評価している」

「私がやったんじゃありません。先輩が」

先輩は目を逸らし、台車を見やる。「冷凍魚が溶ける」と呟くと、再び段ボール箱を抱え上げ、冷凍庫を開けた。

「もう言うな。お前が残ることも、俺が出ることも、もう決まった話だ」

冷凍庫の冷気が頬に触れる。

冷たい、何もかも冷たい。

由香は言いかけた言葉を飲み込んだ。

11

どうして黙ってたんですか。

梶はアパートのベッドで、何度目かの寝返りを打った。

駄目だ。寝られない。

ベッド下のウィスキーボトルを手に取り、数口、咽に流し込んだ。強い香りが鼻をつき、熱いものが体に浸みていく。ベッドに横たわって、酔いが回るのを待った。だが、目をつむると、また頭の中で声が響く。

どうして黙ってたんですか。

梶はベッドで身を起こし、大きく頭を振った。

ベッドから出て、煙草を手に取る。少しふらつきつつ夜のベランダに出た。駅の売店で三年振りに買った煙草。久々の煙が目に浸みる。

「そんなこと、きくな」

どうして俺は話さなかった？

ベッドの上での自問自答を、ベランダで再開した。

交流プログラムは人事に関する話だ。正式に決まるまでは、ペラペラ喋るものじゃない。たとえ、間近にいる後輩であっても。仕事に欠かせないパートナーであっても。それに、きかれてもいないのに、自分から言い出すなんて、それは、まるで……。

再び頭を振った。

どうせ、答えは見つからない。そんなことより気になるのは、これからのこと。

ベランダから部屋のカレンダーを見やった。

もう、三月。そろそろ仕上げにかからねばならない。トレーニングの進捗状況と、自分がアクアパークにいられる時間を考えあわせると、新ライブを披露できる日は限られるのだ。

だが、あの日から、あいつは俺の目を見ようとしない。

あと少ししか、一緒にいられないのに、あの馬鹿。

「何を考えてるんだ、俺は」

梶は煙にむせて咳き込んだ。

12

思い返せば、アクアパークでの初仕事は、これだった。

由香はペンギン舎で竹ぼうきを切っていた。

夕刻のライブ終了と同時に、逃げ出すようにペンギン舎に来た。そして、こうして吉崎姉さんの地味な作業を手伝っている。あの日以来、先輩とは何となく気まずくて、イルカプールには、いづらくて仕方ない。

切った枝が二山ほどになった頃、吉崎姉さんがため息混じりに言った。

「手伝ってくれるんは、嬉しいんやけどな、あんた、新ライブのトレーニングがあるんと違うの」

「あるんですけど……今日の予定分は午前にすませましたし」

「イルカのトレーニング自体は、まずまずみたいやけど、あんたら二人、ここのところ、ぎこちないねえ。ちぐはぐちゅうか、なんちゅうか」

そうでもないです、と呟いて、切った枝を床に投げる。

吉崎姉さんは、再びため息をついた。

「よう分からん者が言うのも何やけどな、今度のライブ、トレーナー同士の呼吸合わせみたいなもんがいるんと違うの？　今の調子やと、イルカがやってくれても、人間の方で失敗するんと違うか。いつまで経っても、新ライブは仕上がらんで」

枝の山を見つめたまま、黙って、うなずいた。

「あんたらのこっちゃ。チーフや倉野さんみたいに、仕事での喧嘩は、まだ、ようせんやろ。何が原因か知らんけど、所詮、オスとメスの喧嘩なんや。修復は簡単やがな」

吉崎姉さんを見つめた。

「あの、どうやるんですか」

「お互い意地を張るのはやめて、素直になったらええねん。で、やらなあかんことだけ考えて、二人でそこに集中する。もう時間は無いんやから。明日、チーフから言われると思うけどな、あんたらが取り組んどる新ライブ、春休みのどこかで、お披露目するみたいやで。ちゅうことは、もう一ヶ月あるか無いかやがな」

「でも、トレーニングは、まだ」

「失敗しても、しゃあない。二人でやってきたのに、その一方がおらんようになるんやから。二人揃うとるうちに、お披露目しとかんとな。春休みが終わったら、こっちも海遊ミュージアムも落ち着く。正確な日時は知らんけど、そうなったら梶も出発せんとな」

　ぼんやりと時間が無いことは分かっていた。だけど、いつなのか、わざと曖昧なままにして、考えないようにしていた。よくよく考えれば、そんなことをしている場合ではない。

「おそらく梶にとっては、ここでやる最後のライブになるやろ。一発勝負や。喧嘩しとる時間なんか無いで。人間同士のタイミング合わせは、場合によっては、イルカのトレーニングより難しいもんなんやから」

　由香はハサミを置いた。

「あの、すみません。枝切り、まだ途中なんですけど、その」

「ええの、ええの。早ようイルカプールに戻り。あんな男にグダグダ言う必要なんかない。ただ、走って戻って、『一緒にやりましょう』って言えばいいんや」

イルカプールから笛の音と水音が聞こえてくる。

立ち上がって、深く一礼する。由香は音に向かって駆けだした。

13

「あと十日」

由香はアパートのカレンダーに斜線を引いた。

くしくも、新ライブお披露目の日は、一年前初めて調餌をした日でもある。あれから、爪の表面には細かな傷が付き、その周囲はささくれ、手の甲も荒れた。白く、たおやか、を目指していた手は、日焼けして黒くなり、節々が太くなった。

「こんなふうにしておいて、いなくなるなんて、無責任だよな」

オルゴールのキス人形を手に取る。

結局、先輩が残してくれるものは、これしかない。

ベッドの上で膝を抱え、部屋の壁にもたれた。キス人形を膝上に置く。新ライブの仕上げに入って、およそ三週間。こうしていると、あの時の光景が浮かんでくる。

吉崎姉さんの助言に従って、走ってイルカプールに戻った時、先輩は何か言おうとした。自分も何か言おうとした。でも、結局、二人とも何も口に出さないまま、いつもと同じようにイルカトレーニングを始めた。水音と笛の音、それに、イルカの鳴き声。無言のまま、トレーニングは進んでいく。けれど、感じたのだ。二人の間にあった気まずさのようなものが、イルカの動きと共に次第に薄れ、プールの泡と共に消えていくのを。そして、ニッコリーが完璧なスピンジャンプを決めた時、二人同時に歓声を上げ、派手なガッツポーズをし、思わず互いにハイタッチしてしまった。それからすぐに自分たちがやったことに気づき、二人とも慌てて元の位置に戻った。

自分は大切な時間を無駄にしたかもしれない。

その翌日、先輩は「目を見ろ」と言った。新ライブでは二人のタイミング合わせが何よりも重要だから。しかし、簡単なことではない。イルカの演技はうまくいっているのに、先輩と自分のタイミングが微妙にずれる。ボケとツッコミのコミカルライブは、一歩間違うと、趣旨不明のお粗末ライブになってしまう。試行錯誤を繰り返し、ようやく今週辺りからタイミングが合うようになってきた。どこがどう変わったのか、自分でもよく分からない。ただ、雰囲気から何となく伝わってくるのだ。こんなことなら、もっと早くに二人でトレーニングを始めていれば良かった。そうしていれば、先輩の求める更なる高い水準にまで到達できていただろう。

由香はため息をついて、膝上のオルゴールを見つめた。

「せっかく、もらえたのにな」

あれは、まだ、高校生の頃だった。学校からの帰り道、制服姿で自転車にまたがったまま、グッズ売場のウィンドウを見つめていた。別にオルゴールや人形が趣味だったわけではない。でも、気になって仕方なかった。見つめていると、どこか優しくて、せつない気分になってくるのだ。本当のキスよりも、ずっと。

小遣いで買おうと思えば、買えないことはなかった。けれど、意味もなく決めた。これは、プレゼントとして、もらう物なのだと。誰からと言えば、それは、もちろん……。恥ずかしくて、そんなことは誰にも言ったことがない。

そんな思い出が、先輩のお土産として、目の前にある。まさか十代の甘酸っぱい願い事が、この年になって実現するとは思わなかった。

オルゴールのネジを一杯に巻き、もう一度、膝の上に置く。

男の子と女の子が、踊るように回り始めた。夕日に包まれた海岸、そこで二人は別々に回りながらも、次第に、その間の距離を縮めていく。その背後でイルカがジャンプした。二人はおじぎをするように腰を曲げ、互いに顔を寄せ合う。そして、キス。

何度も繰り返される小さな光景を見つめながら、ぼんやりと考えた。

キスなんて、もう随分としていないような気がする。キスの感覚って、どんなだったっけ。分かっているようで、具体的に思い出そうとすると、なぜか曖昧になってしまう。覚えているのは初めてのキスのこと。ふさがれたみたいになって、なんだか息苦しく感じたことを、今でも覚えている。

自分の唇に、そっと触れてみた。

くすぐるような感覚が薄い皮膚の上を動く。もし、この指先が自分のではなくて……。

オルゴールの音が止まった。

そう、海辺にいる男の子と女の子、そんな二人がキスする瞬間。ずっと、ウィンドウの外から見つめていた。あの女の子は私だと思って、見つめていた。

目を閉じて、もう一度、唇に触れてみる。

由香は梶の唇を思い浮かべた。

先輩の唇は結構、荒れている。キスしたら少し痛そうな気がする。それに、きっと、ぶっきらぼうで、ムードなんて少しも無いに決まっている。ラッコのラン太のように乱暴に違いない。でも、いい。

それでもいい。

指先で唇をなぞってみた。

先輩って子供みたい。わがままで自分勝手。そのくせ、妙に分別くさくって、意固地で頑固。どうして。他の男の子みたいに振る舞えばいいのに。年だって、そんなに離れてないのに、どうして。

唇が熱い。さっきよりずっと。

先輩の目、好きなことに夢中になる子供の目。強い意志を持った大人の目。この仕事が好きだから？　でも、あの目では私を見てくれない。どうして。この手、この指、先輩の手。バケツの中で偶然に触れると、とっても温かい。そのくせ、人の気持ちなんて考えもしない。

オルゴール人形が、太ももにずれ落ちる。由香は膝の中に顔を埋めた。

「いかないでよお」

目を手の甲で強く拭った。が、止まらない。何度拭っても止まらない。

「どうしてなんだろ」

男の子と女の子に額を寄せる。由香は目を閉じ、ただ泣いた。

14

室内プール奥の薄闇に、時計のデジタル表示が滲んでいる。もうすぐ日付が変わる。明日は春休み最終日。そして、新ライブお披露目の日でもある。

由香はゆっくり周囲を見回した。

ガラス天井から、月明かりが差し込んでいる。月明かりも、どことなく春めいていて、柔らかい。あれも、こんな夜だった。アクアパークに来てまだ間もない頃、C1と対峙した。そして、C1のハイスピン・ジャンプを見た。あれからまだ一年ほどしか経っていないのに、随分と昔のような気がしてならない。

壁際のベンチに座り、足元に給餌バケツを置く。月明かりのプールを、ぼんやりと見つめながら、今日一日を思い返した。

午後、海獣グループ全員が一堂に会し、新ライブの手順を確認した。そのあと自分は、いつもより念入りにプールサイドを掃除し、調餌室を整理整頓して、冷凍庫の貯蔵量をチェックした。それから控室に戻り、飼育日誌を詳細に書き込んだ。気づくと、すでに定時を過ぎている。けれど帰る気にはならず、館外に出て、夕暮れの海岸をジョギングした。走るのに支障を覚える暗さになって、ようやくあきらめ、公園前のコンビニでおにぎりを買った。屋外プールの観客スタンドに一人座り、薄闇の中で食べる。そんなことをしながら、帰る気が起こるのを待っていたが、いくら待っても、そんな気分にはならず、再び控室に戻った。

もう一度飼育日誌を手に取り、最初のページから読み直した。数年ぶりのC1ジャンプ、早朝のランディング、血液検査結果とC1の容態。当時、意味不明だった事柄が、身に沁みるように分かる。ラッコ騒動の辺りから、日誌は慣れによる手抜きと思える簡略な記述になり、館内異動後は、ほとんどの頁が先輩の手によるものになった。年末近くの頁になって、ようやく自分の筆跡が復活。ここからはニッコリーの行動記録が多くなり、記述量そのものも一気に増えてくる。日を追うごとに、字が躍るようになってくる。これは、先輩とのトレーニングが順調だった期間。そして、ある日突然、字は躍るのをやめ、内容も必要不可欠な記録だけになった。それからしばらくして、先輩と自分とが互いに補記し合う形式が始まる。内容も、新ライブへの課題と残された日数のカウントダウンが中心となる。日誌の末尾には、こうある。

『トレーニング終了。新ライブは明日』

字が滲んで見えてならない。目をこすって、控室を出た。だが、まだ帰る決心がつかない。静まりかえったイルカ館をさまようように歩いていると、室内プールの月明かりが目に入った。思い至って、調餌室でアジを数匹解凍し、室内プールに足を踏み入れた。

かくして今、一人、ここに座っている。あと少しで、いろんな物事が終わる。

ケ、ケ、ケ。

「え、C1？」

立ち上がって、プールサイドに駆け寄った。ニッコリーだった。

「似てきたね、あんたも」

ニッコリーは少し興奮しているようだった。こんな時間に人の姿を見るのが珍しいせいかもしれない。

ねえ、やろうよ。お魚あるんでしょ。

「そうね。やろうか」

由香は給餌バケツを手にして、プールサイドに戻った。ニッコリーが、けら、けら、と軽く鳴く。

これは機嫌がいい時の声。こんな時は、いつも演技をやりたがる。

「最初から、難しいの、いくよ」

スピンジャンプのサインを出した。ニッコリーが水面下に沈み込む。プールの薄闇に目をやりつつ、タイミングを計った。三、二、一、来る。

薄闇の水面からニッコリーがスピンしながら姿を現し、空中へと跳んだ。そして、速いスピンを維持したまま、高い位置から急落下。だが、ニッコリーのスピンジャンプは、ここからがミソなのだ。

ニッコリーの着水と同時に、水しぶきが飛んできた。あい変わらず狙ったターゲットは逃がさない。そうでなければ、先輩と二人、苦労した意味がない。

水しぶきを受け止めた。

「ナイスジャンプ、ニッコリー」

前髪から水が滴る。一緒に目から熱いものが落ちた。

「何やってんだ。こんな夜に」

慌てて振り向く。先輩が室内プールの入口に立っていた。

「無茶なことをする。普段着でニッコリーにジャンプのサインを出すなんて。防水ジャケットくらいは、着ておかないと」

先輩は壁のタオルを手に取って、プールサイドに来た。そのタオルで頭を拭く。分からないように目も拭く。そのまま黙って顔をおおっていた。

「近くを散歩してたんだ。寄ってみたら、物音がするものだから」

先輩のアパートは駅三つ先にある。散歩の範囲ではない。それにプールにはイルカがいるのだから、物音がしてて当たり前だ。

「悪かった」

タオルを下ろして傍らを見やった。先輩はプールを見つめていた。

「人事交流プログラムに申し込むこと、言っておこうかと何度も思った。でも、なんだか、その……」

うつむいて「いいんです」と呟く。先輩は話を続けた。

「イルカの演技イベントをライブと呼ぶ水族館が、アクアパーク以外に、もう一つある。これから俺が行く海遊ミュージアム。昔は関西水族館と言ってて、若い頃の親父さんがいた。その影響を受けた人が、まだ何人も残っていて、当時、親父さんがやりたかったことを、実際にやっている。俺と同じ年のスタッフが冗談めかして言うんだ。『気が抜けません、名前を背負わされてるから』って」

「名前って？」

「日本初の水族館はどこか。諸説あるんだけど、有力な説に、明治時代、関西で開催された博覧会だという説がある。海遊ミュージアムは、初の水族館の地であることを記念して、設立されてるんだ。

飼育技術って、試行錯誤の中から確立したものがほとんどだろう。濾過システムだって、最初は、詳しい理屈は不明のまま、ともかく役に立つからと、使っていた。今の水族館は、過去何人もの失敗と成功の上にあるんだ。そんな歴史みたいなものを、俺と年の変わらないスタッフが平然と背負ってる。真顔で『水族館って、どうあるべきか』を論じあってる。親父さんや倉野課長を若くしたような人達が一杯いる」

先輩は頭をかいた。

「ここ二、三年、ずっと思ってた。俺はこのままでいいのか。今までは決められた事柄を、決められたようにやってきた。それも大切なことには違いない。でも、それは結局、親父さんを含む大先輩が生み出してきたものだ。俺自身は何一つ、生み出していない。だけど、お前は違う。思ったことを、すぐに口に出して、周りを慌てさせる。言うこと、やること、無茶苦茶だ。だけど、その結果、新しいものが生まれる。俺も今のままじゃ駄目だと思った」

「買いかぶりです。私、先輩についていくのに必死だったんです」

先輩は「それに」と言いかけて、言葉を飲んだ。そして、何度か、ためらいの仕草を見せたあとで、ようやく言った。

「人事交流プログラムがあるのは、海遊ミュージアムだけじゃなかった。参加水族館は全国に一杯あるし、それぞれに独自のプライドを背負っている。だけど、迷わず選んだ」

「巨大水族館で、いろんなことを、やってるからですか」

「いや、その、お前が……お前が育った所、どんな所か見てみたい。そう思った」

抑えていたものが湧き上がってきた。

「そんなの、こんな時に……ずるいです」

「分かってる。すまん」
ケ、ケ、ケ。
ニッコリーが、C1のような鳴き声で、餌を催促している。先輩が給餌バケツに手を伸ばした。

「ニッコリー、明日は、ちゃんとしてくれるかな」

「私、やります」

バケツの中で手と手が触れあった。珍しいことじゃない。でも、今は胸が高鳴っている。

思わず唾を飲んだ。

先輩が私の手首をつかんでいる。

由香は慌ててアジを手に取って、立ち上がった。

「やっぱり、アジですよね、ニッコリーが一番好きなのって」

広い胸が目の前にある。体が引き寄せられた。

「やっぱり、アジ」

胸の中で顔を上げた。先輩の唇、ささくれている。

「アジ……」

目を閉じた。体の力が抜けていく。

少しも痛くない。

緩んだ手からアジが落ちる。空いた手を先輩の肩に回した。こうしないと、自分もプールに落ちてしまいそうになる。曖昧になりゆく頭の中に、プールに沈むアジが浮かんできた。ゆらゆらとアジが沈んでいく。ゆらゆらと私も。透き通るような水の中へ。何もかも。
ケ、ケ、ケ。
唇が離れた。

「まいったな。ニッコリーが見てる」

プールに目を向けた途端、ニッコリーは身をひるがえして潜り、姿を消してしまった。水面の波紋が次第に薄れていく。月明かりの中では、どこを泳いでいるのか分からない。

「愛想つかされたかな」

そう先輩が呟くと同時に、目の前の水面が盛り上がる。ニッコリーが高速スピンで跳び出した。らせん状に水が飛び散る。水のきらめきの中から、更に星空へと、ニッコリーは舞い上がる。

完璧なハイスピン・ジャンプ。そして、着水と同時に水しぶき。

今度は二人一緒に水を受け止めた。

「誰が教えたんだ、こんなこと」

「先輩です。先輩が教えたんです。先輩のせい」

そう、全部、先輩のせい。由香は胸の中で繰り返し、目を閉じた。

15

新ライブお披露目の日は、春本番と言っていい陽気だった。

観客スタンドは満員。立ち見まで出ている。管理部の広報担当は、この一ヶ月、新ライブの告知に全精力を注いでいた。その成果かもしれない。

『三頭とも、今日はノリノリですね。梶トレーナーでした』

音響室には修太さんの姿がある。自ら進行アナウンスを買って出てくれたのだ。新ライブのお披露目、そして、先輩にとっては最後のライブになるからと、何度も打ち合わせ資料を読んでいた。あまりにも熱心なので、それをからかうと、修太さんは断言した。だって、由香ちゃん、失敗するでしょ。

そのカバーの仕方を考えておかないと。

『さあ、続いては新コーナーです。担当は由香トレーナー。彼女は昨年入ったばかりのトレーナーなんですね。ですから緊張してます、もうガチガチです。普段は、ほんとにお気楽な女の子なのに。さあ、由香トレーナー、レッツゴー』

ぶかぶかの長靴でプールへと歩く。靴底にはわざと滑りやすい樹脂を張ってあるから、もう歩きにくいこと、この上ない。そして、濡れた床にホースなんかがあると、何も努力しなくても……転ける。

『ああっと、大丈夫かあ、由香トレーナー』

スタンドが軽い笑いに包まれた。

ちょっと嬉しい。

身を起こし、プールサイドに立った。口元の小型マイクの位置を確認する。腕を上下に振る仕草と同時に、マイクに入るように声を出した。

「はい、皆さんに、ご挨拶」

挨拶の演技は、先程、先輩がやってみせた。スタンドに向かって立ち泳ぎしながら、体を前後に揺すり、うなずきを繰り返すのだ。そうすると、一礼しての挨拶に見える。だが、サインと同時に、三頭は頭から潜って水面に尾ビレを出し、尾ビレを左右に振った。

『あれえ、それは尾ビレでバイバイだ。始まったばかりなのに、それでいいの？』

来場者には自分がイルカに指示を出しているように見えるだろう。が、そう見えるだけのこと。イルカにとって、自分の仕草は格別な意味を持たない。本当のサインは、プールサイド隅にいる先輩が水中スピーカーで出している。

「戻って。やり直し、ほらっ」

プールサイドにかがんで、水面を軽く叩いた。サインに従わない三頭に焦っている——そんなふうに。会場の笑いが少し大きくなった。

三頭が戻ってくるのを待って、プールサイドで立ち上がる。それらしく腕を大きく回してみせ、叫んだ。

「助走してジャンプ。行けっ」

三頭が水面下に消える。これは水中音のサインによるもの。このタイミング合わせは、先輩と何度も繰り返し練習した。何も知らなければ、腕を回したのがサインで、それに従って泳ぎだしたように見えるはずだ。

『勘太郎、ルン、ニッコリーの順で助走してます。さあ、勘太郎が来たぞ。大きくジャンプゥ、いけえ』

ジュワッ。派手な効果音が流れる。

けれど、勘太郎はジャンプすることなく、淡々と素通りしていく。続いて、ルンとニッコリーも素通り。

三頭はプールの隅まで泳いでいって、一斉に顔を出し、先輩に餌をねだった。

けら、けら、けら。お魚、ちょうだい。

「違うったら、こっち」

笑いが湧き上がる。「がんばれ」と声援まで飛んできた。

先輩から給餌バケツを取り上げ、怒りに満ちた仕草で元の位置に戻る。バケツにつられて、三頭も戻ってきた。あらかじめ用意していたビーチボールを手に取る。

『仕切り直し。ボール演技に変更です。イルカはオモチャで遊ぶのが大好きなんですね。トレーナーとイルカとのキャッチボール、ご覧あれ』

プールにボールを投げ入れた。本来なら、尾ビレや口先を使って、トレーナーへと打ち返すのが、キャッチボールの演技。しかし、三頭はプールの中でボールをつつき回し、自分達だけで遊び始めた。

「おおい、こっちよ。ボールは、こっち」

三頭は振り向きもしない。慌てたふりをしてプールサイドに手をつき、身を乗り出した。先輩と目を合わせてタイミングを取る。

次の瞬間、ニッコリーは大きく身をくねらせた。尾ビレがボールへと向かう。よし、来い。

『ああっ、ボールが顔面直撃。由香トレーナー、ほんと、大丈夫?』

頬が痺れている。ああ、なんて気持ちいい。ナイスキック、ニッコリー。

勘太郎が観客スタンド側へと泳いでいく。スタンドに向かって口を開け、舌を出したまま泳ぎ回り始めた。

『あらら。勘太郎、アッカンベーをしてます。まいったな』

魚をオモチャにしてしまうイルカは、口を使うことが、うまいのだ。だが、この演技は今のところ、勘太郎にしか出来ない。

プールの中の三頭に向かって腕を振り上げ、大げさに怒ってみせた。長靴も脱いで、床に叩きつけた。この辺りまでくれば、そろそろ大人には演出だと分かってきているだろう。だけど、子供達は大はしゃぎしている。

給餌バケツから、イワシを一匹手に取った。その尾ビレをつまんで、三頭に向かって、これ見よがしに大きく振る。そして、勘太郎のようにアッカンベーをして、背後にいる先輩へとイワシを放り投げた。

『おっと、これは厳しい。サイン通りにやってくれないなら、もう、ごはん、あげないよ、のようです』

三頭がプールサイドに戻ってきた。オーケー。改めて、プールサイドに立つ。

『さあ、これで由香トレーナーの言うこと聞いてくれるかな。予定では、助走してのジャンプなんですが』

勘太郎に向かってサインの仕草をしてみせた。勘太郎が水面下に沈み、助走を開始する。少し間隔を開けて、ルンとニッコリーにもサインの仕草をした。

水中を三つの黒影が走る。

先頭の黒影が迫ってきた。まずは勘太郎。勘太郎は水面上へ跳び上がると、身をくねらせ、豪快に背面から着水する。大きな水の塊が飛んできた。

『勘太郎、水しぶき攻撃だあ』

勘太郎の水しぶきを軽くよけたところで、ルンも背面着水し、再び水しぶき。それもかわす。そしてニッコリー。

ニッコリーはスピンジャンプをした。錐もみしながら落ちてくる。

角度良し。

ニッコリーの水しぶきを、全身で受け止めた。

『水しぶき三連発。さすがに由香トレーナー、逃げ切れません』

スタンドが沸きに沸く。いいぞ、三頭とも。

『では、ここで一休み。梶トレーナーによる解説コーナーです』

ニッコリーと一緒にプールの隅へと移動し、待機する。先輩がマイクを手に取り、説明を始めた。

『実は、由香トレーナーが、こうして腕を回していた時、水の中では、こんな音が流れてました』

イルカ達のおとぼけの仕組みが説明されていく。スタンドからは時折、感心したような声が上がった。面白さは薄れるかもしれない。けれど、これでライブを見た人は忘れることはない。視覚、聴覚によって、イルカは抽象的な意味を持つサインを理解しうること。そして、演技で見せた高い運動能力を持っていること。中には、もっと知りたいと思う人もいるだろう。誰もが最初から水族館に勤めている人も、誰もが最初から水族に興味を持っていたわけではない。最初は、訪れた水族館で偶然、目にした忘れられない光景、これがきっかけなのだ。

説明は滞りなく進んでいく。

由香は観客スタンド上段の時計を見やった。あと数分でライブは終了する。先輩との時間も。

『むろん、何度もトレーニングするわけですけれども、イルカ達の遊び心に逆らっては、うまくいきません。たとえば、イルカも体調を崩すことがありますが、そんな時は遊ぼうとしません。それに繁殖期。練習よりもデートの方が大切というわけです。これも人間と同じですね』

スタンドが軽く沸く。これは大人の笑い。

思えば、あれはデビューライブだった。F3ことルンとC1がいちゃつき、大失敗した。あれから一年近く経って、自分は同じ舞台に立っている。

『最後にご覧いただくのは、遊び好きのイルカが、自分からやり出した行動を、演技として仕上げたものです。この演技は今のところ、ニッコリーと由香トレーナーのペアにしかできません。では、由香トレーナー』

先輩がこちらを向く。

大きく深呼吸して立ち上がった。給餌バケツからアジを一匹手に取り、プールサイドに立った。プールの中ではニッコリーが、今か今かと合図を待っている。ライブ本番でやるのは初めてなのに、ちゃんと見せ場だと分かっているらしい。

口元のマイクを切った。もうスタンド向けの音声はいらない。ボケとツッコミも無し。

プール全体に特別編集のBGMが流れ始めた。

「行くよ、ニッコリー」

C1ジャンプのサインを出した。瞬時にニッコリーの姿が水面下に消える。成否は全て、自分とニッコリーのタイミングが合うかどうか、にかかっている。

黒影が水面下を勢いよく進んでくる。一瞬、揺らいだ。

来る。

アジを宙へと投げた瞬間、水しぶきが立つ。ニッコリーがスピンしながら、高く青空へと舞い上がった。

『キャッチしたあ、ニッコリー』

着水と同時に、大歓声が湧き上がる。BGMがエンディングの曲に変わった。

終わった。

プールが拍手に包まれる。だが、自分は脱力感に包まれていく。もう何も考えられない。ただ、目の前の景色が滲んで仕方ない。

『あれ？　ちょっと、由香トレーナー、ニッコリー達が何かやってるよ』

予定に無い進行アナウンスに、我に返った。

三頭が横一列に並び、こちらを向いて立ち泳ぎをしている。その真ん中にはニッコリー。ニッコリーは右を向いてルンに口先を寄せる。次いで左隣の勘太郎にも。そして、正面に向き直ると、体を前後に揺すって、けら、けら、と鳴いた。

『何でしょ、これ。チュッ、チュッ、なのかな』

こんな大事な時に、また求愛行動なのか。デビューライブの苦い思いが頭をよぎった。でも、イルカがキスをするなんて聞いたことない。

ニッコリーにあわせて、勘太郎とルンも鳴いた。そして、三頭そろって、また同じ行為を繰り返す。

笛が鳴った。

音の方を見やると、先輩が険しい表情で笛を手にしていた。これではライブが終わらない。最後の最後でハプニング。さすがの先輩もヤケになった。その証拠に、大勢のお客さんの前で、あんなに難しい顔をしている。

由香は目をつむった。失敗したんだ。

「何してる。こっちを向け」

小声ながらも、鋭い声が飛んできた。目を開けて傍らを向くと、先輩はいきなり、コミカルな仕草

で、おじぎするように腰を曲げ、頬を差し出してきた。なんてこと。ヤケになった先輩が暴走し始めた。これはキス人形のポーズではないか。

先輩は頬を指差した。

「お前もやれ。ここにキスしろ、早く」

訳が分からない。言われるがままキス人形のように腰を曲げ、顔を寄せる。

満員の観客の前で、先輩の頬にキスをした。

先輩が腕を挙げて、大仰にガッツポーズをする。プールの中では、ニッコリーが前後に体を揺すって、うなずいていた。よし、よし。

『こいつは、まいった。キューピッド役というわけかあ。ニッコリー、とっても満足そう』

ガッツポーズの先輩から、小声の指示が飛んできた。

「ホイッスル。バイバイを出せ」

慌てて笛を吹き、胸ビレでバイバイのサインを出す。三頭は観客スタンドへと向きを変え、胸ビレを振った。みんな、バイバイ。

『イルカライブでしたあ』

今まで聞いたことがないような大歓声がプールを包んでいる。何が何だか分からない。ただ、頬が赤くなっていることだけは分かった。

16

新ライブの披露を終えてイルカ館に戻ると、海獣グループ全員が、通路に顔をそろえていた。むろん、その先頭にはチーフがいる。

由香は梶の背後で身を硬くした。絶対に怒られる、あんなことして。

「ごくろうさん」

チーフの声は、意外にも穏やかだった。

「固定カメラでの撮影は問題ねえ。わざわざ磯川が休みを取って、音響室で操作してくれたから。それに、今日は至近距離からの映像もある」

人混みの中から吉崎姉さんが出てきた。手には家庭用のビデオカメラがある。

「忙しい撮影やったけどねえ。まあ、運動会で子供のリレーを撮ることに比べたら楽なもんよ。最後以外は全部予定通りやったから」

そう、問題は最後の部分なのだ。

チーフは苦笑いした。

「梶、お前って奴は、最後に、とんでもないことを、やりやがったな。まったく」

「新ライブの披露なんて時に、すみません。でも、もう最後ですし、思い切ってやってみようかと」

　そう言うと、先輩は振り向き、いきなり手を握ってきた。

　由香は真っ赤になって、うつむいた。先輩、人が変わったみたい。恋は人を大胆にする。ただ、こういうことは二人だけの時にしてほしい。

「何、下を向いてんだ。お前がやったんだぞ」

「やった？　何を？」

　イルカ館の通路に笑いが起こった。

「なんだ、分かってないのか。あんなことまで、しておいて」

　あんなことまで、させといて。

「以前、説明しただろう。イルカの言語的コミュニケーション能力。抽象的なサインを受動的に理解しても、自ら発信することはできない、というのが定説なんだ。でも、さっきのライブで、ニッコリーのやつ、どうだった」

　キスの仕草を繰り返すニッコリーが浮かんできた。

「分かりやすく言えば、あいつ、プールの中から、お前に指示をしたんだ。こんなふうにしろって。しかも、それに応えると、ノッディングまでしやがった。イルカが演技をしたら、お前は笛でオーケーを出すだろう。それと同じタイミングで、ニッコリーはやった。偶然かもしれない。だけど、ポーズの抽象的な意味を理解して、使っている可能性がある」

声が上ずっている。先輩は完全に興奮していた。

「抽象的な双方向コミュニケーション。そんな事例が……大勢の目撃者のいる前で……」

先輩は興奮しすぎたらしく言葉に詰まる。その姿を見て、逆に自分は落ち着いてきた。やっぱり先輩。性格なんて急に変わるわけない。

「確かに、おもしれえ事例だな。だが、そんなニッコリーの行動に、梶、おめえ、いつ気づいたんだ」

チーフの言葉に、先輩がこちらを見た。

「最初は、単なる物まねだったんです。こいつが掃除していると、ニッコリーがその格好のまねをしてて。でも、そのうちに掃除の時間になると、ニッコリーは、催促するようにプールサイドに向かって、掃除のポーズを取るようになったんです。それを、こいつは『掃除をせかされてるみたい』と愚痴ってましたけど」

確かに言った。

「しかも、その催促に応じて、実際に掃除を始めると、ニッコリーのやつ、満足げに鳴いてノッディングをするんです。そんなことが何度もあって、もしかしたらと」

「人まねイルカのコミュニケーションか。撮ったビデオを海洋大の沖田に見せてやれ。あいつも興味を持つだろう」

先輩が興奮して、何度も首を縦に振る。

「だがな、一つ気になることがある。おめえの仮説が正しいとするなら、ニッコリーは、どこかで接吻ちゅうもんを見たことになる。いってえ、どこで見たんだ」

チーフが先輩と自分を交互に見やった。

「ニッコリーは、まだ子イルカなんだ。あまり刺激するなよ」

通路が再び笑いに包まれる。

その時、館外から、どよめきが聞こえてきた。

「お、何でえ、ありゃあ」

チーフの視線を追うと、ニッコリーが背面着水のジャンプをしていた。だが、いつものように水をかけることが目的ではないらしい。ニッコリーは、プールの真ん中でジャンプをしているのだ。しかも、今まで見たことがないほどに、高い。

着水のたびに、尾ビレが何かをかすめる。

「ありゃあ、ライブで使ったビーチボールじゃねえか」

由香は唾を飲んだ。

高いジャンプを可能にするイルカの尾ビレは、とてつもない力を持っている。そして、ニッコリーは子イルカとはいえ、二百キロくらいはある。尾ビレの力に体の落下スピードが加わると……。

「ジャンプ……キック」

ついに、ニッコリーの尾ビレがボールをとらえた。赤いビーチボールが水面ではじける。次の瞬間、ボールは弾丸ライナーと化し、一直線に観客スタンドへと飛び、最上段の看板を直撃した。

今度は館内がどよめいた。笛が鳴る。

吹いたのは先輩だった。いつの間にか、すっかり真顔に戻っている。

「新演技のスキャニング。行くぞ。歓声システムのリモコンを持ってこい」

そう言うやいなや、先輩はプールへと駆けだした。追いかけようとしたが、リモコンが見あたらない。体のあちこちを必死で探っていると、チーフが呆れたように「おめえらは、まったく」と呟き、頭を振った。

「尻だよ、尻。行ってこい」

お尻のポケットからリモコンを取り出して、チーフに一礼する。イルカ館を飛び出した。だが、自分は慌てると、いつも大事なことを忘れるのだ。濡れたプールサイドは滑りやすい。慌てて走ったりすると、特に。

前のめりに、派手に転けた。

『すってんころりん、由香トレーナーの得意技。ニッコリーもびっくり』

音響室の窓で、先生と一緒に、修太さんが笑い転げている。先輩までが呆れ返ったかのように、こちらを見つめていた。

「お前に、一度ききたいと思ってたんだが、それは、演技、か」

違います、と怒鳴って、立ち上がる。むきになって足を踏み出した。だが、自分はむきになると、いつも大事なことを忘れるのだ。濡れた床で不必要に力むことは、やめた方がよろしい。今度はホースを足に引っかけた。それを振り払おうとして、足元の給餌バケツを蹴とばし、バケツの中のアジが高々と飛ぶ。それを受け止めようと、後方に体をそらしてバランスを崩し、お尻から転けた。

アジが頭の上に落ちてきた。ニッコリーがプールサイドで軽やかに鳴く。

ねえ、それって、わざと？

「違うったら」

アジをつかんで投げつけた。ニッコリーは軽々、それをキャッチする。くせになり始めた考えが頭をよぎった。

これって、演技にできるかも。

尻餅をついたまま、胸一杯に息を吸う。由香は思い切り笛に息を吹き込んだ。

エピローグ

早朝、由香は調餌室にいた。

「やっぱり、ここだったか」

先輩が入口に立っていた。肩には重そうな鞄が掛かっている。鞄には散り始めた桜の花びらが付いていた。

「どうしたんですか」

「最後に、ちょっとだけ、やってから行こうと思って」

先輩は鞄を床に置くと、手を洗浄し、包丁を手に取る。

傍らで先輩の包丁の音がする。自分の包丁の音が、それを追いかける。先輩は何も喋ろうとしない。

自分も何も喋らない。今まで通りの仕草、今まで通りの手順。次第に、給餌バケツが満たされていく。

これが満杯になった時、先輩はここを去る。

「こんなもんだろ」

先輩が包丁を置いた。自分も包丁を置いた。何か言わなくてはならない。

「あの、十時の新幹線でしたっけ」

きかなくったって、知っている。

「ああ。ここを出たら、そのまま駅に行く」

「私、見送れないんですが」

「当たり前だろ。イルカプールに誰もいなくなって、どうするんだ」

「何か分からないことがあれば、どこに連絡すればいいですか」

「海遊ミュージアムの代表に掛けて呼び出すか、急ぎなら携帯でもいい。ただ、しばらくは走り回ってるだろうし、携帯に出られるかどうか分からない。机の直通が分かったら、連絡するから」

そういうことではないのだ。由香は大きく息を吸った。

「覚えてます？　来たばかりの頃、先輩、言ったんです。お前はイルカ並みだって」

「来たばかりの頃だろ。今は誰も、そんなふうには思っていない」

「いえ、私、本当にイルカ並みなんです。だから、イルカの言葉、分かるんです」

先輩の顔に怪訝そうな表情が浮かんだ。

「新ライブ前日の夜、室内プールで、ニッコリー、何て言ってたと思います」

先輩は戸惑うような表情を見せ「突然、何を」と呟いた。

「何て……言ってたんだ」

頭の中にプールサイドのキスが浮かんできた。

「その続き……その続きは向こうでやれって。だから、その、遊びに行きますから」

先輩は黙っていた。そして、黙ったまま給餌バケツを手に取る。床に給餌バケツを置いて背を向け、調餌済みの魚の状態を確認し始めた。氷水の音がする。自分の耳の中では、心臓の鼓動が響いている。

先輩が立ち上がって、振り向いた。手にアジ数匹がある。

「馬鹿なこと言ってないで、早く給餌に行け」

差し出されたアジを受け取ると、先輩は鞄を手に取り肩に掛けた。そして、そのまま調餌室から出ていってしまった。

「あの馬鹿」

狭い部屋の中で、深いため息をつく。アジを一旦、給餌バケツに戻そうとして、由香は動きを止めた。アジの中に何かある。メモ用紙みたいなもの。

メモを広げる。先輩の新しい住所だった。

『待ってる』

「本当に馬鹿」

ニッコリーの鳴き声が聞こえる。

由香は胸にアジを抱いて、イルカプールへと駆けだした。

『水族館ガール』ジュニア文庫版の刊行に寄せて

水族館の物語を書くようになって、多くの方からお便りを頂戴するようになりました。

『イルカと一緒の仕事っていいな。大人になったら、私もやりたい』

狭き門ですが、がんばって。ただ、生き物の命を預かる仕事です。憧れだけでは務まりません。泣くような思いをすることだってあります。主人公の由香は、最初、そのことが理解できていませんでした。ですが、海の生き物達と触れ合ううちに……。

ぜひ、由香と一緒に水族館の仕事を味わってみて下さい。ジュニア文庫版として、一部、表現を改めている所はありますが、大切な所は変わっていません。また、挿絵もあって分かりやすくなっています。皆さんも、由香に負けずに、がんばって下さいね。

『この夏、水族館に行ってみたくなりました』

いいですね。でも、夏と限らなくてもいいんですよ。水族館にも四季があります。行けば、必ず新しい発見があるはずです。今、水族館で働いている人も、興味を持つようになったきっかけは、ある時「ふと」目にした光景なのです。あなたも、そんな「ふと」を探しにいきませんか。

さあ、行きましょう、水族館へ。そして、大自然の中へと。

木宮条太郎

〈参考文献〉
『水族館学』（東海大学出版会）
『水族館のはなし』（技報堂出版）
『なぎさ通信』（葛西臨海水族園）
『うみと水ぞく』及びメールマガジン（須磨海浜水族園）
その他、多くの水族館、水族園の広報物を参考にさせていただきました。

本書に登場するアクアパークは架空の水族館ですが、イルカを記号で呼び、イルカの演技イベントをイルカライブと呼ぶ水族館は実在します。
須磨海浜水族園（http://www.sumasui.jp/）運営に携わっていらっしゃる方々に敬意を表しますと共に、様々なご示唆とご教示に改めて感謝申し上げます。（著者）

この作品は、小社より刊行された『水族館ガール』（実業之日本社文庫／二〇一四年）をもとに、ジュニア向けに一部表現を改め、漢字にふりがなをふり、読みやすくしたものです。（編集部）

★読者のみなさまからの感想をお待ちしています★

【あて先】
〒153-0044　東京都目黒区大橋1-5-1
クロスエアタワー8階　実業之日本社　文芸出版部
いただいたお手紙は編集部から著者へお渡しいたします。

実業之日本社ジュニア文庫

水族館ガール

2016年7月10日　初版第1刷発行

作……………木宮条太郎
絵……………げ　み
発行者……………岩野裕一
発行所……………株式会社実業之日本社
〒153-0044　東京都目黒区大橋1-5-1 クロスエアタワー8階
電話（編集）03-6809-0473
（販売）03-6809-0495
http://www.j-n.co.jp/
印刷所……………大日本印刷株式会社
製本所……………株式会社ブックアート

ISBN978-4-408-53687-3（第二文芸）